零落す――源義経の決断

下巻

もくじ／下巻

一六◑◐都入り

鎌倉は、木曽義仲追討軍が集結して人馬でごった返していた。そんな喧騒とは無縁のように、北条亭の一室では、時政が梶原景時を招いて景時の門出を差しで祝っていた。

「私ばかりが、このように出陣を祝っていただくとは光栄でござる」

「まあ、貴殿とはゆっくり話がしたいと思うてな」

時政は身を乗り出すようにして、景時の盃に酒をなみなみと注いだ。

「また、わしは上洛勢から外れてしもうた。なぜわしではないんじゃ」

出陣を祝うと言いながら時政の目はもう尖っていた。

「左様でございますな。しかしながら上様としては、陸奥の押えはやはり貴殿が一番の頼りなのではありませんかな。九郎君は秀衡とは微妙なお立場でありましょうし、範頼君では少々不安がおありなのでしょう。やはりここは、北条殿をおいて人はありますまい」

「上様もそのように仰せであったが、だが、景時よ、この度の合戦は都入りぞ。都に一番に入る。この意味は大きい。本来なれば上様が総大将となって入洛を果たすべきところだ。言ってみればこの度の大将は上様の代理じゃ。この役目を果たした者が、都を預かる公算が高い。また世間では、この大将を鎌倉殿の副将と観るであろう。わしは、鎌倉殿の弟どもに先を越されたことになる。舅よりも弟を大事にされたということじゃ。旗揚げに際しては誰よりも功績があったと自負しておる。わしがいなければ旗揚げもできなかった。それを後からのこのこやって来た何の功績もない弟どもを大事になさる」

「その御不満はよくわかります」

「それと、出陣の陣容を見てなにか思わぬか」

時政は、脇に投げ捨ててあった出陣名簿を引きずり寄せて、景時の前に広げた。

「副将格が、皆源氏の御一族ですな。範頼殿の方に武田殿親子、加賀見殿。九郎殿の方に安田殿、大内殿と」

景時はにじり寄って時政の盃を満たした。さされた酒を時政はグイッと呑みほして、

「そうじゃ。上様はやっぱりお身内を大切になさる。われら、坂東者《ばんどうもの》など人と思っておられぬのじゃ。口では『大切じゃ』と仰せられるがな、所詮我らは只の駒じゃ。棟梁に忠誠を尽くして死ぬる只の駒じゃ。だが、前にも話した通り、この戦は我らのもの。頼朝などは、とりあえず担いだ神輿にすぎぬ」

「北条殿のお考え、わしもまったく同感です。安田などは、木曽入洛の折は木曽に与力しておった。それがさっさと木曽を見限って、しゃあしゃあと鎌倉に舞い戻って来おった。そんな信用できぬ奴を副将格に待遇する上様のお気持ちも解せませぬな。この度の合戦では、彼らに花は絶対に持たせませせぬ」

「さすが、景時、話のわかりが早い。範頼が総大将だが、先に行って地ならしをした義経中心に事が運ぶのであろうな」

「そうなりかねませんが、若いあのお方に都を操作できますかな。ここで、上様の相談役をするのとは違いますからな。隙はいくらでもありましょう。幸い、わしは九郎君の方に配属されています。九郎君が、あまりに主導権をにぎれば、兄の範頼君としては面白くありますまい。突きどころはいくらもあります」

「三兄弟の仲をめちゃめちゃにするのも一興だな。景時よろしく頼むぞ」

景時は、自らの盃を時政の方に差し伸べて、意味ありげに笑みをふくんだ。

「我ら坂東武者の未来に！」

「おうよ。坂東武者の未来に！」

と応じた時政の眼はすわっていた。


翌早朝、鎌倉殿以下留守居の将士の見送る中、範頼を総大将とする義仲追討軍は白旗をなびかせて華やかに鎌倉を発した。一万ほどで発向した軍勢は途中から合流する軍勢を呑み込んで尾張に集結したときは、五万とも六万ともいわれる大軍になっていた。ただし、このうち戦闘員は一万弱。その他は、兵糧や武器武具を運搬する者、城柵を築いたり堀を掘ったり、また、敵の築いた防護施設を破壊したりする工兵隊、飛脚や諜報員、炊事係りや雑役夫などが大半を占めていた。

九郎は、一月七日、尾張の国衙《こくが》に中原親能と共に総大将源範頼以下、主だった将士を迎え入れた。出迎えた九郎に範頼は「先発御苦労であった」と鷹揚に労った。

「御大将こそ、遠路お疲れさまでございました。奥に席が設えてございます」

と言って中原親能に案内を命じた。続いて副将武田信義、同じく加賀見遠光、安田義定、大内惟義、侍大将土肥実平、梶原景時、その後ろに千葉常胤、畠山重忠、河越重頼、三浦義澄、和田義盛が入ってきた。九郎は一人一人に「御苦労」「御苦労」と席にいざなった。

大広間の正面の高座左に総大将範頼、右に搦手の大将義経、そして両脇に副将以下がずらりと居並んだ。まず総大将範頼が軍議開催の挨拶をして、最後に「九郎、これまでの経緯を報告いたせ」

と命じた。九郎は、「はっ」と言って、

「美濃、伊勢、近江についてはほぼ平定いたしました。都入りについて後顧の憂いはほとんどないと確信しております。木曽軍の兵力ですが、最近備前守行家、摂津の多田行綱が木曽軍から離脱した模様ですので、多く見積もっても五千に満たないと推察されます。よって、木曽軍についてはあまり恐れる必要はありません。しかしながら、このほど、木曽と平家の間に和議が成立いたしました。和議の条件として、木曽軍が我ら鎌倉軍を追討するため都を出る。手薄になった都の守りを平家が担うため都入りするというもののようです」

「ほう、して、九郎君には平家の軍勢はいかほどとご覧になっておられますか」

と、梶原景時が質問した。

「平家は当初鎮西に赴きましたが、緒方、菊池などに追われ拠点を築くことはできませんでした。

が、備中水島、室山などで木曽に勝利して、勢いを挽回しております。四国の者共も平家に従った模様で、屋島に城を築き、さらに福原にも出張っております。数十万騎などと言う者もおりますが、多くて六万と見ております」

「都落ちの際は七千ほどと聞いたが、これは大層な挽回ぶりよの」

範頼が感心して言った。

「それらが都に入るとなると、木曽の勢力分だけ敵の勢力が多いということですな。となると和議はなんとしても潰さなくてはなりませんな。それに対する手立てはなんぞ打たれておられるのでございますかな」

また、梶原が言った。その言い方が、九郎には、ひどく威丈高な物言いに聞こえた。

「手立てはしているが、まだ成果は上がっておらぬ」

思わず強い口調で応えていた。

「いかなる手立てでございますか」

梶原はなおも聞いてきた。しつこく迫る梶原に嫌悪感を覚えながら、それでも、

「流言をまき散らして人心のかく乱を図っておる」

と、努めて平静に応えた。これに対し、

「流言を放つばかりでございますか」

と、梶原の口元が薄ら笑っていた。梶原の徴発的なもの言いに、決定打を打っていない九郎は苛立って思わず刀に手をかけた。その時、

「梶原殿よ、九郎君にはわずか五百程の手勢で遠江以西をここまで平らげて下された。お陰でわしらは、物見遊山の旅でもするようにやって来られた。ここから先は、我らが頑張らなくてはなりますまい。これ以上九郎君に頼っては、我らの面目がありませぬ。この場で、みなで知恵をしぼってはいかがですかな」

と、長老の千葉常胤が割って入った。

「ハハハ、いやいや誠にそうでござる。九郎君の御手腕があまりにお見事なので、思わず頼りたくなり申した。わしとしたことが、ワッハハ」

と笑いでごまかして、すぐに言葉を繋いだ。

「しかしながら、ふと思ったのですが、和議をつぶす必要はあるのでしょうか。平家を都に引き入れて木曽と共に叩き潰してしまった方が早いのではありますまいか。瀬戸内《せとうち》に平家があれば、どうしても海戦になる。陸に引き上げて戦った方が有利ではありますまいか」

「それをすれば、都は火の海ぞ。庶民の難儀は計り知れない。それはなんとしても避けたい」

九郎は強い口調で反論した。

「戦場になったところの民は、いずこの民も難儀は同じです。都の民だけが特別に考慮されるのはおかしい。都に平家が入ってくることを最も怖れておられるのは後白河法皇様ではございませぬかな。九郎君におかれては庶民の難儀もさることながら、法皇様のご意思を尊重されてのことではございませんか」

「むろんそれもあるが、まだ迷っている瀬戸内の者共が、平家が都に入ったとなれば一斉に平家に靡くことになる。それだけは避けたい」

「梶原殿、わしも九郎君のお考えに賛成じゃ。平家を都に入れてはなりませぬ。平家にとって都は故郷でござる。地の利もさることながら、士気がまるで違ってまいりましょう。各々方におかれてはいかがでございますかな」

と大内惟義が発言した。座がざわめいた。しばらくして千葉常胤がしわがれた声で「都での戦は避けるべきでしょうな」と発言して、座は和議を阻止すべしで固まった。

「ハハハ、ちょっと思いつきを申しただけでござる。もしも、平家を都に入れて戦った場合どうなるであろうかと。いや、君の仰せの通りでござる。いやいや失礼、失礼」

景時は磊落《らいらく》そうに笑って引き下がった。

九郎は上座から『こいつ、なんなんだ』という思いで笑う景時を見つめた。足利義兼と近江に出陣するはずのところを取り止めさせられた時のことが頭をかすめ、北条時政の顔が浮かんだが、景時の笑いが止むのを待って先を続けた。

「朝廷内は中原親能殿が奔走しております。瀬戸内の反平家の者共へは、我が部下を遣わして親鎌倉化への工作はいたしておりますので、間もなく成果が現われるものと思っておりますが、今申した通り、都に平家を入れることは決して得策ではありません。これは、なんとしても避けねばなりません」

ここで、九郎は言葉をきって、一同を見渡して言った。

「特に瀬戸内に伝手のある者がおれば、我らの味方に引き入れる工作に協力してもらいたい。平家の背後が不穏になれば、平家は軽々に都に入ることが出来なくなる」

九郎の要請に座が一時ざわめいたが、しばしの後、大内惟義が、

「淡路国には、御大将方の祖父に当たられる為義公の御子息義嗣殿、義久殿がおられます。多少存じ上げておりますれば、私から遣いを派してみましょう」

と申し出た。

「おお、そうでござった」などとまた、座がざわめいた。言われてみれば九郎もそのようなお人の存在は聞いたことがある。

「おお、それはよいかもしれぬ」

と言ってしまってから、これは総大将の範頼が断を下すべきことと、範頼に向かって「いかがでございましょうか」と付け足した。

「そのお二方のことはわしも聞いたことがある。惟義、早速人を遣わして与力を頼んでみよ」

と、範頼は大内惟義に指示した。九郎は範頼の決断を謝して「以上でございます」と報告を締めくくった。その後は、総攻めの時期や兵の配置などを取り決めて散会した。

摂津《せっつ》には駿河次郎の姿があった。この頃、平家は屋島から福原（神戸港付近）辺りまで、勢力を回復していて、摂津からの船の出入りには、いちいち厳しい検問を行っていた。

摂津の湊には馴染みも多く、源氏に肩入れしていることなど誰にも知られていない次郎は、紀伊半島辺りに自分の船を乗り捨て、なじみの漁船に乗り込んでやすやすと伊予に渡った。向かっ

たのは高縄半島の西岸風早郡河野郷（愛媛県北条市）の河野通信《こうのみちのぶ》の館だった。三十丈（約千メートル）の高縄山を背負い、前面はすぐ海、防予諸島の島影を遙かに望む高台にその館はあった。

次郎は館の勝手口に顔をだして、馴染みの家人に声をかけた。

「親分いるかい」

「よう、珍しい野郎が来た。親分は今、出かけている。夕方には帰ってくる。親分に話か」

「ああ、ちょっと」

「うーん、そこらで待ってろ」

東国の海賊駿河次郎は、珍しい東国の情報をもたらす者として瀬戸内の親分衆には重宝がられていた。戻った通信は、夕飯を用意させて上機嫌で迎え入れた。

「なに？　鎌倉に協力しろだと。俺は、もともと平家嫌いだから協力しないでもないが、なんだって次郎が鎌倉の御先棒なんざ担ぐんだ。一匹狼のお前が」

「一昨年の夏ごろ、若えの、連れて来ただろう」

「公家くずれみたいな野郎か」

「うん、まあ、そうだな」

「それがどうした」

「あいつ、鎌倉の頼朝の弟なんだ」

「あいつが、頼朝の弟？　瀬戸内偵察か」

「偵察ってほどのもんじゃねえが、まあ、視察ってえところかな」

「うーん、それで、なんだってお前が、あいつにくっついてんだ」

「……うん、気心が合ったっていうか」

「うん？　次郎らしくもない返答だな」

次郎ははにかんだように頭をかいて、それからしばらく言葉を探している風だったが、

「あいつと会ったのは富士川での合戦の翌日だ。俺は富士川河口付近の警護を請け負ってた。そこへ、昵懇にしていた山賊野郎があいつを連れてやって来たんだ。このお人は、鎌倉軍の総大将源頼朝公の弟君だ。富士川の東岸の鎌倉軍の本陣に行きたいが、検問が厳しくて富士川が渡れねえ。なんとかしてくれって、言ってきたんだ」

「うーん、頼朝の弟だったら、お前などに頼まなくても堂々と渡れそうなもんだが」

「俺もそう思って断ったんだが、山賊野郎の頼みだしと思って、あいつの目を覗き込んでみた。そしたら、あいつの目の中には、ああいう階級の奴らが必ず持っている俺達への侮蔑の色が微塵もなかった。俺はおやっと思った。軽蔑の色もなければ、変に迎合しようとする色もなかった。まったく珍しいことだ。それで、思わず連れてってやるかってな気になってしまってな」

「目を見ただけで、そんな気になるかよ」

「親分のようなちゃんとしたお方には解らねえだろうが、俺達のように世間の外れ者は、肩書や形式など信じねえ。信じられるのは自分の眼力と腕力だけだ。俺は相手の目の奥で信じていいかどうか判断するんだ。世間のお人は、俺達外れ者を騙そうと殺そうと全く痛みなど感じてはくれねえからな。世間のお人同士の間にある約束事や道徳は、俺達には当てはめてはもらえねえか

ら」

「うーん、それで、あの公家野郎は、お前の見立て通りだったのか」

「ああ、だからこうして奔走している」

「そういえば、あの野郎、船についてしつこく聞いてきやがったな。最初は、おっと思って、俺もいい気になって案内したが、しまいにはいい加減うんざりしたぜ」

「船への興味は半端じゃねえな。俺の船に乗っても端から端まで覗きまわって、誰彼かまわず質問攻めだ。船の構造だけじゃあねえ、風、雲、星、波、潮ぐせ、なんでもかんでもうるせえったらありゃしねえ。だから、今じゃあ俺達よりずっと詳しいぜ」

「うーん、言われてみればお前と違って、ちびでも風格はあったな。確かに面白え奴だった」

通信は、寒鰤の焼き物を豪快に口に運びながら、

「河野一族は清盛にはさんざん苛められたんだ。採算の良い役職はみんな高市《たかち》や新居《にい》に与えて、河野には愚にも付かねえ役しかよこさねえ。もっとも、親父もわるかったんだがな。親父は時流に乗れねえ頑固者だったから、清盛が台頭してきた頃、他の連中がせっせと清盛参りをしているときにぼさっとしてたから、はずれ者になっちまったんだ。俺の代になったら乱世だ。俺は親父のように遅れはとらねえ。天下を取りそうな者をじっくり見極めるさ」

次郎は不器用に懐から一通の文を取り出すと、通信の前に差し出した。

「なんだこれは」

「公家野郎、すなわち源九郎義経公の文だ。読んでみてくれ」

「どれ、どれ」

と言って通信は早速手紙を開いた

「河野通信殿へ
一昨年の夏は、ひとかたならず世話に相なりそうろう。あの節の事情については駿河次郎より聞いてもらうことにいたしそうろう。さて、この度は鎌倉の一将軍として木曽および平家の追討を仰せつかりそうろう。ついては、貴殿の人と為りを見込んで我ら鎌倉への与力を相頼みそうろう。勝利の暁には、その功を鎌倉殿に推挙いたしそうろうて、相応の恩賞を賜るべくそうろう。貴殿の与力を切にせつに相頼みそうろう。
寿永二年十二月三十一日
九郎義経」

とあった。

「うん、確かに見覚えのある字だ。筆が紙の上を駆け足してるような字だ。この辺りでは、これほどな字を書く者はいないから、憶えているよ。次郎の船が伝票なんざ持って来たんで、びっくりしてよく憶えているよ。だが、これでこの文は、あの公家野郎が書いたことは判ったが、あの公家野郎が、源義経だって証拠にはならねえな」

「そりゃそうだ。ところで、木曽と平家の間に和議がなった。聞いてるか」

「ああ、小耳にはさんでる」

次郎は、ひしゃげた顔の真ん中に光るぎょろ目をぐっと通信の目に据えてしばらく睨んでいたが、

「平家は都入りを条件に和議に応じたらしい。となると洛中で大戦《おおいくさ》になる可能性が高い。これは出来るだけ避けたい。そこで頼みなんだが、平家の背後を少々突いてもらって、平家が背後に気を取られて都へ前進できない状況をつくってもらいたいんだ。なに本気で戦わなくていいんだ。ちょっと突いては逃げだし、また突いては逃げるというような感じでいい」

「だからよ、次郎、あの公家野郎と源義経が同一人物だってどうやって信じろっていうんだ」

「そんなの信じなくっていいさ。源義経があの公家野郎である必要なんてあるか。親分は平家の全盛時に時流に乗り損ねて悔しがってんだろ。俺の代にはそんなバカなことはしねえと。だったら、今の源平のこの状態はいい機会だと思うな。鎌倉が和議を好まねえのは明確だ。手柄を引っ提げての与力なれば、鎌倉の扱いも他の者より手厚くなろうというもんだ。俺とも、この文とも関係なしにとりあえず手柄を立てて、鎌倉の本陣に乗り込んでいけばいいんだ。乗り込んでみて、そこにいた源義経が、あの公家野郎である必要はねえ。鎌倉は今、とにかく瀬戸内に味方が欲しいんだ。それは、親分にだって想像がつくだろ。大手を広げて迎え入れるさ。ただ、公家野郎だったら、話のわかりはより早いだろうがな」

「次郎、頭冴えてるな。だがな、平家がまた屋島に入ってきたから、ずーっと平家におべっか使ってきた高市や新居が、勢いづいていてな、せっせと平家の御先棒を担いでる。それに四国の

勇者田口重能が平家側にいるしな。次郎が思うほど伊予は甘くはない。鎌倉が木曽を追い出して都を征圧した後なれば、こっちも戦いやすいんだが。近頃の平家は、辛酸を舐めたせいか随分と逞しくなった。水鳥の羽音に驚いて逃げ出すような柔ではもうない。ちょっと突いて逃げろと言われても、我らだけでは逃げ切れずに叩き潰されかねん」

「状況が厳しい時に味方してこそでさあ。勝った後に、のこのこ味方しても有難がられやしませんぜ。だけど、平家はそんなに逞しくなったんですかい。俺は、これから讃岐、阿波、備前などの反平家の親分衆を廻るつもりだ。連携してなんとかよろしく頼みます。鎌倉軍五万、すでに尾張に入った。早晩都は征圧する。ただし、都を火の海にしたくないというのが、鎌倉、すなわち源九郎義経の強い願いだ。今、平家の背後を突くことは、いかなる功績よりも高く評価される。親分、よろしくお頼み申します」

　次郎は、膳から後ろにずり下がって頭を下げた。

「次郎よ、即答は出来ぬ」

「返事は、行動でいただければ充分です。では、これにて失礼します」

　そして、次郎は夜の帳の下りはじめた海に漕ぎだした。次は讃岐の親分衆を廻るつもりだ。


　一月十日、九郎は都の中原信康からの早飛脚で、阿波・讃岐の在庁官人等が源為義の子義嗣・義久を担いで、また河野通信も安芸の沼田次郎と組んで平家の背後を脅かしはじめた、これに対して平家側では能登守平教経が追い落しに懸っているとの知らせを受け取った。九郎はおおいにほっとした。そして、十三日夜半再び信康の飛脚を迎えた。

「和議は平家側からの申し入れで決裂し、平家の入京は取りやめとなった。平家は破談の理由として次の三点をあげている。一、木曽殿は後白河法皇を具し奉り北陸に向かうと言っているようだ。これは和議の約束に反する。二、和議締結の後、木曽殿は丹波国に派した我が平家の兵を攻めて十三人を殺害した。三、備前守源行家が渡辺の辺りに兵を展開し、平家に一矢むくいるべしと公言している。このことにより、もはや、木曽殿を信頼することはできない」というものであった。

流言に双方の不信感がつのった。行家も動いた。さらに、平家が都に入れない理由は、河野通信らの平家への攻撃が大きいだろう。後顧に憂いがあって都に前進したくてもできない。そんな弱みを公言することはできないので和議を破棄したのだ。目論見どおりに事が成ったことに、なんとも言えない爽快感を九郎は味わった。それは、居候の身では決して味わえないだろう成功の喜びであった。また、学者である中原信康が、こまめに情報を寄せてくれることに勇気づけられた。

これで、都へ討ち入る条件は整った。早速軍議が開かれ、総大将範頼率いる三万は琵琶湖の南端勢多《せた》から勢多橋を越えて、義経の率いる二万は伊勢路から宇治に出て宇治大橋を渡って都に侵入することに決まった。時は一月の二十日早朝、両軍同時に都を目指すことになった。最後に九郎は付け加えた。

「鎌倉殿から厳しく達せられているので、皆も承知のことと思うが、乱暴狼藉は厳に謹んでもらいたい。木曽の轍を踏まぬためにも部下の統制は厳しくせねばならぬ。そのために鎌倉殿は、苦しい中から、可能な限りの兵糧米を送り込んで下さっている。今後、ながく都を治めるためには絶対におろそかには出来ぬことである」

本来、範頼が言わねばならぬこととは思ったが、彼の口から最後まで注意がなされなかったので、僭越かと思ったが付け加えた。人道的にも当然のことながら、戦略的にもきわめて重要なことと九郎は考えていた。

平家から和議を破談にされた義仲は、更に叔父の行家、源義兼に背かれ、孤独の淵に追い込まれていた。比叡山への牒状を書いた参謀格の覚明もいつのまにか姿を消していた。鎌倉の情報もほとんどつかめぬままに義仲は、行家、義兼討伐のため兵五百ずつをそれぞれのもとに割いていた。そして、鎌倉勢が勢多、宇治に集結すると、義仲の四天王と言われた乳母子《めのとご》の今井兼平に五百騎の兵を付けて勢多へ、叔父の志田義広に三百騎を付けて宇治へ差し向けた。その時、自身の手元に残った兵は三、四十騎であった。あちこちに派した兵力をまとめても、その勢力は二千に満たなかった。五万対二千、さらに西の平家六万を敵に回してしまった。義仲の指令は一日の内に七、八度も変更された。焦りは頂点に達していた。

印地《いんじ》共の指揮を任された弁慶は、自暴自棄となった木曽軍の乱暴狼藉から都の民を守るよう洛中の各所に印地を配置していた。

「お前らの同朋である都の女子供を木曽の男なんぞに犯させるな」

とはっぱをかけた。すると、

「木曽野郎もだが、鎌倉の野郎共の狼藉の方がひでえかもしれねえ。その時はどうする」

と野次を飛ばす者がいた。

「鎌倉は厳しく乱暴狼藉を禁止している。そのような者はいるはずがない。だから、乱暴を見つけたらすべて叩きのめせ。もし、とがめを受けたら、鎌倉軍にはそのような者はいるはずがないと言い返してやれ」

弁慶の答えに印地共から大きな笑いがおこった。

弁慶は、そっと印地の親分を引き寄せて耳打ちした。

「坂東者だったら、追い散らすだけにしておけ。叩きのめしちまったら後がうるせえからな」

印地の親分はニタリとして、

「わかってるよ。俺たちだってばかじゃあねえ」

「そうか。よろしく頼むぞ」

弁慶は親分の肩を叩いて、景気をつけた。

さらに、印地の一部を宇治に遣わした。「宇治の民屋を焼き払って、軍勢が集結するための広場を整えろ」という大将義経からの指示にもとづくものだった。当初弁慶が与えられた任務は、印地を組織して「都の民を安全な地に避難誘導させよ」というものであったので、民屋の焼き討ちには抵抗があった。が、「戦闘を一刻も早く終結させるため多少の犠牲はいたしかたない」と押し切られてしまった。なんとなく釈然としないまま、印地に指示を出した。都の者が都を焼くことに印地は抵抗するのではと弁慶は心配したが、「おう、焼き討ちだぜ！」と小躍りして宇治に向かって行った。弁慶はその背中に「待て！」と怒鳴って押しとどめると、

「民を安全に避難させてから焼くんだ。逃げ遅れた民がいたら、お前らみんな打ち首だからな。お前らの任務は、民の安全な避難誘導だということを忘れるな」

と強い調子で命じた。彼らにとって焼き討ちは火遊びのようなもので快感なのだ。勇んで駆け出していく印地に「奴らには郷土愛というものがないのか」と弁慶は舌打ちした。


一月二十日、早春の気配漂う宇治川の空には、まだ明けの明星が輝いていた。琵琶湖周辺の山々の雪解けで、水かさを増した宇治川の川音が地から湧くように辺りを圧倒していた。昨夜焼き払った民屋の焼け跡に、まだ火がちょろちょろと燻っていた。民屋の先にちらほら見え隠れしていただけだった平等院が、夜明けとともに焼け跡の向こうに全姿を顕にした。

「おーい、熱いぞ！　馬の足が火傷《やけど》する。早く消せ」と怒鳴る武者の声がしたかと思うと、騎馬武者の一団が怒濤のように駆け込んできた。源九郎義経率いる宇治の手の一団である。そして民屋を焼き払ってつくった広場に一斉に下馬して整列した。

九郎義経は早速宇治川の岸に立って、全神経を宇治川の流れに注いだ。雪解け水を呑んで水量を増した流れは予想以上に速く見える。当然、流れの中には敵の手によって乱杭やら刺のある樹木を束ねた逆茂木《さかもぎ》などが打ち込まれているのだろう、流れが乱れて渦を巻いている。橋桁も外されている。対岸には朝日を背にした木曽軍の騎馬武者が大きな塊となってこちらを睨んでいる。

今日を限りと覚悟を決めて待ち受ける軍勢の気迫は、少数と雖も宇治川を渡って迫ってくる。

「三郎！」と九郎は伊勢三郎を呼んだ。彼はすぐ傍らにいて「おう」と応えた。

「指揮は櫓からとろう。ついてこい」

と言って、急ごしらえに造らせた櫓に登った。初めての大戦《おおいくさ》を前に昨夜、九郎は三郎に言ったものである。「わしは、戦術は立てたが、現場の呼吸がまだつかめない。常にわしの傍らにいて、臨機応変の助言をせよ」と。

櫓の上から眺める敵は三百騎ほど。鎌倉軍の騎馬武者は二千、その後ろには歩兵の厚い層が控えている。河さえ渡せば敵はひともみで倒せる。しかし、自軍の戦士は、渦巻く大河を前に固唾を呑んで立ちつくしている。

九郎は、工作員の中の水練の達者、潜りの達者、水中歩行をする川立《かわだ》ちらを集めるよう命じた。ほどなく五百名程の工作員が人馬をかき分けて前に出てきた。九郎は彼らに櫓の上から命じた。

「これより、宇治川を渡す。その前に、水中の障害物、乱杭、逆茂木を取り払い、水中に張り巡らされた大綱、小綱を切り払え。そして、人馬の渡り易き所、危険な場所を探せ。これは本日の勝敗を決める最も重要な仕事である。その功は最も高く評価しよう。河は冷たく流れは速い。危険で苛酷な作業になるが、可能な限り早く取り払え。早く、完全に取り払え！」

「おー」

と、裸の男たちが白い息を吐き散らして、一斉に水中に身を投じた。水しぶきが上がると同時に対岸から、水中めがけて矢が放たれた。ぽつり、ぽつりと川面に裸の男が浮き上がった。水中で敵の矢に当たって死んだ者たちだ。水中では激しい戦いが始まった。陸の武者たちも川面を見つめて息をこらした。

その時、しんと静まりかえった軍勢の中から、二人の武者がもつれ合いながら出てきて橋にとりついた。見れば熊谷次郎直実とその息子小次郎直家だ。二人は互いに「お前にはまだ、無理だ」「いいえ、父上こそ近頃中風で足が不自由であられる。無理をなさいますな」とかばい合って、結局二人ともに飛び出してきた様子だ。そしてもう一人、平山季重なる武蔵の武者が橋板の取りはずされて桁ばかりの橋を渡り始めた。二人とも畠山や河越など豪勢な武士の狭間で業わっている弱小な武士だ。案の定、敵は橋桁の三人に的を絞って矢の雨を降らせてきた。三人は射向けの袖を甲の真正面にあて、ひたすら防御の姿勢で桁をぴょんぴょんと飛び走る。真っ直ぐに突進してくる矢を鎧に受けて、大わらわとなった三つの影が橋を渡って行く。誰もが三人の無謀に呆気にとられ後に続こうとする者はいなかった。九郎は援護を命じるべきかどうか迷った。援護を命じれば、水中で作業している者たちの犠牲を増やすことになる。迷っている様子の九郎に、

「あれは、奴らの勝手な行動だ。援護など必要ないさ」

伊勢がにべも無く言った。九郎の迷いは吹っ切れた。そうこうしているうちに三人は、鎧に何本もの矢を受けながらも橋を渡り切って敵陣に躍り込んで行った。

その間に水中では、杭や綱などの障害物が取り払われ、水練の者たちが岸に上がってきた。それを認めるや九郎は渡河を命じる太鼓を激しく打ち鳴らさせた。しかし、軍勢はしんと静まって動かない。水の冷たさ、流れの速さに馬も人もすくんでいた。再び激しく太鼓が打ち鳴らされた。

弱気な心を鼓舞するように、先に橋桁を渡った熊谷らを援護せよと太鼓は河音に負けじと益々高く打ち鳴らされた。やっと畠山重忠の軍勢が動いた。それに触発されて一斉に渡河が始まった。

頼朝の近臣佐々木四郎高綱と梶原の嫡男景季は、頼朝にねだって拝領した名馬生食《いけずき》・磨墨《するすみ》にうち跨って先陣を競っていたが、いよいよ川に打ちいれようとしたとき、後ろから来た佐々木が梶原に、

「馬の腹帯がゆるんでいるぞ。宇治川は西国一の大河ぞや、しっかり締めた方がよいぞ」

と声をかけた。梶原は、思わず鐙《あぶみ》を左右にふみひらいて身を屈して腹帯を締め直しにかかった。その間に佐々木は梶原を追い越して川にさっと打ち入れた。そして生食を泳がせて対岸に駆け上がり、

「近江国の住人、佐々木三郎秀義の四男佐々木四郎高綱、宇治川の先陣！」

と大音声で呼ばわって、木曽軍の中に討ち入った。

「謀ったな！　高綱」とばかりに梶原景季も負けじと後を追って敵陣に切り込んでいった。一方畠山重忠は、烏帽子《えぼしご》子の大串次郎が馬を流され難儀しているのを見て、大串を掴んで対岸に投げ上げた。投げられて対岸に降り立った大串次郎は、さっと立ち上がると、

「武蔵国の住人、大串次郎重親、宇治川の徒歩立ちの先陣なり」

と名乗りを上げたので、敵も味方もどっと笑った。こうして、鎌倉勢は、勢いに乗って次々に渡河した。対岸で応戦する木曽軍は三百、次第に追い詰められていった。

九郎は渡河すると、戦は他の者に任せ、安田、梶原、畠山、佐々木、渋谷、河越など主だった将士を伴って後白河法皇の御座所である六条殿に馳せ向かった。木曽が法皇を伴って逃走する恐れ、悪くすれば、自暴自棄になって法皇を害し兼ねない心配すらあったからだ。

後の摂政関白九条兼実は、その日記『玉葉』にこの日のことを次のように伝えている。

「二十日庚戌　天晴　物忌なり。卯の刻人告げて云はく、東軍すでに勢多に付き、いまだ西地に渡らずと云々。相次ぎ人いはく、田原の手すでに宇治に着くと云々。詞未だおわらず、六条河原に武士等馳走すと云々。よつて、人を遣わし見せしむる処、事すでに実。義仲方軍兵昨日より宇治にあり。大将軍美乃守義広と云々。しかるに件の手、敵軍のために討ち敗られ了《おわん》ぬ。東西南北に散じおわり、すなわち東軍等追い来たり、大和往路より京に入る。九条河原辺においては一切狼藉無し。最も冥加なり。踵を廻らさず六条の末に到り了ぬ」

一月二十日は朝からよく晴れ渡っていた。早朝六時ごろ、「鎌倉軍が勢多に到着した。だが、まだ渡河はしていない」と伝令が告げに来た。そこへ、宇治方面からの伝令が来て「田原の手（田原道からの義経軍）が宇治に到着した」と。その言葉も終わらぬうちに次の伝令が来て「六条河原に武士が走り込んできた」と告げるではないか。まさかと思い人を見にやると事実だという。義仲方は、昨日より美濃守義広を宇治に遣わしていたが、件の鎌倉軍に討ち破られ、東西南北に逃げ散ったようだ。鎌倉軍は大和大路より京に入ってきた。九条河原に於いては、一切狼藉は見られない。これは誠に幸運なことだ。そして、まっすぐに六条の末（法皇の御所六条殿付近）にやってきた。と記している。

都の人々の予想をはるかに超えた早さで入京した様子を伝えている。また、戦にはつきものの狼藉も抑えられていた。

一七◑◐後白河の君

一月二十日、洛中は朝からよく晴れ渡っていた。鎌倉軍がいよいよ都に攻め入るとの噂に、市井の人々は皆何所かへ身を潜めてしまった。都大路は音もなく、霜ばかりが光っていた。だが、公卿殿上人などを始めとする公家たちは、木曽義仲に捕り込められている法皇や帝を見捨てて逃げるわけにもいかず、六条の仮御所に詰め、あるいは自邸に籠って、成り行きを見守っていた。木曽派、鎌倉派、平家派の人々がそれぞれの思惑で、今日の合戦の勝敗に固唾を呑んでいた。

法住寺合戦の後、法皇は義仲によって六条西洞院《にしのとういん》の大膳大夫《だいぜんのだいぶ》業忠の邸に軟禁状態におかれていた。常の御所法住寺殿は義仲に焼討ちされてしまったので業忠の邸を仮御所としたのだが、業忠の邸は母屋の間口が三間で、板葺きの粗末なものであったから、さぞ不自由なことであろうと推測された。

この朝、法皇の側に伺候していたのは、花山院大納言兼雅、民部卿成範、修理大夫親信、宰相中将定能、出羽守貞長など院近臣とみられていた人々の他に女官たちであった。摂政そして左右大臣など朝廷の最上級の公卿たちの姿はなかった。

御所の周りには木曽兵が護衛のために立ち並んでいた。が、本当のところは、後白河法皇が逃亡することや鎌倉に奪取されることを恐れての処置であった。義仲としては、最悪の場合法皇を擁して北陸に引き、そこで再起を図るつもりでいた。

六条殿に籠った人々の最大の心配は、義仲に北陸に連れ去られること、いや、もっと恐ろしいのは、北陸下向にも失敗して、義仲が法皇以下を人質にして、この六条殿に立て籠もること。それぞれが最悪の事態を想像して、生きた心地もなくひたすら鎌倉勢の入洛を待ち焦がれていた。

「九郎とは、どのような者であるか」

後白河の君が、冷泉《れいぜい》ノ局をお側において業忠に尋ねられた。

「は、過日、法皇様の御使いで、九郎義経の許に下りました者の話によりますと、大変てきぱきとした若者の由にございます。歳は二十五歳とか。まだ、妻帯してはおらぬようでございます」

「いや、戦は上手そうかと聞いておる」

「は、それは聞き及んでおりませぬ。なんでもこの度が初陣の由でございますが、陣中は整然としていて、よく統制がとれていたと申しておりました。されば、必ず宇治川を無事越えて都に入ってくるものと存じます」

「うん、九郎とやらを早く見てみたいのう」

そう仰せられる君が、不安からお尋ねになられるのか、新しい登場人物の品定めに興味を覚えられてのことなのか、茫洋としたそのお顔からは業忠にはわかりかねた。そして、このご質問は何度も繰り返された。業忠もまたこれ以上のことを答えることはできなかった。けれども、君は九郎義経の情報は自分以上に持っておられるはずだから、さすがの君も御心配が先にたたれておいでなのだろうと業忠は想像した。

その時、地震かと思える地響きがして、馬蹄の音、馬の嘶《いなな》きが御所内に飛び込んできた。業忠は思わず飛び上がって、恐怖のあまり這いつくばって法皇の前を犬のようにぐるぐる回り始めた。法皇は可笑しそうに業忠に言った。

「回っておらずに早く外を見てまいれ」

言われて、業忠は這ったまま局を出て行った。入れ替わりに局々に待機していた花山院兼雅らが法皇の周りに集まってきた。

そこへ木曽義仲の破鐘のような声が響き渡った。

「洛中で戦が始まります。ここは危険でございますので御動座《ごどうざ》を賜りませ。至急御輿に召されませ」

ひどく性急な義仲の声色に後白河がつぶやかれた。

「鎌倉が川を越えたと見ゆる。われらはここを動くまい。なんとか時間稼ぎをせよ」

出羽守貞長が走り出て義仲に対した。そこには階《きざはし》に一歩足をかけて立ちはだかった義仲の姿があまりにも間近にあった。あろうことか義仲は既に抜刀していた。切っ先の先には、業忠が腰を抜かしてわなわなと震えていた。義仲の後ろには二台の輿が待機していた。法皇と冷泉ノ局のために用意したものであろう。青ざめてさえ見える義仲の権幕に、貞長は法皇の命の危険を感じた。

「何処へ御動座賜うのじゃ」

「猶予はありませぬ。とにかく御輿へ」

「鎌倉が川を越えたと申すか。勢多勢か、宇治の手か。それとも両方か」

「そのようなこと、あなた様が知る必要はない。君の御命に関わること、急がれよ」

「これは、大層な申されようじゃ。われらはそなたに命を託しておるのじゃ。ましてや君の御命を。もそっと丁寧に説明いたせ。まず、いずこへ御動座賜うつもりじゃ」

「ああ、じれったいのう。ここは戦場だ。四の五の言わずに一刻を争うのじゃ」

義仲は太刀の鞘で階をドン、ドンと打ち鳴らして威嚇した。仕方なく、貞長はゆっくりと踵を返すと法皇の御座に向かった。その遅い動作に義仲がじれているのを背中に感じながらゆっくりと御座所に戻った。

「貞長、はやくいたせ！」

義仲が叫んだ。貞長が戻ると、次に成経がゆるやかに出て行って、

「只今、御支度を整えておられる。いやしくも法皇様の御動座、今少し時を。法皇様はそなたを頼りにしておられる。必ずそなたと共に御動座あられるであろう」

と、言い終わらぬ先に、義仲の郎党共が御所内に駆け上がり、公家や女房どもを無理やり屋敷の外に追いたてはじめた。女房達の甲高い叫びが狭い御所内を駆け巡った。

「なにを無体なことする」

成経が叫んだが、義仲はそれを押しのけ、御座所に駆け上がろうとした。

その時である。

「敵だ！　敵だ！」

と、門外の木曽兵が叫びまわる声がした。義仲は一瞬ぎくりと足を止めた。そして、大きく天を仰いで深呼吸をすると「退けえ！」と一声発して、近くに止めてあった馬に飛び移り鞭を挙げて走り出て行った。

法皇もまた、大きく息を吐かれた。周りにいた者たちも「フー」と吐息を吐いて、みなへたり込んでしまった。危機一髪であった。

「あなた、こなたの寺社へ祈りを込めた験《しるし》であろうかの」

法皇が仰せられた。そして、「諸門の鍵を固く閉ざせ」と命じられた。人々は仰せを受けて、初めて我に返り、あたふたと諸門に向かって駆け出して行った。塀の周りを取り囲んでいた木曽兵は、はや、一人もいなかった。しかし、鎌倉軍とおぼしき白旗もまだ見えなかった。遠くに戦闘のざわめきが聞こえていた。この戦闘が決着しなければ、彼らの運命は定まらない。業忠ほか数名を門外の見張りに残して、人々は邸内へと戻っていった。

「朕らを虜にして、御所に立て籠もられてはまずいと思ったが、さすが、義仲、そこまで悪ではなかったの。潔く観念したものと見ゆる」

法皇は、戻った者たちへポツリと仰せられた。

見張りに残された業忠が、恐る恐る築垣の上に登ってみると、東の方から疾風のようにこちらに向かってくる騎馬武者の一団が見えた。

「あなあさまし。木曽がまた戻って参りましたぞ！」

と、思わず叫んだ。御所中の人々は「今度こそ運つきぬ」と手に手を取り合って身を寄せ合った。法皇は「褒めるのは早かったの」とまた仰せられた。冷泉ノ局は立ち上がると、女官たちに言った。

「そなたたちは、帯をしっかり締め直して、早く身をお隠しなさい」

女官たちが立ち上がる間もなくまた、業忠の興奮した声が告げた。

「いや、違いまする。笠印が違いまする。木曽にあらず、鎌倉軍と見えまする。おー、間違いなく鎌倉勢でございます。三十騎ほどで馳せ参ります」

業忠が修正する上ずった声を聞いて、御所内の人々は一斉に顔を挙げた。たしかに、馬蹄の響きは、義仲が走り出て行った時のものより整然と聞こえる。硬直した人々の表情が少しずつ溶けて空気が緩んだ。

どどどどーという地響きは、瞬く間に御所の門前に至った。そして、築垣の上に這いつくばるようにしていた業忠の前でザッと小札《こざね》の音を響かせて、騎馬の軍団は一斉に下馬すると、横二列に整然と並んだ。

そして、中から小柄な武士が一歩前に進み出て、

「鎌倉の前右兵衛佐《さきのうひょうえのすけ》源頼朝の弟源九郎義経、只今、宇治の手を打ち破り御所守護のため参上つかまつりました。御門を開かせ給え」

と、御所内へ大声で名乗りを上げた。

待ちに待った鎌倉勢が到着した。しかも、一団の立ち居振る舞いが整然としていて統制のとれ

た一団に見える。業忠は嬉しさの余り築垣から飛び降り、まろぶように君の御前に奔り戻った。御所中に安堵のさざなみが広がっていった。

早速、殿上の人々は鎌倉勢を謁見すべく、法皇の御座の前、左右に威儀を正して待った。先ほどまでの恐怖の空気はすっかり消えて、新来の軍隊を品定めしようとする興味の色に変わっていた。

間もなく義経率いる代表格の武士六名が、貞長に導かれてずしずしと入ってきた。後ろに従う武士より首一つ背の低い華奢な武士が、今日の大将軍源九郎義経と見える。赤地の錦の直垂《ひたたれ》紫下濃《むらさきすそご》の真新しい鎧を着て、鍬形の兜を着けた若武者姿が荒らされて殺伐とした庭に華やぎをもたらした。彼らは階の下まで進むと、小札の音を響かせて一斉に武者座りに居流れた。そして、貞長に促されてそれぞれが名乗りを上げた。

「前右兵衛佐源頼朝の弟、この度、兄蒲冠者《かばのかじゃ》源範頼とともに大将軍を務めます源九郎義経、生年二十五歳」

「武蔵国の住人河越重頼、生年五十四歳」

「同じく武蔵国の住人畠山重忠、生年二十一歳」

「相模国の住人渋谷右馬允重助、生年四十一歳」

「同じく相模国の住人梶原景季、生年二十三歳」

「近江国の住人佐々木高綱、生年二十五歳」

大将以外は、皆木曽武者以上に色黒く筋骨たくましい剛《ごう》の者共に見えた。殿上の人々には、いかにも華奢な大将が、この猛者共《もさ》を率いてきたことが信じられなかった。お飾りの大将なのか、真に実力があるのか見極めようとその一挙手一投足を注視していた。

一方、九郎は後白河法皇を拝したく思い、正面の御座所の辺りに目を凝らしたが、法皇は御簾の奥深くで御姿の影すら定かではなかった。お声も、貞長が代わりに話すので聴くことはできなかった。参上した者の姓名や年齢、そして戦の様子など、この寝殿の何処かからかお尋ねがあった。簡潔に答えたが、何れ対決しなければならないお方と心に秘めている九郎にとって、この対面はもどかしいものであった。後に人から聞いたことではあるが、この時法皇は、九郎達の居流れた階下のすぐ間近にあった中門の格子窓から、その立ち居振る舞いを覗き見ておられたとのことだった。そして、九郎を「可愛げなる者よ」と仰せられたとか。

その後、大将九郎義経に御所の警護を命じられた。また、九郎から申請した六条堀川一帯を本陣としたい旨を許された。堀川には河岸があって都に入ってくる物資の集積地となっている。また、亡き父左馬頭《さまのかみ》義朝の館があったところでもある。九郎が当初から思い描いてきた場所であったから、すんなりと許可されたことにほっとした。

退出すると九郎は、

「勢多勢は、まだ来ぬか」

と、門外に残しておいた者たちに尋ねた。

「は、まだ、入洛した様子はございません。まさか敗れるようなことはないと思いますが」

と、案じ顔に応えた。

「渋谷重助、そなた一隊を率いて勢多へ様子を見に行ってくれ」

と、性急に命じた。重助は「はっ」と応えると部下を率いて駆け出して行った。それを見届けて、九郎は畠山重忠に御所の警護を命じた。そして、

「公家たちが、早速御所に集まってくるであろうが、本日のところは混乱を防ぐため、たとえ摂政関白であれ大臣であれ、一切の者を御所内に入れてはならぬ。諸門を固く閉じ厳しく警護せよ。また、大将範頼公が御到着の時は、六条堀川にお越しいただくよう伝えよ」

と指示した。さらに、

「河越重頼、そちはわしと共に六条に向かい、空き屋敷などを探し陣所として整えよ。そして、陣所の警護にあたれ。梶原は洛外への木戸を固めよ。木曽を洛中から逃すな。佐々木高綱、そちは今宵の兵士たちの宿所を探し、それぞれに配分せよ。兵站部隊は洛外に留めよ。再三申したことなれど洛中に火を放って、火災を起こすことのないよう心せよ。都の民には一切危害を加えるな」

九郎は、それぞれの役割を定めると、以後の司令塔を整えるため、河越重頼を伴って、六条堀川に向かった。途中の戦闘は既に終息していて、辺りには兵士の遺体がころがり夕日がその影を浮き上がらせていた。生々しい血の匂いが、思わず吐き気を誘う。まだ、息のある者たちも多く、苦しげなうめき声も迫ってくる。

「鎌倉兵の死傷者も予想以上に多いようですな」

河越重頼が遺体の数をいち早く見分けて言った。言われて九郎は、はっとした。瞬時に遺体を

敵味方に分けて見るゆとりのない自分に気付いた。

「流石、木曽よの。ここを最後と踏ん張ったのであろう。ところで義仲はいかがしたであろう。ま、急ぎ本陣を定めなければ情報も届かぬ。参ろう」

数人の従者と共に一行は大路を駆け抜けた。

西海に平家と共に都落ちした公家屋敷の一つを本陣と定めたころ、辺りに大歓声が上がって、大将範頼が義仲とその直臣今井兼平の首を竿の先に高く掲げて到着した。今、まさに沈もうとする赤黒い夕陽のなかに二つの首が黒く浮いていた。九郎は思わず深呼吸をした。戦は勝ったのだ。木曽義仲を打ち破ったのだ。九郎は目眩を感じた。体中についぞ感じたことのない高揚感が湧きあがるのを覚えた。

一方で、意気揚揚と進んでくる範頼の姿に九郎は大きな安堵と共に一抹の不安を感じた。入京に遅れた範頼を待たずに、入京後の対応を九郎一人で仕切ってしまったことを悔いていた。御所の警護はいたしかたないとしても法皇への謁見は範頼の入京を待つべきであった。そのうえ兵の宿所の割り当てまでしてしまったことはやりすぎだった。現場に立つと、九郎の脳は普段の数倍の速さで回転し、穴から糸を引きだすように次々となさねばならぬことが湧きあがってきて、容易には止められないことに九郎自身が驚いていた。敵の大将首を範頼勢が揚げたことはせめてもの範頼の面目である。

陣中の者たちは、両脇に整列して範頼一行を迎え入れた。九郎が先頭に立って「おめでとうございます」と称えると、範頼は「うん」と頷いたが、九郎に目を合わせることはなかった。気ま

ずい空気をはらうように九郎は、

「後白河法皇もお待ちかねでございます。早速御院参《ごいんざん》を」

と、範頼にすすめた。

「そちはもう済ませたのか」

「もうしわけございませぬ」

「さすがよの。なんでもやることが早いの」

と言うと、

「武田殿、加賀見殿、宇治勢に後れを取ったが、義仲の首を持っていざ院参せん」

ことさら大きな声で副将の武田太郎信義と加賀見次郎遠光を誘い、義仲、今井の首を掲げて六条御所に向かった。

やがて院参を了え、木曽義仲こと朝日将軍源次郎義仲とその乳兄弟今井兼平の首が、本陣の広庭に並べられ諸将の実検に供された。勇猛果敢で知られた義仲であったが、今、その首は蝋のように白かった。九郎には、なぜか幼子が人を求めて甘えているような表情に見えた。

討ちとった三浦義澄の郎党石田次郎為久は、

「琵琶湖のほとり粟津の松原辺りで、大将格の二つの影を見つけ、良き獲物と追い駆けると、一人は松原の中に駆け込み、一人はくるりと我らの方に向き直り、我ら五十騎ばかりの勢の中に、ただ一人駈け込んできたのであります。そして、鐙《あぶみ》にふんばり立ち上がって『我こそは木曽殿の乳母子《うばご》、木曽の四天王といわれし今井四郎兼平、生年三十三歳。兼平討って頼朝の見参にいれよ』と力強く名乗ると、わずかに射残してあった矢をつぎつぎに放ってき申した。射残してあった矢は八筋ありましたが、当たらぬ矢は一筋もありませなんだ。矢が尽きると、太刀を抜き放ち斬りまくってきたのであります。鬼神の如き勢いに、多くの味方が犠牲になり申した。今井の必死な振る舞いに、松原に逃げ込んだのは、木曽義仲と見て、自分は、今井を人に任せ、松原の武士を追いかけたのであります。義仲と思われる武士は、死に場所でも探しているように馬を歩ませておりましたが、背後に追跡者の気配を感じたのか、松原の先に広がる湿地に馬を走らせたのであります。すると突然、馬ごと体が地中に沈んでいくではありませんか。そして、足掻いている様子でありました。これは、深みにはまったに違いないと思い、今だ！と狙いを定めて矢をぱっと放ちました。その瞬間、武士は後ろを振り向いたのであります。放った矢は真っ直ぐにその内冑を貫いたのであります。その体は、仰向けに崩れていき申した。郎党を走らせてみると、まさしく大将木曽義仲でありました」

と、その時のことを興奮しきった様子で報告した。

信州の山間《やまあい》より、彗星のように現われて都を席巻した武将の寂しい最後だ。誰も声を発しなかった。戦を生業《なりわい》とする者同士他人ごとではない。明日は自分の首が並ぶのかもしれない。

「朝日将軍木曽次郎義仲は、なんと深みにはまって討たれたとよ。なんとなんと、前代未聞の無様！」

重い空気を吹き飛ばすように誰かがわめいた。

「我らが、都に入ったと聞くと、木曽殿は女子《おなこ》のもとに駆け込んで、ながながと別れを惜しんでおったと聞いたぞ。芯から腑抜けになっておられたようだ」

「そんな大将についた者共こそ哀れよ」

「さあ、清めだ！　清めだ！」

九郎は、常々こういう悪態をつく連中の気が知れなかったが、今日ばかりは、彼らの悪態が救いのように思えた。みんな強がっているのだ。悪態でも吐かなければ耐えられないのだ。

たちまち敵の首は片づけられ、勝利の美酒が振る舞われた。とっぷりと暮れた庭に何箇所も焚き火がたかれ、戦いに汚れた兵達の姿を浮き上がらせた。血しぶきを浴びたままの酒宴は、高揚感には満ちているが、底に澱みがあって今一つ突き抜けきれぬものがある。そして、半時もすると一人去り、二人去り場は寂しさを増していく。

大将の範頼も義経も、はやばやと席を立って自分の帳へ姿を消していた。

多くの者がそれぞれの陣中に戻って行った後も、まだ五、六人の将士が焚火を囲んで居座っていた。

「よう、実平、お主ら宇治の手の進撃は早かったな。われら勢多の手とどこが違ったんじゃ」

和田義盛が盃をあおって言った。

「そんなこと、わしに聞かれてもわかるもんか。そっちこそ、いったいなにをもたついていたんじゃ。帝や法皇を木曽の手から無事奪い取らねばならぬという時に」

「うん、結構渡河に時間がかかったな。水量も多かったし流れも速かったしな。浅瀬を見つけるのにも苦労した」

「渡河したのは、何刻ごろだ」

「昼を回っていたな。稲毛、そうだろう」

「うん、昼は回っていた」

「わしらは、辰の刻（午前八時）にはほとんど渡り終えていたな」

「勢多川の方が川ぐせが悪いか」

「そんなことはないだろう。地元の連中は、宇治の方が急流だと言っていたぞ」

「渡河してからも、今井兼平の抵抗は強かったしな」

と、稲毛も言い足した。

「やっぱり渡河の時間だな。稲毛、わしはお前に言ったぞ。地元の水練の者を紹介しようかと」

実平が言った。

「そんなこと言ったか」

「言ったよ。そしたらお前、『富士川の水練の者を集めたからいらぬ』って、とんと耳をかさなかった」

「そういえば、そんなことあったかな。それがどうした」

「九郎の君は、渡河にすべてを懸けられた。渡河さえできればなんとかなるとな。わしは、優秀な水練の達者を通常の倍の人数を集めるように言われた。特に熟練の者をと何度も言われた。そして、昨日は地元の水練を呼んで、当方の水練の者達に、宇治川の川ぐせ、深み、浅瀬など詳しく説明させた。また、殿自ら水練の者達の溜まりに足を運ばれて『この度の戦は、そち達の働きにかかっている。とにかく早く水中に仕掛けられた乱杭、逆茂木などを取り除いて、武者が速やかに渡河できるようにして欲しい。もっとも速やかなることが肝要じゃ。頼んだぞ。成功の暁には、そち達の功を高く評価しようぞ』とな。連中感激したな。大将から直接言葉を賜ったんだから。今朝は、皆、すごい張り切りようで冷え切った川にじゃんじゃん飛び込んで行ったよ。その上、昨日木曽に雇われて、乱杭、逆茂木を仕掛けた連中まで、昨夜のうちに狩り集めて投入したんだ。自分で仕掛けたんだ。仕事は速い。だから、半刻（約一時間）ほどで川はすっかりきれいになったさ。後は武者共の勢いに任せればいい」

「ふーん」

稲毛が、憮然とした面持ちで声を発した。

「なるほど、渡河に全力を注いだのか。言われてみればもっともな話だ。これだけ兵力に差があるんだ。渡河さえできれば、いくら木曽武者が勇猛だといえども勝敗は朝飯前よの。九郎の君は初陣だというのに目の付けどころが違うな。ところで、宇治川の地元の連中との接触は誰がやったんだ」

と、和田義盛が言った。

「都で雇った雑兵どもの伝手だったようだ。洛中で最もでかい縄張りをもつ強力な印地の親分がこっちに付いた。だから、勢多川の方にも、川に詳しい者を回すことはできたんだ。それをあっさり断られたからな」

「九郎の大将は、現場でも通用するな。わしは、理屈は立派だが現場じゃどうかと思ったんだが」

和田が感心したように言った。

「いや、現場での指揮振りの方がすごかったよ。いつもの穏やかさはどこかへ吹き飛んでしまって、毘沙門天でもとり憑いたようだったよ。ところで、範頼の大将はどうだった」

「ふん、自分の方から指示をだすことはない。だから、下がしっかりしなくてはだめなんだが、どの意見をとるかは、最終的には大将だからな」

「うん、それで、大将はどこらへんの意見をとるんじゃ」

「その場で、もっともでかい顔をしている奴の意見かな。この度は武田の意見がまかり通った。ふん、階級を大事にされたんだろう。わしの意見など耳を貸してはいただけなかったな。もっとも、わしにも水練の者を大事にする発想はなかったがな」

「いや、わしら武者は、まずは自分らが戦うことしか頭にないからな。わしも、水練、水練といわれてもピンとはこなかったよ」

稲毛が弁解がましく言った。

「いやはや、全くわしら勢多勢は顔色なしだぜ。義仲の首を取ったのがせめてもで、手柄はみんな宇治の皆様に持っていかれたな。持つべきものは良き大将だ」

鬚をむしりながら和田義盛がいらだたしげに言う。その言葉に宇治勢の三浦義澄が、

「だが、あそこまで気配りされては、わしらの出る幕は全くねえな」

「それは言えるな」

と、実平も同調した。

「だが、戦は作戦に参加するよりも現場での手柄じゃ。勝てる大将に付かねば。侍大将土肥次郎実平殿よ、次の戦は九郎の大将の方に配属してくれよな」

和田義盛は、実平の肩に手をまわして、からむように実平の盃に酒を満たした。軍の編成を決めるのは侍大将の権限なのだ。

「もう、解散だ、解散だ。明日も早いぞ」

実平は、義盛の手をほどいて立ち上がった。実平に逃げられた義盛は、そのまま大地にころがって、いびきをかきはじめた。戦の高揚感で思わず酒などあおっているが、誰もが疲れていた。昨日来、険阻な鈴鹿山を越え、河を渡り一日戦い続けたのだ。


九郎は、酒宴の庭を早めに抜け出して割り当てられた自室に入ると倒れ込むように寝込んでしまった。が、真夜中に厠に立った後は頭が冴えて眠れなくなってしまった。闇の中になにかを訴えかけるように白蝋のような義仲の首が浮かぶ。思わず掛けていた筵を引き被る。だが、筵の中まで首は追いかけてくる。『貴殿は何が言いたいのだ』九郎は問いかけた。しかし、首はなにも答えない。

『貴殿は、何を間違えたのだ。越後や越前での戦はあんなに見事だったのに。急に集まった軍勢を纏める事に失敗したのか。兄頼朝は、貴殿の集めた軍勢の数倍の俄か軍勢を富士川合戦の前に見事に掌握した。どこが違ったのだ。鎌倉という地方の舞台と都という舞台の違いか。貴殿は、入洛当初から叔父の行家殿との確執が噂され、都人を喜ばせていた。都人は仲間割れを殊の外喜ぶそうな。貴殿の配下の者たちは、貴殿と行家殿との双方から指令が飛んで混乱したとの風聞をよく耳にした。そう言えば、入洛の決断も貴殿は体勢を整えてから入洛したいと主張された由だが、行家殿の主張に押し切られたとか。私も貴殿の考えが正しかったのではないかと思う。貴殿にとって行家殿は癌だったのかもしれぬ。兄は当初から行家殿を退け、行家殿が以仁王の令旨《りょうじ》を配った功を言い立てて、恩賞に領地をと望んだ時、私は自力で領地を切り取った。あなたも自力で、お好きなところを切り取られればよろしいではありませんか、とにべもなく突っぱねられた。突っぱねられて貴殿を頼って行かれたわけだが、貴殿は行家殿に同情して受け入れられた。お二人の違いはその辺にあるのだろうか。志田の叔父上に対しても兄上の態度は冷徹だった。そして、志田の叔父上も貴殿を頼った。今日、私はその叔父上と対戦したわけだが、叶わぬと見るやさっさと逃亡してしまわれた。兄上は不要なもの、邪魔になりそうなものは、予め容赦なく切り捨ててしまわれる。そして常にすっきりとした体勢で事に望まれる。貴殿は、世間の常識や情に囚われて、多くの異物をぶら下げて突進してしまわれたのではないか。ぶら下げた異物が都の諸々の勢力に引っ掛かって身動きが取れなくなってしまわれたのか』

それにしても、私は兄上のように冷徹に振る舞えるだろうか。行家殿はこの度も上手に逃げてしまわれた。またぞろ、都にひょこひょこあらわれて、法皇様の碁のお相手などしながらなにを企まれておられるのやら。冴えかえった頭は、しかし、深く考えることをせず、次々と新たな映像を映し出していく。そういえば、どれほどの者が犠牲になったのだろう。我が家の子郎党は、皆無事だったのだろうか。継信、忠信はいた。伊勢もいた。喜三太もいた。弁慶は？　そういえばまだ、姿を見ていないような気がする。何と言うことだ！　自分はまだ部下の安否すら把握していない。そういえば、どこからか多くの人間のうめき声が地を這うように聞こえてくる。この館の一隅に負傷兵を収容したはずだ。彼らの呻きか。勝利の快感は憂鬱へと変わっていった。

だが、明ければ早朝から軍議が開かれ、朝廷の再開、木曽兵の処置、死傷者の検証、功労の検証、避難住民の帰洛など山ほどの問題が協議された。朝廷の再開のためには中原親能が六条御所に派遣され、また、報告と今後の指示を仰ぐための使者が鎌倉に派遣された。

そんな喧騒の中、戦い疲れたひどい姿の兵十数人が縄を打たれて、九郎の前に連れて来られた。

「四国の者だといって、九郎の大将に会わせろと申しておりまする。怪しき者共と思いまするが、御大将の文など持っておりますので、一応ご判断を仰ぎたいと連れ参りました」

警護の兵が自信無げに告げた。いずれも色黒く、恐ろしげな面魂の猛者共であった。

「源九郎義経公であらせられる。いちいち名を名乗れ」

と、警護の武士に怒鳴られると、先頭の大男が九郎の顔を見てニタリとした。

その表情で思いだした。

「よう、河野通信ではないか。ああ、生きておったか。能登守平教経《のりつね》らに散々に敗れたと聞いて心配しておった。誠に御苦労であった。敗れたとはいえ、我らにとってその功績は大きかったぞ」

と言って、連れてきた警護の兵に向かって、

「この者たちは、この度の戦の影の立役者ぞ。いそぎ縄目を解け」

と命じた。そして、こもごも語るところを聞けば、九郎の叔父にあたる祖父為義の子源義嗣《よしつぐ》、

義久は、能登守平教経軍の前に討ち死に、河野通信と共に戦った安芸国の沼田次郎は敵わぬと思ったか、平家に屈して降人となった。河野通信は降伏を潔しとせず、城を逃げ出して、その後も戦い続けたが、遂に主従二騎になってここまで落ち延びてきたとか。途中、阿波で平家に抵抗した阿波国の安摩《あま》六郎忠景、紀伊国住人園辺兵衛忠康に会い、鎌倉勢の勝利を聞いて、連れ立ってやって来たのだという。

「そちらの旧領は必ず回復して見せる。それにしても、平家は予想以上に力をつけておるようじゃな」

「一頃の平家とは、全く違ってきた。平家の公達衆も苦労したから、ずいぶんと腰が据わったようだ。色も黒くなったし、筋骨も逞しくなった。侮れぬな。能登守平教経は清盛の甥になるのかな。負けん気が強くてガンガン前に出てくる。ところで、九郎の大将よ。駿河次郎の手下になり済まして、自筆の伝票など置いて行ったのは、この日のためだったのか」

「うん？　フフ、俺を印象付けるためと、再会したとき、あの時の俺と同一人だと証明するためにな。それより、今宵はここで体を休めて平家の様子などゆっくり聞かせてくれ」

「ああ、此処に置いてもらわねば行くところがない」

「どうだろう、鎌倉の御家人になるつもりはないか。鎌倉殿に推薦したい」

「俺達は、今や風来坊だ。そうしてもらえれば有難い」

九郎の要請に彼らは了承した。今となっては鎌倉を頼るしかない敗軍の将である。鎌倉にとっても、瀬戸内の水軍を味方につける必要は、今や急務であった。河野通信一行は、敗れたとはいえ面目を施して国に帰って行った。通信は以後、瀬戸内での源平戦で活躍し、鎌倉幕府内の有力御家人として重きをなしていくことになる。

彼らを送り出した後も、慶び申しの人々が続々とやって来て、本陣は一日中ごった返した。三条の吉次が祝いの品を車に積んでやって来た。中原信康が仲間を連れてやって来た。九郎は即、信康に右筆として本陣に詰めてくれるよう要請した。

そして、その日最後に異父弟の侍従一条良成に会った。良成は、九郎と違ってがっしりした体格で、性格も明るく積極的に見えた。

「やあ兄上、良成にございます。御入洛をお待ち申し上げておりました。兄上の御評判、たいしたものでございます」

初対面に近い異父兄弟《きょうだい》ながら、挨拶ぬきで快活に近づいてきた。

「良成か！　でかくなったな」

良成の快活さにつられて、九郎は良成を見上げて思わず叫んだ。記憶にある良成は母の乳房にしがみついていた赤ん坊である。

「母上はお健やかか」

「御心配なく。ですが母上は兄上のことが心配で、心配で。無事御入洛されたと申し上げても、また、その先の事を心配なされて。一段落されたら、出来るだけ早く母上の許にお越し下さりませ。一条家をあげてお迎え申し上げます。それだけ申し上げたくて、お忙しいところ敢えて参上いたしました。では、これにて」

良成は、まことにあっさりと退出してしまった。爽やかに成人した弟をいつまでも見送っていた。勝利の高揚感とは違う穏やかな喜びがいつまでも九郎をそこに佇ませた。

鎌倉では、期待と不安の中で勝利の報せを待ち焦がれていた。鹿嶋神宮からの使者が到着し、

「正月十九日、義仲と平家を討伐するため、鹿嶋の神が都に赴かれた夢を社僧が見たと申すのです。すると、なんと翌日の二十日、黒雲がにわかに宝殿を覆い、辺りが暗くなったかと思うと、御殿が激しく振動するではありませんか。そして、鹿や鶏がいずこからともなく湧き出るように集まって来たのです。やがて次第に震動が鎮まると、宝殿を覆っていた黒雲はひとかたまりになって西の方へと渡っていきました。なんと、黒雲と共に鶏が一羽、西に飛んでいくのを多くの人々が見たのです。鶏が空を飛ぶなどということは前代見聞の奇瑞です。お味方の勝利は間違いございません」

と告げて行ったのが二十三日。人々はおおいに勝利を期待した。頼朝は庭に降り立ち、遥か鹿嶋神宮の方に向かっていつまでも手を合わせていた。

勝利の第一報が届いたのは、それから四日後の二十七日であった。頼朝は、早速鶴岡八幡宮に詣で戦勝報告をするとともに、鹿嶋神宮に向かって大きく柏手を打ってお礼を言上した。義仲は都の内に追い詰めたとはいえ、平家がいかなる挙に出るかも知れず、寺院勢力とて、いつ心変わりするかしれたものではない。戦は大将の首を取り、目的地を占領するまでは安心することはできない。ましてや人を遣わして待つ身はなおさらである。

それから一日遅れで、軍目付の梶原景時から詳細な戦況報告があった。公的な報告の外に、頼朝宛に祝いの文が添えられていた。

「この度の大勝、誠に誠に御慶び申し上げ奉り候。鎌倉の弥栄を確信申し上げ奉り候。また、この度の御弟君義経公の指揮振りには、麾下一同、御敬服申し上げ候。渡河に工夫をこらされ、思いもよらぬ速さで都に侵入できたことが、帝および後白河法皇を木曽の手より無事我が方にお迎えできた最大の功績と存じ上げ奉り候。後白河法皇始め公卿殿上人の御覚えも目出度く、市井の者共の口の端にも話題に上らぬ日はない有様にて、今や都の人気を一身に集めておられ、鎌倉には他に人はなきが如くに御座候。さすが鎌倉殿の弟君よと我らも誇りに存じ上げ奉り候。まずは、御祝い申し上げ奉り候。恐惶謹言」

頼朝は、私室でくつろぎながらその文を読んだ。読み終わると無造作に傍らに捨てた。傍らで花を生けていた政子は、不機嫌になった夫に、

「景時は、何を言って参ったのですか」

と声をかけた。頼朝は何も応えずに文を政子の方に投げるように渡した。政子は生けかけの花を少し押しやって、文を読んだ。

「まあ、あの景時が人を褒めるなんて珍しいことですね。九郎殿のてきぱきとした指揮振りが目に浮かぶようです。りっぱな大将になられてよろしゅうございましたな」

「ああ」と曖昧に頷いたが、弟の成長を喜ぶ雰囲気はなかった。

一八◑◐平家追討

「ほれ、弁慶さんにじゃんじゃん注いでお上げ。ねえ、麻麿、自分ばっかり飲んでないでさ」

琴音姐《ことねねえ》さんは上機嫌だ。印地《いんじ》の親分衆が弁慶を取り囲んで勝利の祝い酒の最中《さなか》だ。その周りを綺麗どころが、酒を注ぎまわって、狭い琴音姐さんの飲み処は弾けそうだ。

「でもいいのかい。こんなところに居てさ。本陣に行けば、もっと御馳走があるんじゃないのかえ」

「此処の方が、ずっと気持ちよく飲めるさ」

「あら、嬉しいこと言ってくれるね」

「ねえ、ねえ弁慶さん、九郎の御大将、こんだ此処へ連れてきてよ」

まだあどけなさの残る酌の娘が弁慶に近づいて頼みこんだ。

「連れて来てもいいが、内の大将は純情だから、あまり苛《いじ》めないでくれな」

「うーん、純情派なんだ。だとすると平維盛《これもり》様のような」

年増の女も興味津々で聞いてくる。

「ばあか、ちんちゃい男で、維盛のようないい男じゃねえよ。んだが、維盛のようになよなよはしてねえな」

髭もじゃらの男が娘のお尻を触りながら言う。

「あんた、会ったのかい。ちっちゃくても感じは良かったかい」

「感じが悪いわけないじゃない。こんなに私らのこと気遣ってくれた大将さんなんていないよ」

と、年増の酌婦が物知り顔に言って、景気よく酒を注ぎまわっている。

「そうだねえ、これで火でも点けられていたら、今頃こんなことしてられなかったよ。いくらこの店がぼろだって、燃えちまったら、今どき二度と建てられないよ。富小路の辻風に始まって、平家の都落ち、木曽の乱暴に法住寺殿の焼き討ちで、都中の立木はみんな燃えちまったよ。掘立小屋の柱一本ありゃしない。筵だって、兵糧米の強奪で稲藁一本どころか茅一本なくて、どうやって編めっていうんだい」

琴音姐さんも、うんざりしたように応える。

「まったく、良く生きてたよ」

「生きてた奴は、幸運中の幸運さ。立木と一緒に燃えちゃった奴は山ほどいる。見てみろ、あいつもこいつもいなくなっちゃった。うろついてんのは、余所者の武者ばかりだ。これからどうなっちゃうんだか」

客の男たちがこもごもに愚痴る。

「それは大丈夫よ。御大将の義経様がきっとよくしてくれるわ」

小娘の酌婦が大男の盃になみなみと酒を注いで頬を上気させた。

「そんならいいがな。これから平家と一戦交えねばなるめえ。近頃平家はだいぶ勢いを盛り返してるっていうじゃねえか」

「そうらしいな。四国の河野とか阿波の源義嗣とか安摩とかが平家に背いたらしいが、平教経があっさり叩きつぶしたっていうじゃねえか。鎌倉が木曽を打ち負かしたっていっても、木曽はすでによくよくごじゃごじゃになってたからな。あれに負けたらお笑いだよ」

「弁慶さんよ、対平家戦に勝算はあるのかい」

「わしにはそんなことわかんねえよ。わしは、鎌倉からは破門されてんだ」

「おや、義経の大将の子分じゃないのかえ」

「鎌倉からは破門されたが、九郎の殿からは破門されてはいない。あのお人は、それでもわしを抱えてくれている。鎌倉に内緒でな。だから、わしは、この辺でうろうろしてるのが相当なのさ」

「どうして、破門なんかされちゃったの」

「どうしてかな。坂東の水が合わなかったんだな。わしはひねくれ者だし」

「そう、あたいも坂東者って大嫌い。いつも威張ってんだもん」

さきほどの小娘が、客に酌をしながら弁慶の方を振り向いておおいに賛同した。

「あんた、九郎の大将も坂東者だよ。それでもいいのかい」

「あのお方は、違うよ。十五、六まで鞍馬におられたのだろう。それに母君は九条院様にお仕えしていた常盤様だし。都のお人よ」

と、琴音姐さんが物知り顔に言うと、小娘が勢いづいて弁慶に賛同を求めた。

「そうよね。坂東者なんかじゃないよね。そうよね、弁慶さん」

「ああ、そうだな」

「噂だと、始め源頼政の甥の何某を頼って鞍馬から坂東に脱出したが、引きうけた頼政の甥の何某が、途中で平家が怖くなって、放り出したとか。その後ずいぶん苦労して伊勢殿に助けられたとか。そこいらの真相はどうなんだい」

弁慶の隣に陣取った分別顔の男が聞いてきた。

「わしも、俄か家臣だからよく知らねえが、鞍馬を脱け出してからはそれなりに苦労はしたらしいな。たしかに坂東の水には合わねえかもな。頼朝公の弟という一段高い所におられるから坂東者の間でもなんとかやってるんだろうが、一武者だったら、早々に坂東から掃きだされてしまうかもなー」

「うわー、よかった。あたい義経の大将大好き」

「ばかだね、この子は、まだ会ったこともないくせに」

「義経の御大将とのお楽しみは、まだしばしお預けだな。平家がまた、押し戻してくるかも知れねえしな。公家衆なんざ、もっぱら、平家が勝つんじゃねえかって、右往左往してら。ばかばかしくて見てられねえや」

「木曽におべんちゃら言った奴らも、まっ青で、平家に戻ってもらった方が、まだ首が繋がんじゃねえかって、密かに平家に人を遣わしたり、うろうろしてるらしいぜ」

「でも、法皇様は、平家に舞い戻られたら、それこそ大変だろ。平家が戻ったら帝がお二人になっちゃうし、また大もめだよ。いやだねえ」

「義経の御大将は、大丈夫、きっと平家を追い出してくれるわ」

「おめえは、気楽でいいよ」

「ばかにしないでよ、とうちゃんも、かあちゃんも戦に殺されて、あたいは独りでがんばってんだから」

小娘が、うっすらと涙をためて男に抗議した。

「ああ、わるかった、わるかった。おめえはいい子だよ」

男は、娘を太い腕に引き寄せて、子供を愛撫するように背中をなでてやっている。


義仲が討ち取られた翌日に、後白河法皇は早速院議を開き、平家追討の事を議された。平家追討に異議をはさむ者はいなかったが、現在平家の手中にある三種の神器の安全な取り戻しが問題になった。それがなくては、せっかく擁立しても後鳥羽天皇は正式な即位はできない。三種の神器を重視する人々は、使者を遣わして、神器の引き渡し交渉をするべきだ、そのためには一旦和睦し源平を両立させるもいたしかたあるまいと。だが、後白河法皇の御心は、即追討をお望みであった。後白河法皇に近い公卿の中から、和平交渉の御使いを遣わした上、追討使も発向させて、交渉が決裂した時には、即追討させては如何かとの発言があり、同調者を得て、決定した。

が、和睦交渉の使者に追討使が後を追うように付いて行くのはいかがなものか。それでは平家とて納得はするまいと、公家たちの間では非難の空気が強かった。そして、使者に選ばれた静賢法印は信義に違うとして、使者の役を断ったという。だが、法皇は、静賢に替えて新たに使者を任命し和睦の事を平家に申し入れた。神器は如何にしても取り戻さなければならない。だが平家は一日も早く抹殺したい。この難題に法皇は平家をだまし討ちにすることを実行された。

そして、一月二十三日、御所の御庭に召された範頼、義経に平家追討の院宣が下された。二人とも無位無官であったので、昇殿など許されるはずもなく、庭上に跪いてお受けした。和睦の使者の件については、何も伝えられなかった。

早速、六条堀川の本陣に主なる将士が集められた。本陣は、平家に打ち捨てられた後、木曽の何某が使っていたようだが、荒っぽい使い方をされていたらしく、やたら風が吹き抜けて行く。連日の戦後処理に、人々は寝不足の体をゆすりながら席に着いた。

範頼が平家追討の院宣が下ったことを告げて、人々の意見を聞いた。

「即、ということでございますか」

と、副将の武田信義がまず質問した。それに対して範頼が応えた。

「左様、後白河院にはいたくお急ぎのご様子であった」

「院におかれては、平家に戻って来られるのが一番恐ろしいでござろうな。平家には、都落ちの際の法皇御逐電以来の恨み辛みがござろうし、新たな帝も擁立されたし、戻られてはいかなることになるかわからない。君のお立場は解るが、すぐにでは、我が方は船の調達が間に合わぬ。今少しお時間を頂けぬものであろうか」

梶原景時が述べた。それに多くが同調の雰囲気であった。

「それに、在京の兵を極力少なくするという方針から、現在都に留まっている兵の数は五千、近江、伊勢の兵をかき集めても一万がやっとでございます。聞くところによりますと平家の陣営は五万とも六万ともいわれている。新たに鎌倉から、最低二、三万の兵を上洛させてからでないと太刀打ちできないのでは」

土肥実平も口を添えた。

「いかがであろう、しばしの猶予を法皇様に願って頂いては。上様にも即平家追討のお考えはないと思われますが」

景時が、皆の雰囲気に力を得て範頼に迫った。不安げに範頼は、「そちは、いかが考える」と九郎に意見を求めた。

「はい。鎌倉殿からのご指示はありませんが、私は、すぐに出陣したいと思います」

「まだ、こちらの戦後処理も終わっていないのにでございますか」

武田が問うた。

「福原は、都へわずか二日路の所にあります。こんな都に近い所に陣取っていられては、まことに目障りでございます」

「だが、九郎君、船に乗り移られたら、我らは手も足も出せぬ。船の調達を待ってからでもよいのではありませんかな」

梶原が諭すような調子で言った。さらに三浦義澄も、

「三種の神器の奪還もお役目にあること、船なしでは難しゅうございましょう」

と付け加えた。

「神器のことは戦場での奪還は難しいことでもあり法皇様にお任せするとして、この度の戦は、平家にちょっとどいてもらう。それだけでよいと思います。完全な勝利などしなくてよいのです。ちょっと蹴散らしておくだけで。敵が船に乗り移れば、再び陸に上がって来ぬよう防御するだけで十分です。それで、瀬戸内の者共は、『おっ、源氏強し』と思うでしょう。それに、あのまま平家に居座られては、当方も都の西に兵を常駐させておかなければなりません」

「なるほど、それも一理ありますな。だが、三種の神器はどうします。法皇様はだまし討ちのようなことをお考えのようだと噂がありますが」

「あまり気持ちの良いことではありませんが、幸い我らにはご相談がありませんので、知らなかったことで。所詮戦場での奪還は難しい。出来るだけ法皇様にお任せした方がよい」

「それにしても、一万対五万の兵数の差は大変なものです。それに福原は平家にとっては庭のような場所。当方にとっては未知の場所です。よほどの奇策を用いねば勝ち目はありますまい」

と、長老の千葉常胤も反対した。

「たしかに、みなの申す通りだが、今、ここを放置すれば、瀬戸内は平家に靡いてしまう。過日、河野通信らが反乱を起こしたが、平教経にあっさり叩かれてしまった。あれほどひどい負け方をするとは思わなかった。わしの誤算であった。彼らの敗北は、瀬戸内を平家に靡かせる要因になりかねない。また、わしらが瀬戸内の者共をよく知らぬように、彼らもまた坂東をよく知らぬ。彼らは鎌倉もまた木曽と同じく都に疎く、同じ轍を踏むとみている。平家に少しでも勢いがあるとみれば、朝廷とうまくやれそうな平家に靡こうとするだろう。少々無理してでも、わしは、ここを源氏のものとしたい。福原を我らに取られたとすれば、平家の精神的打撃も計り知れないだろう。清盛が生涯をかけて築いた湊を明け渡すのだから。今、ここを取り押さえることは、今後の展開を限りなく有利にする。と、わしは思う」

九郎の弁舌は次第に熱をおびた。反対に一座には沈黙がひろがった。沈黙する人々を見渡して、

「叡智を結集して、なんとか突破したい」

と決意を述べた。

「九郎君、木曽討伐での君の指揮は初陣とはとても思えぬお見事なものでございました。したが、木曽はある意味、満身創痍の猪でございました。翻って、平家は幾多の苦難を経て、彼らの開拓した福原を奪還し、今勢いに乗っておりまする。ゆめゆめ侮ってはなりますまい」

梶原景時が沈黙をやぶって、発言した。

「たしかに、わしは未熟である。木曽など敵と言えるほどのものではなかったことも、承知はしているつもりだ。だが、吹き出物も、小さいうちに吸い出してしまえば、簡単に回復する。敵も大きくならぬうちに叩いてしまうことこそ戦を最小限にとどめることが出来る。この忌まわしい戦、できるだけ早く小さく終息させることが、犠牲者を少なくする最大のこつと心得ている」

「……」

「どうであろう、院宣を戴いたこのよき機会を最大限生かすべく、みなの叡智と勇気を結集してくれまいか。坂東武者の賢さと勇気を世間に見せつけようではないか」

九郎の頬がうっすらと赤みを帯びてきた。

「九郎君、良く申された。やってみましょう。勝つとわかる戦に勝ってもあたりまえ。誰が見ても負ける戦に勝つことこそ戦の醍醐味、坂東武者でござる」

和田義盛が、きっぱりと賛意を表明した。

「我らも参ります。必ず勝利して見せます」

と、若い畠山次郎重忠がこぶしを挙げて賛意を表した。すると若い順に賛同の声が広がっていった。

そして、六日後の一月二十九日未明、都を出立することが決まった。大手は山陽道を生田へ向かい、一ノ谷城の東の木戸に寄せること、搦め手は丹波路から山路を、西木戸に寄せることと大筋を定めた。総攻撃は二月四日と決めたが、四日は清盛の忌日と言う者があり、さすがにその日は避けることになった。そして、五日は西塞がり、六日は外出を凶とした道虚日《どうこにち》ということで、結局、七日卯刻（午前六時）東西の木戸口にて源平矢合わせと定めた。

その夜、夜陰にまぎれ伊勢の手の者達がいずこかに散って行った。また、館の内では、摂津の武士多田行綱が呼ばれ、九郎の質問に答えていた。

「一ノ谷城の真裏は山と聞いているが、そちはあの辺りを知っているか」

「はあ、清盛公の催しなどで二、三度は行ったことがあります」

「背後の山の様子を聞かせてくれ。背後から馬を降ろすことができるか」

「馬でございますか？　いやいやとんでもありません」

「どのような状態なのだ」

「そう、高さは十五丈（約四五メートル）ほどはございましょう。崖状に切り立っております」

「傾斜は？」

「はて、直角とは申しませんが、それほどに感じられる厳しい傾斜です。馬で降りるなど考えられません」

「一ノ谷城の背面は、ずっとそうか。どこかに降りやすそうなところはないのか」

「ございませぬ」

「火矢は届くか」

行綱は、しばし首をかしげていたが、

「届かぬことはないと思いますが、斜面は地肌がむき出しで、草木がありませぬゆえ、途中に落ちたものは無駄矢になるでしょう」

「大岩などを運び込めるような場所でもなさそうだしな」

「はあ、なんとも道が細うございますし、山坂が急でございます」

「そうか。だめか」

「おあきらめになられた方がよいかと」

「わかった。御苦労」

多田行綱を下がらせて、九郎は思案に暮れた。この度の戦、決め手は搦め手にかかっている。背後からの逆落としが無理ならば、ほかに奇計を講じなければ勝ち目はない。ここで敗れたら、せっかく占拠した都を平家に明け渡すことになる。危険な賭けに出た九郎の行為は、どれほどの断罪を受けるかわからない。それどころか、鎌倉を滅亡に追い込むかもしれない。しかし、すでに賽は投げられたのだ。なんとしても良き計略を考え出さなければならない。海から漁師の船で忍び寄り、船に火をかける。火に気を取られているところを東西から攻める。あるいは……など考えあぐねていたが、二十五日になって、伊勢の放った偵察隊の一部が戻ってきた。

「して、丹波路から福原に抜ける杣道《そまみち》はいかがであった」

九郎は急き込んで尋ねた。上野越えの道を偵察した者が、

「此処は渓谷で、でかい磐がやたらごろごろしていて、通りにくい所でした。馬で行くのは、ちょっと大変かなと思われます」

「岩場か。水も流れているのか」

「はい。だからすべりやすくて。とても奨められません」

「で、古道越えは」

「ここは一応、昔からの街道ですから充分兵馬を通わせることはできます」

と、この道を偵察してきた者が答えた。

「では、鵯《ひよどり》越《こ》えは」

これには秦丸が答えた。

「此処は丹波と摂津の境界線上を走っている道で、その昔、天智天皇の使者が、測量のため標《ひょう》を設置しながら坂を越えたので「標取越《ひょうとりこえ》」と名付けられたとか。最近はあまり使われていない

らしく、今はけもの道です。迷子になりそうな道だが、騎馬が一列で通ることは可能です。この道が一ノ谷城の真裏に出ます」

「そうか。騎馬で行けるか。一ノ谷城の裏山は、どのようであった。馬は降ろせるか」

九郎は、さらに尋ねた。

「なんとか落とせると思います。少々急坂なれど、技量の高い者をえりすぐれば、坂東武者なれば落せます」

「まことか。多田行綱は、とても駄目だと申しているが」

「多田様は、西国の武者でござりましょう。西国武者は皆様お上品だから。俺達だってあのくらいのところ、結構馬で落していましたよ。わしらの駄馬で」

「そちらほどの技量があれば降ろせるというのだな」

「坂東の殿方のように自慢の名馬で落とすなら大丈夫です」

「そうか。落とせるか。して、その道を超えて一ノ谷まで、示し合わせた七日までに到着できるか」

「わしらは、古道と分かれてから山に入って迷いながらも朝入って夕方には着いた。集団で行っても朝出て翌朝には着けるのではありますまいか」

九郎の心は固まった。地元の者がとても降ろせぬと見ているなら、かえって好都合だ。崖落としをさせるのは百騎以下でよいだろう。あとは順当な古道越えから攻めさせる。平家がまさかと思う速さで攻め込もう。城に近づければ火責めの方法もよいかもしれぬ。敵をあわてさせ、戦意を削いで、海上に追い散らすことだ。まともに対戦しては、全く勝ち目はないのだから。そうだ、逆落しが無理な時は、現地の木を伐り倒して上から落とす手もある。材木には火を付けて。九郎は、その日の内に百人の騎馬の上手を選び一隊を編成、なかでも騎馬の上手と知られた三浦の佐原十郎義連《よしつら》に騎馬での逆落としのコツや注意点などを指導させた。

そして、予定通り一月二十九日、まだ寝静まった未明の都を一万の兵は粛々と出発した。大手七千は山陽道を生田へ、搦め手三千は敵に気づかれぬよう丹波路の山中に分け入った。

平家側も丹波路からの攻撃も想定して、丹波と播磨の境三草山に小松の新三位中将資盛を派して備えていた。それに対し、搦め手軍は二日路を一日で走破し、夜襲をかけて討ち破った。そこから土肥実平に九郎の大将旗を授け、二手に別れた。大将旗を掲げた実平は古道越えを西の木戸口へ。そして、九郎率いる百騎は密かに鵯越えを一ノ谷城の真裏へ。範頼率いる本隊が東の木戸へ、三方から二月七日卯刻（午前六時）を目指して進軍していった。

「秦丸、まだか！」

早朝に山中に分け入って、はや未刻（十四時）を回ったのではあるまいか。一向に峠らしきものが見えてこない。林は高く道は細く騎馬武者が一騎ずつ縦隊で進むしかない。ところどころには雪も消え残っている。三草山の夜襲からさしたる休みも取らずに山中に分け入った。疲れた者共が後ろで愚痴るのが否応なく聞こえてくる。

「今、少しです」

秦丸の答えが心なしか自信無げに聞こえる。

「道を間違えたのではないか。暗くならぬ前に着きたいぞ。しっかりしてくれよ」

九郎は、いらだっていた。示し合わせた時刻に一ノ谷城の裏側から攻め落とさなければ効果はない。

すると、平山季重が、

「わしに案内させて下され」

と、列をかき分け前に出てきた。

「なぜ、坂東者のそなたが道を知っているのだ」

と、九郎が問うと、

「吉野、泊瀬《はつせ》の花は見なくても、歌よみは、花をよく知りて歌を詠みまする。敵の籠る城の後ろの案内は剛の武者が知ると申しますれば、おまかせあれ」

と、胸を叩いた。

「季重が、また大口をたたきよる。ほかに良い案はないか」

九郎が呼びかけると、別府小太郎清重というまだ十八歳の若武者が進み出てきて、

「これは、狩にせよ、戦にせよ、深山に迷ったときは老馬を先に追い立てて行け。必ず道に出ると父から教わりました」

と、提案した。

「お！　それよ、『雪は野原をうづめども、老いたる馬ぞ道は知る』という」

九郎は、早速賢そうな老馬を先頭に追い立てて先に進んだ。だが、藪をこくような道をなかなか抜け出せない。日も暮れかかり九郎は焦った。秦丸の奴、道を誤ったに違いないと腹立たしい。そして、「誰ぞ、道に詳しい所の者を探してこい」と命じた。

数人がばらばらと散って行った。九郎はここで小休止を命じた。兵たちは人も通わぬ山道に疲れ切っている。明日はまた、度肝を抜くような戦闘を強いなければならぬ。小休止の間も、九郎自身の緊張は解けない。そこへ、弁慶が子ザルのような童を連れてきた。

「これは、この鷲尾山で猟師をいたす熊王と申す者の子です」

「こんな幼い者で大丈夫か」

「毎日、山の中を駆け回っているので、大人よりよくわきまえていると申しております る。できれば家臣の端に加えて欲しいと。こんな山の中で猟師などしていても、納めるものは納めなくてはならず、生きてはいけない。どうぞ雇ってほしいと拝まれてしまいました」

「ちゃんと案内できたら雇って遣わそう」

九郎はいぶかりながらも、今はこの童に託すしかないかと、

「そちの名は」

と、尋ねた。

「わらし」

と、ぶっきらぼうに答えたが、くりくりした目元に愛嬌のある童だ。

「わらし？　それは名ではない。どれ、わしが名をとらせよう。わしの一字に、久しく忠義を尽

くすよう、鷲尾、なに三男だと？　鷲尾三郎義久がよかろう。そちも今日から大人じゃ。しっかり仕事いたせ」

童はニコリと頷くと「こっちだ」といって駆け出した。一行は子ザルのような童に運を託して一ノ谷城の真裏を目指して、再び行軍を始めた。

二月七日、卯刻（午前六時）熊谷・平山の抜け駆けで戦の火ぶたは切られた。大手が東木戸から戦いを挑み、搦め手の本隊が西木戸に迫り、熱戦が繰り広げられていた真っ最中、九郎率いる騎馬軍は一ノ谷城の真上に勢ぞろいした。見下ろせば、予想以上に崖は急峻で、下では激戦が繰り広げられていた。思わず息を呑んだ。しかし、息を呑んでいる暇はなかった。下の戦はどう見ても源氏の旗色が悪い。平家は勝手知ったる我が庭で、我が物顔に戦っている。山越えをしてきた源氏の武者には疲労がみてとれる。

九郎は勢いよく軍配を振って、

「降ろせ！」

と命じた。しかし、だれも下を覗いたまま動かない。佐原十郎すら動こうとしない。九郎はあせった。下は苦戦している。馬や鹿を少々落してみると、鞍置き馬三匹が見事に降り、身ぶるいして大地に立った。

「見事に降り立ったぞ。乗り手が心得て落とせば、必ず降りられる。わしを手本に続け、者共！」

と鼓舞して九郎が真っ先かけて途中の段まで降って見せた。それを見て、やっと佐原十郎が慎重に降りはじめたが、次第にその速度を増して見事に着地した。それを見た者たちが次々と降り始めた。その物音は、山崩れの如く、人馬は溶岩流が流れ降《くだ》るが如くであった。

その凄まじい物音に、源平両軍の武者は一瞬戦いをやめ背後の山を仰ぎ見た。もうもうたる砂塵の中から、数十騎の騎馬武者が大地に降り立つのが見えた。源氏の武者からは「おお！　やったー」という安堵の声が。平家の武者達は、一瞬何が起こったのか理解できなかった。天狗の襲来か、はたまた天魔のなせる業かと思われた。すべり降ってきた敵は、大地に降り立つと、すぐさま矢を射かけてきたのだ。ありえぬこと、夢か幻かと驚き慌てる平家の兵が、次に目にしたのは、火であった。火矢が打ち込まれ、城に煙が上がり、龍の舌の如くめらめらと城を舐めつくしていった。平家は、それまで優勢に戦っていたが、人々は我先に船をめがけて走りだした。親は子を見捨て、郎党は主を飛び越えて我先に陸を離れ舟にしがみついた。多くの兵を乗せ過ぎた船は、漕ぎいでることもならず海中に沈んだ。また、先に乗り込んだ者達が船を沈めまいと、後から船にとりつく者たちを切り払い切り払い、沖へなんとか漕ぎいでる船もあった。このような同志討ちで死んだ者も数知れずあった。

無二の郎党に打ち捨てられて生捕られたのは、清盛の四男重衡。東大寺・興福寺焼亡の責任者だった。その他、源氏の手に討ち取られた平家の主《おも》だった人々には、清盛の弟忠度、孫の師盛・知章、甥の経正・敦盛・通盛・業盛などがいた。この他一千余の平家人《へいけびと》の首が源氏の手に渡った。安徳天皇の御座船と宗盛以下はかろうじて船に取りつき屋島の方に逃げ延びた。戦いは、わずか半日で勝敗を分けた。目論見以上の大勝利であった。もう、誰も「手負いの獅子を射止めただけ」

などと揶揄する者はいなかった。

平家の逃げ散った福原の浜辺を、九郎は忠信を従えて騎馬で見回った。海の彼方には落ちて行く平家の船影もまだ見えていた。浜辺には平家人の色鮮やかな品々が散乱していた。そして、源平双方の遺体が所狭しと転がっていた。まだ腐臭はない。鮮血が噴き出しているような死体さえあった。源氏の兵達が、息のある者たちを助け上げ陣幕内に運んでいた。息のある者は源氏も平家もなく皆助け上げよと命じてあった。

九郎は、ふと一つの若い遺体の前で立ち止まった。右頬のほくろに見覚えがあった。

「忠信、桐生の者は、この度の戦に参戦していたか」

「桐生は、たしか平家側にいたと思います。なにか？」

九郎はかがみ込んで遺体を丹念に見ていたが「藤太だ」と絶句した。

そう、あれは、陵介《みささぎのすけ》に坂東平野の只中に置き去りにされた時のことだった。あてどなく歩き回った挙句、空腹に気を失ってしまったことがあった。あの時、助けてくれたつたの息子の藤太だ。つたが、あんなに頼りにしていた息子の藤太を殺してしまった！　九郎は藤太の胸に突き立った矢を抜き、貧しげな胴丸《どうまる》を外した。そして、見開いた目をそっと閉じてやった。これからつたは誰を頼りに生きて行くのだろう。あれからもう七、八年は経った。つたも五十になるだろうか。彼女の大事なものを奪ってしまった。お尋ね者でなくなったらいつか、礼を言いに行こうと楽しみにしていたのに、つたに合わせる顔がない。つたは、自分の息子を殺すことになる男を助けてしまったのだ。あのとき、自分が野たれ死んでいたら、この戦で戦死したりしなくてすんだかもしれない。あまりに激しい作戦の犠牲になったのだ。どうして、藤太のこんな姿を見つけてしまったのだろう。なろう事なら知らずにいたかった。つたの怒り狂う姿が九郎の肺腑に突き刺さる。つたの手製と思われる泥染めの兵糧袋が腰に下がっているのが目にとまり、自ら外して懐に押し込んだ。

ひどく憂鬱な気分で、戦場を一巡して本陣に戻ると、熊谷直実がいつになく畏まって待っていた。

「直実、如何した」

「は、お願いの儀がございましてお待ち申し上げておりました」

「話してみよ」

「はあ……」

直実は、その風体にも似ず、いたく言い淀んでいたが、持ってきた血に汚れた包みを前に押し出し、さらに懐から一尺ほどの細長い錦の袋を取り出して、包の横に置いた。

「逆落としの後、逃げる平家を追って、渚に出たのでございます。浅瀬を見事な出で立ちの騎馬武者が一人、漕ぎ出る船を追って渚に駒を進めておりました。わしは良き敵と、逃げる相手に罵声を浴びせながら呼び戻し、波打ち際でむずと組んで馬よりうち落とし、組敷いたのでございます。そして首を掻こうと、甲を押しのけたのでございます。なんと、まだ十六、七の若者でございました。この度初陣させました我が息子小次郎と同じくらいに見えましてございます。色白く匂い立つばかりの若者で、平家でも名あるお方の御曹司と見うけましてございます。恥ずかしながら、なんとも首を掻く勇気が湧きませんで、助けとらせんと申しましたが、若者は『そちのためには良き敵ぞ。我が首捕って人に問うてみよ。見知りたる者は多いはず。とくとく討ち取り給え』と誠に潔く申しまする。そこへ、味方の一群れが、こちらへ走り寄ってきましたので、いたしかたなく、若者の首を掻き取りましてございます。それがこれにございます」

直実は、包を解いて九郎の前に両手で押し出すように供えた。若者と言うよりは少年の首だ。九郎は憂鬱な気分を引きずったまま、直実の次の言葉を待った。直実はなかなか次の言葉を発しなかった。潮騒にまじって焚き火のはじける音がしていた。

「人に尋ねましたるところ、平清盛公の御弟修理大夫経盛公の末子敦盛殿とのことでございました。歳は十七歳とか。我が子小太郎も十七でございます」

「……」

「この度はなんとしても先陣をと思い、御大将の『抜け駆けは許さぬ』とのお達しもことともせず抜け駆けを致し、仲間の到着も待たずに敵陣に切り込み無理な戦を致しました。お陰で戦功は上げることはできましたが、我が子小太郎には怪我を負わせてしまいました。バカな親でございます。大事に至る怪我ではないとは思いますが、それでも心配でなりませぬ。足萎えになったらいかがいたそう。戦場に出られなくなったらいかがいたそう。嫁が来なかったらいかがいたそう。あらぬことまで心配いたして……」

言葉に詰まった直実に、九郎もまた藤太を死なせた憂鬱に、掛ける言葉も見つからぬまましばし沈黙が続いた。

「わしの祖父《じい》さんが、頑固一徹でして。都に勤番で上洛しておりました時、喧嘩沙汰で勅勘を蒙りまして、御役も外され熊谷一族はすっかり疲弊致しました。親父もわしも苦労致しましてございます。只々領地を増やさんとやっきになって働きましてございます。小さな出入りであれ、大戦《おおいくさ》であれ、戦があると聞けば参戦して、危険を冒してもとにかく手柄、手柄と頑張り、世間からは、強欲だの吝い奴だのと言われながらとにかく領地を取り戻すことに必死でございました。それもこれも息子に一坪でも多く領地を渡してやりたいと思えばこそでございます。この度も、実を申すと、参戦は十七歳以上とのお達しにもかかわらず、十六歳の息子を十七歳と偽って連れ参ったのでございます。強く逞しい武者に育てたいとの思いからでございました。ですが、無理をさせて、怪我をさせてしまいました。この度は怪我で済んだからよかったようなものの……。もし敵にこのように首を討たれていたらと思うとぞっといたしまする。なんで、こんな無理をしたのかと悔まれてなりませぬ。あいつの幸せは、本当に領地を増やすことなのか。しかし生活の基盤がなければ、これまた不幸でござる」

「親とはそのようなものか」

「はい。親とは馬鹿なもので、子供の為がすべてでございます。義朝公におかれましても、一坪でも多い領地を、一階でも高い位をお子達に引き継ぎたい、その一念で頑張られたのでございましょう。無理もなさったのでございましょう。残念ながらその目論見は裏目に出てしまわれましたが、親心に変わりはなかったと存じ上げまする」

「……」

「だが、その親心が、必ずしも子供を幸せにするとはかぎりませんでのう。つくづくおろかな自分が悔やまれ、だがどうしてよいのかも、わしにはわかりませぬ」

「……」

「今、わしに出来ることは、あの若武者の父親に、せめて形見の品を届け詫びたいと思うのでございます。あの者の鎧の下に大事そうにしまわれていたこの美しい笛を届けることをお許し願いたく存じます。せめてもの供養のために」

直実は、改めて深く頭をたれて乞い希った。そして、

「深く詫びて、供養をさせていただかなくては、我が子の怪我に悪霊が取り付きそうでなりませぬ」

と付け加えた。

九郎は、先ほど懐に忍ばせた兵糧袋に手を当てた。やはりこの袋はつたに届けてやるべきか。だが、何と言って届けたらいいのだろう。しばし直実の低頭した背中を眺めていた。そして、我に返ったように

「そちの好きにすればよい」と呟いた。

一九◐◐都の薫り

凱旋軍を、わけて逆落としの大将源九郎義経を一目見ようと、都大路は人、人、人でごった返していた。その中を一行は意気揚揚と内裏へと歩みを進めた。そして、範頼と義経は御所の御庭で勝利を報告をした。

二月十三日、平家の公達の首は、六条河原で鎌倉の武士から検非違使に引き渡され、都大路を長鎗刀に掛けられて獄門まで引きまわされた。物見高い人々がこの日も山のように集まってきた。そんな人々の間に隠れるように、平家の縁につながる人々が、もしやと不安な面持ちで渡されて行く首、首を見送っていた。

そして、翌十四日には生捕られた本三位の中将重衡が、小八葉《こはちよう》の車で大路を渡された。車の前後の簾を上げ、左右の物見も開かれて、その姿を人々の前に曝されての道行きであった。天罰だ！仏罰だ！と叫んで、見物人の中からバラバラと礫が投げつけられた。東大寺・興福寺を焼いた罪は大きかった。沿道の怨嗟の眼差しを重衡はどう受け止めているのか、身じろぎもせず怒りの礫を身に受け止めていた。頬にかすかに血がにじんでいた。

二月二十五日、頼朝は朝廷に対し『畿内近国の武士は義経の下知に従うよう』奏請した。それによって、九郎は都に留まることになった。北条時政が懸念した通り都は九郎に任されたのだ。さらに平家から没収した領地の内、洛中の平家の屋敷地ほか都近くの荘園数か所が九郎に与えられた。やっと所領を持つ身となった。佐藤兄弟・伊勢三郎・弁慶など家臣には各荘園の荘司に任命し、それなりの一家を構えさせることが出来た。主従の長年の夢が叶えられた。

梶原景時は、生け捕られた平重衡を護送して鎌倉へ下り、土肥実平は備中国を平定するため出兵した。その他多くの武士がそれぞれの国へ戻って行った。

戦後のざわめきが鎮まったある日、九郎は松尾の最福寺に延朗上人を訪ねた。延朗上人は、天台宗園城寺派の高僧で名僧として知られていた。

「おお、おお、立派になられた。いずれ、尋ねて下さるだろうと心待ちにしておりましたぞ」

頭頂部が、こぶのように盛り上がった巨漢の僧侶が相好を崩して九郎を迎え入れた。このこぶは、如来様の肉髻《にっけい》（仏の頭頂部の盛り上がり）のようだと言って信者から大層ありがたがられているということだ。

そう、あれは、伊勢三郎の元から吉次に従って平泉へ向かった旅の途中だった。吉次の使いで松島の貧しげな草庵にこの僧を尋ねたのは。九郎は何も知らされずに、ただの文使いとばかり思っていたが、文の内容は、この文持参の童は故左馬頭義朝公の九男幼名牛若丸君であるというようなことがしたためてあったらしい。それを読んだ僧は、

「わしは、そなたの父の従兄弟で延朗と申す出家じゃ。平治の戦のあと、平家の御世になると源

氏の係累は都にいづらくなっての。こんなところで、ほそぼそと草庵を結んでおる。今宵はゆっくり泊まっていくとよい。吉次もそう申しておれば」

怪異な風貌に似あわず柔和に九郎を草庵にいざない一夜を過ごさせてくれた。そして、父のことなどを語り聞かせてもらったのだった。当時は、父親と兄弟を殺害し、さらに帝を幽閉して天下を盗もうとした極悪非道な父の姿をまだ払しょくできずにいた。そんな九郎の心情を見抜いた延朗は、

「親子が敵味方に分かれて戦った保元の乱では、勝利した父上が、降参して来た自らの父為義殿を誅伐《ちゅうばつ》する羽目になったのは、如何ばかり苦しかったであろうの。だが、自分の親だからと言って、正当な処罰を見逃したり、軽くしたりすることは不公平な処置ということになる。また、集団の長というものは、部下の事を一番に考えなくてはならぬ。部下に少しでも良い暮らしをさせたいと思えば、少しでも領地を増やし出世もせねばならぬ。上を目指すのは、必ずしも自分の為だけではない。多くは部下の幸せを念じて頑張っておるのじゃ。不利益はまず自らと身内が受け、部下が不利益を蒙らぬよう図るのがよき長と言える。集団の長というものは、なにかを守るために時には道徳に反することもある。守ろうとしたものがなんだったのかによって、その行為が正しかったか悪行であったかが問われることになる。父上の行為を単純に決め付けてはいけない。父上には真正面から向き合いなさい。鞍馬の小賢しげな坊主どもの無責任な義朝像に惑わされてはいけない。平家の世に流布された巷の話に目を曇らせてはいけない。父から目を背けたり逃げたりしてはいけない。自分の目、自分の耳で父を知る努力をしなさい」

と、父から逃げようとしていた九郎を静かに諭してくれた人だった。そして、

「吉次という男は可笑しな奴よの。今日もまた粋な計らいをしよって。そなたは、良き男と巡り合ったものだ。あれは意地悪を気取っているが、根はひどく優しい奴だ。信じて大切にするとよい」

「延朗様と吉次はどういう御関係なのですか」

「ただの商人と客の関係じゃ。吉次は都の便りを運んできてくれるので、わしはそれを楽しみに待っておるのじゃ。都落ちの身には、何よりもうれしい便りでの。この度は、わが身内を連れてきてくれた。肉親とは初めての出会いでも懐かしく思えるものよの。血とは不思議なものじゃ」

この人によって、人の行為を一面的に見て単純に決めつけてはいけないことを教えられ、父に対する見方を大きく変えることができた。苦悩する父の姿を見ることができるようになった。たった一夜の出会いであったが忘れ得ぬ人であった。

延朗は、その後、頼政が平家打倒を掲げて蜂起した頃、都の先輩を頼ってそろりと都に戻った。そして平家が都落ちした後、平家系の住職に代わって最福寺に入ったのであった。

九郎は、その後の自分の歩みなどを語った後、

「実は、折り入ってお願いいたしたき儀がございましてお尋ねいたしました」

と、切り出した。

「ほう、拙僧でもお役に立てることがありますかな」

「私も一人前に所領を持つことができるようになりました。そこで、上人様に荘園を一か所寄進

させていただきとうございます」

「わしに荘園を下さるとな。それでは、わしがお役に立つのではなく、そなたがわしの役に立って下さるということじゃの」

「はあ、実は、私も兄も田畑を開墾した者が寄進などせずに自立して農業経営のできる世をめざしております。そのためには、土地の私有を認めていない今の律令を改めて、特例で認めるのではなく、公然と私有ができるようにしなければなりません」

「ほう。ということは、大宝の律令を廃し、新たな律令を作ろうということですかな。それは大きな目標をお持ちじゃ。それで」

「如何にすれば、その目標が達せられるか、まだ模索中であり、一代や二代で実現できるものではないかもしれません。ただ、はっきりしているのは、自立するということは個々の開発領主が、実力をつけねばならないということです。経済的にはもちろんですが、教養面も豊かにならねばなりません」

単に再会を懐かしんでいた延朗は、単刀直入な話の切り出しに「う?」というように九郎を見据えた。そして、「うん」とうつむき加減に腕を組んで考えていたが、

「間違ったお考えではなさそうだが、実現にはたいへんな困難が伴いますな」

と、顔を上げて、話の先を促すように今度は九郎の目を大きなぎょろ目で見据えた。

「抜本的な改革は、世を平定してからのことになりますが、地方の開発領主などは、證文や寄進状などはかろうじて読みますが、書くことはまだまだでございます。また、律（法律）や令（条

例）も理解しておりません。ですから、より教養を身に付ける機会を作らなければならないと思っています。そこで、試みに上人様の御領内で彼らを教育していただけたらと思った次第でございます」

「ほう、遠大な理想よの。ということは、将来各地に学問所のようなものを作ろうということかな」

「はい」

延朗は、腕を組んで天井を仰いでいたが、

「そなたの志有難く頂戴いたそう。そして、荘園の百姓達に御仏の助けをお借りしてきっと豊かさと教養を授けよう」

「早速のご承引ありがとうございます」

九郎は持参した寄進状をおもむろに差し出した。寄進地は京都近郊の丹波国篠村荘であった。

「これは近い所で有難いの。わし自身も足を運ぶことが出来そうだ」

「はい、よろしくお願い申し上げます」

九郎は自らの目標に具体的に近づけたような気がして、戦に勝った時よりも興奮した。

「平家は都落ちしたとはいえ、まだまだ西国に根を張っておる。しっかりがんばりなさい。ただし、世の中は複雑じゃ。急いてはならぬぞ。そして、敵対する者にもそれぞれの理があることも忘れてはならぬ」

「はい。お言葉しっかり胸に刻ませていただきます」

九郎は荘園領主になって、自らの荘園内で、理想を実行に移す喜びを感じながら新緑の萌えはじめた最福寺を辞去した。

その翌日、後白河法皇から、私的な場へ招待された。会いたいと強く思っていたが、いざとなると、宮中奥深くなど伺候したこともなく、礼儀も仕来りもわきまえず、どうしたものかとすっかり慌ててしまった。中原親能も鎌倉に戻ってしまって相談する相手もいない。

そうだ、慌ただしさに取りまぎれてまだ母上をお訪ねしていない。この際お訪ねしてみよう。良成にも会って相談にのってもらおう。そう思い立ったが、思い立つと同時に動悸がしてきてとんと考えがまとまらなくなってしまった。九郎は独りやたら部屋中を歩き回っていた。そして、突然「弁慶はいるか」と大声で呼んでいた。しばらくして、もっそりと入ってきた弁慶に、

「喜三太の親を探してやってくれぬか。都に上ったら親に逢わせてやると約束していた。忙しさにまぎれて未だ果たしてやれていない。一緒に探してやってくれ」

「わかりました。あいつ心待ちにしているようです」

と、我がことのように喜んで引き下がって行った。九郎はうろたえながら、ひょんと喜三太との約束を思い出したのだ。それでも我がことの方は、まだうろたえて、爪をかみながら部屋中を行きつ戻りつしていた。

弁慶と喜三太は、聞き込みをしながら四条河原を歩き回っていた。河原には筵をかけただけの小屋がずらりと並んで、縄に吊るされた洗濯物が川風に翻っていた。何軒か歩いて、歯の抜けた

婆から、父親阿三太《あさた》の情報を得ることができた。

「阿三太？　ああ、あれは源頼政様の反乱の時、印地の親分に平家の陣営に連れて行かれて、流れ矢に当たって死んでしもうた」

「なに、死んだと。で、他の家族はどうした」

「息子がどら息子で、博打に負けたとかで、ほれ、わしの隣の隣じゃったが、取られてしもうて、去年の夏ごろ出て行ったわ。母親と十歳ばかりの妹連れて。七条辺りの河原で見たっちゅう者がいたな」

「婆、ありがとよ」

弁慶は喜三太を促して河原を七条の方へ歩きはじめた。七条に着いた頃は、日暮れ近くになってしまったが、四、五軒歩いてそれらしき家を見つけた。どの家も粗末であったが、なかでも小さく粗末に見えた。

「御免」と言って筵を引き上げると、五十がらみの女が石臼でなにやら挽いていた。

「お前さん、阿三太の女房の留女か」

と弁慶が尋ねると、うさんくさそうに二人を見ていたが、

「あんたら、なんだね。家にはなにもないよ」

無愛想に応えた。

「お前さんには、喜三太という息子がおったろう」

「喜三太だと？　それがどうしたんじゃ」

留女は一向に心を開かなかった。

「七歳ぐらいで奉公に出した子が」

「だから、それがどうしたというんだ。なにか悪さでもしたのかい」

弁慶は母親と確信したのか、

「喜三太、おかんだ。名乗ってやれ」

と背中を押して、喜三太を母親の前へ押しやった。喜三太は何も言わずにぼーっと立ちつくしている。留女は喜三太と弁慶を交互に見て怪訝な顔をしている。弁慶は仕方なく言葉を足した。

「ほれ、三条の吉次親方の元に奉公に出したろう。十年ほど前に」

「坊さん、この人がほんとうに喜三太かな。嘘だろう。うちの喜三太はこんな立派な若い衆じゃねえ」

「それが、立派になったんじゃ。よーく見てみろ。面影があるだろう」

弁慶に言われて、留女はつくづくと喜三太を見つめた。喜三太は、またおどおどとうつむいてしまう。

「おめえ、今までどこにいたんだ」

「あっちこっち」

「あっちこっち？　相変わらずばかだなおめえは。そんで、御主人様はなんていうお方だ。良い御主人さまについたのか。いい着物着せてもらって」

「源九郎義経様」

「ばか、それは一ノ谷の逆落としの御大将の名だ。おめえが奉公してる先の御主人様の名前だ」

「わしは、義経様の一の子分だ」

おどおどしていた喜三太が突然胸を張って言った。

「何処をどうほっつき歩いていたんだか」

「おかんと別れてから、殿さまの荷物もって都を出たんだ。家が遠くなって、知らん人ばっかりで、殿さまは前ばっかり見てさっさと行ってしまう。わしの方などちっとも見てくれなかった。なんだか怖くて、おかんが恋しくて大きい声で泣いたんだ。そしたら、殿さま、初めて振り向いて、『なんだ、お前いたのかって』。わしはますます悲しくなって、おかん！おかん！って泣いた。そしたら、『吉次の奴、役立たずの童なんか付けて寄こして』とぶつぶつ言われて、それで、わしを肩車にして下された。『わしとて母上には逢えぬ。父上などもう死んでしまった。七歳にもなればみんな独りで生きて行くんだ。めそめそするなって。いつか都に戻って母上に逢いに行こう。お前のおかんにもな』そう約束して下されたんだ。それからは、いつも優しくして下された。

でも、下総で、殿さまはなんとかいうお侍の家で暮らすことになって、そこでお別れした。わしは、また吉次親方に連れられて、あっちこっち旅した。手代にどやされ、どやされ荷物背負わされてつらかった。それが次の年の春、わしら大勢の下人の中に殿さまに似たお人が重い荷物を担いでいた。最初は殿さまが荷物なんか担ぐはずはないから、殿さまのはずはないと思っていた。ある風の強かった日、その人はよろけて地べたにへたってた。わしは、その人が立ち上がるのを手伝おうとした。それで、その人はわしの方を振り向いたんだ。『なんだ喜三太か、よけいなことするな。さっさとあっちへ行け！』って怖い顔して怒鳴るんだ。それで、殿さまに間違いないってわかった。なんで、わしらと一緒に荷物担いでおられたのかわからない。今でもわからない。

それから秋の頃平泉に着いたんだ。そしたら、殿さまはまた立派な着物を着て、牛車に乗って御所様のお館に行った。そんときわしもきれいな着物を着せてもらって、殿さまの牛車の後について行った。それはそれは立派な御殿だった。そして、また少し経ったら佐藤様の御館に移ったんだ。佐藤様の所では、離れに殿さまと二人だけで住んだ。継信様も忠信様もいい人だったから、あのころはよかった。でも、ある日殿さまは、わしを置いて、朝早く密かに家を出ていかれた。わしは、なんだかもうここには戻ってこられないような気がして、急いで後を追いかけた。わしに気が付いた殿さまは、『わしはもう、お前に飯を食わせてやれぬ。途中で殺されるやもしれぬ。だから、佐藤の家に戻れ。あそこに居れば、みなよくしてくれる。もし、運よく都に戻ることが出来たら、必ずお前を呼んでおかんに逢わせてやる。だから、佐藤の家で待て』って。

わしにはよくわからないけど、殿さまは淋しいお方なんだ。それに、わしは殿さまが好きだ。腹が減っても、殺されてもいいからついていきたかった。だから、そっとどこまでも後について行った。殿さまは、とうとうついて行くことを許して下された。途中で佐藤の継信様と忠信様も追いかけてきて旅はにぎやかになった。それまで寺の軒下などに寝たが、お二人が来ると村長《むらおさ》の家などに泊めてもらえて、沢山の御馳走も食べられるようになった。そして、着いたのは鎌倉だ。それからは戦だ。わしは、戦は恐ろしくて嫌いだ。殿さまも嫌いに違いない。この頃は、いつも怖い顔をして考え事をしておられる」

喜三太は一気にまくしたてた。

「うーん、お前は仕合わせ者だな。家の出世頭だ。殿さまによーくお仕えして親孝行してくれな」

「うん」

喜三太は勢いよく返事をした。

「そのうち、兄ちゃんも帰って来るからゆっくりしていけ」

「うん、でも、殿さまのお世話があるから帰る。これ、殿さまからおかんに」

「あれー、殿さまから？　あれー、粟に稗、これは着物だ。新しい着物なんかに手をとおすなんて初めてだ。夢のようだな。あののろまな喜三太が出世して」

「うん、じゃ、帰る」

喜三太はどうしてよいのかわからない様子で落ち着かない。

「おめえ、何処にいるんだ」

「六条堀川のご本陣だ」

「おやあ、そんないかめしいとこにいるんだ。わしらには近づけねえな」

「留女よ、いつでも訪ねてきたらよい」

弁慶が言い添えた。

「行ってもいいんですか」

弁慶はおおきくうなずいてやった。

三月の初め、九郎は中原信康一人を供に一条鷹司の良成邸を訪ねた。常に遠くから思いをはせていた館は、上流貴族の瀟洒な品格を湛えていた。

鳥羽院に仕えていた一条家は、鳥羽院の在世中は、順調な昇格を果たしてきたが、一族の左兵《さひょう》衛督《えのかみ》藤原信頼が、平治の乱の首謀者であった影響もあって、正四位下大蔵卿を極官に、その後は後白河院のもとで鳴かず飛ばずの状態で、長成は数年前に他界した。長成が常盤を室に迎えたのは、若い頃常盤が雑仕女をしていた九条院呈子に仕えていたことがあって、当時義朝とは同僚で昵懇の間柄だった。義朝が常盤に恋をしたとき、義朝の相談相手だった。だが、実をいうと長成も常盤に惚れていた。親友に先を越されて言い出せなくなっていたのだ。その思い人が義朝に先立たれ、運命に翻弄される様子に心を痛めていたが、いつか清盛の愛が冷めてわび住まいをしている様子に、常盤に近づきその心を射止めたのだった。清盛にも話を通して二人は晴れて夫婦になった。三人の子も授かり常盤にとって長成との暮らしは幸せだった。長成亡き後、後を継いだ良成は、従五位上侍従として現在は後鳥羽天皇に仕えていた。

前日に来意を伝えられていた一条家では、二十年近くも離れていた息子の来訪に朝からあわただしい雰囲気に包まれていた。

昼を少し回った頃、待たれる人はやってきた。

九郎は、一条邸の庭に咲くしだれ桜を仰ぎ見て、気持ちを落ち着かせたが、なかなか一歩が踏み出せなかった。信康が「参りましょうか」と九郎の背をそっと促した。訪《おと》ないを入れると、家僕が出てきて二人を対屋に案内した。よく清められた室内に桜の一枝が飾られ、上げ畳と円座がいくつか用意されていた。九郎は上げ畳に相対する正面の円座に導かれた。信康は、ずっと引き下がった円座に座をとった。

ふっとふくよかな薫りがただよって、衣擦れの音が静かに近づいてきた。九郎は思わず深く頭を下げた。正面の上げ畳に人の座る気配がして、

「牛若殿よな。どうぞお顔を上げてくだされ」

とふくみのある声がふりそそがれた。

「うしわか」それは母の懐で聞いた呼び名だ。九郎はおそるおそる顔をあげて母に相対した。そして、思わず息をのんだ。夢の中の母よりもさらに美しかった。愁いを秘めた白い肌、深い眼差し、九郎はうっとりとしてしまった。

「立派に成人されて……。苦労されたのであろうな」

とその人は言った。慈愛に満ちたその言葉に九郎は二十年分の幸せに包まれたような気がした。

「いえ、母上のご加護か、いつも幸運に恵まれてまいりました。それよりも勝手を致し御心配ばかりおかけいたしました」

常盤は、かすかに微笑んで、

「ほんに心配させられました。この度もまた、騎馬で崖を下るなど無謀な戦をなさった由、いいかげんになさいませ。もうもう、胸がはりさけそうです」

常盤の語気が次第に強くなっていった。

「申し訳ございません」

九郎は心から詫びた。

「母上」

いつの間に来ていたのか良成が声をかけた。

「兄上のご戦勝、寿がねばなりますまいに」

「戦など、辞められぬのですか。平家と源家両立することは出来ぬのですか。殺し合ってどうなるのでしょう」

九郎はどきりとした。源家と平家の双方に関わった母の立場は分かっていたつもりだが、開口一番の叫びに母の苦しみの深さを思い知らされた。

「母上！　男の世界は簡単ではないのです。やるか、やられるか。やらなければ生き延びられません」

良成が強く母を諌めた。

「殿方は、いつもそのようにおっしゃる。でも、ほんとうにそうなのでしょうか。戦にしない努力をしておられるのでしょうか。そのために泣くのは女子供です」

「はっ」

「母上、そのようなお話は後になさいませ。今日はめでたく再会の日ですのに」

良成が頻りに気にして奥へ合図を送った。すると間もなく女人が二人ほど膳を運んできた。膳を整えると、先頭に膳を運んできた女人は末席に着いた。

「牛若、ほんに良成の言うとおりです。堪忍して下さい。あなた方御兄弟のことが心配でならぬのです。でも、もうこの話はやめましょう。それより食事の前に、あなたの異父妹《いもうと》を紹介させて下さいね」

思わず興奮した自らを諭すように言った。

「この子は、良成の妹で佳也《かや》といいます。あなたの異父妹です。どうぞ親しくしてやって下さい」

九郎も異父妹の誕生は風の便りには聞いていたが、常盤似のやさしげな娘だ。恥じらいながら小さな声で「佳也でございます。お目にかかれてうれしゅうございます」と挨拶した。十六、七の娘盛り、九郎にはまぶしく見えた。こちらもぎごちなく「九郎です。よろしく」と応えるのが精一杯だった。

「さあ、ささやかな膳ですが召しあがって下さいね。中原様もそっとお寄りになって、どうぞ召し上がれ。九郎の右筆《ゆうひつ》をお引き受け下さいました由、どうぞ力になってやって下さいませ。あなたが付いていて下されば安心です」

「ありがとうございます。精一杯務めさせていただきます」

現在堀川の本陣の賄いは、坂東から連れてきた料理人達がやっていて、日々生粋の坂東料理を食している。今日の御馳走は久々の京料理で、なつかしい味に九郎は至福の思いであった。そして、先ほどから気になっていた綾の消息を尋ねた。

「綾も元気です。でも、源家と平家がまた仲たがいして、今度は綾の身がとても心配です。良成が源有房様に願って、平家の方々の都落ちには付いていかなくてよいようにしていただきましたが、源家の方々が力を増せば、平家の縁につながる方々が憂き目を見ることになるのではありませんか。どうか厳しい御処置はとられませんように。九郎殿よろしく頼みますよ。綾には何の責任もありません。すべてはわたしが悪いのです」

常盤は、崩れるように九郎に向かって両手をついた。

「あ！　母上」

九郎は座を立って、母の肩をささえた。

綾は清盛を父としている。九郎とは二歳違いで、幼いころは母のもとでひとつ屋根の下に暮らした。九郎にとっては、じゃれ合って遊び、姿形を思い起こせる唯一の兄妹だ。母に言わせれば、よく妹を泣かせていたそうだが、兄貴にとっては可愛くてしようがない妹だった。九郎七歳、綾が五歳の時に引き離され鞍馬に預けられて以来、綾とは会っていない。綾は十三歳の時、清盛の娘貴子が左大臣花山院兼雅に嫁ぐ時、貴子に付けられて花山院家に入った。十六歳の時、大納言源有房に嫁し、現在は一児の母となっている。

「母上、母上が悪いことなどありません。母上こそ私達を守って下さったのです。綾様のことは、命に替えてもわたくしがお守りいたします。どうぞ、どうぞご安心下さい」

綾のことを無造作に尋ねるなど、無神経も甚だしい。母の気持ちをわかったつもりになっているが、心からわかってなどいなかったのだ。常盤は、肩に添えられた九郎の手をしっかりにぎって、

「綾のことはどうぞ、どうぞよろしく頼みましたよ。頼朝様は無論のこと義朝様の郎党達はわたしを悪い女と思っておいででしょう。あなただけが頼りです」

「母上、綾様はきっとお守りします。九郎を信じて、どうぞお心を休めて下さい」

そこへ、良成が割って入って、

「さあ、母上、せっかく御機嫌をなおされたのに、また逆戻りですか。せっかくの一時《ひととき》楽しみましょう。佳也、琴でも披露しなさい」

「はい」

佳也は、にこりとして下がっていった。

「わたしはだめですね。いつまでも愚痴っぽくて」

常盤も居ずまいを正しながら言った。

「母上の愚痴は音楽のようなものですから、なくなったら寂しゅうございます」などと、良成が座を和ませているうちに佳也が琴をつまびき始めた。九郎には何という曲かわからなかったが、男ばかりの武者の世界では味わえぬ和みの一時だ。そして、演奏も終わり、食事も終わりかけたころ九郎は、

「実は、この度、後白河院より私的な宴へお招きをいただきました。作法などの心得もなくとまどっております」

ときりだした。

「それはご名誉なことです。佳也、あれを」

と、常盤が佳也に命じて、

「そのようなこともあろうかと、直衣《のうし》をしつらえさせておきました。お召しになっていただけれ

ば、わたしにとっても名誉なことです。私的なご宴でしょうから、色は問われないと思いますが、宮廷というところは、なるべく控え目がよろしいかと存じ、下位の者の位衣《くらいぎぬ》、縹色《はなだ》（薄い藍色）を基調とした生地でつくらせました。でも、生地は良いものですから、法皇様の御呼ばれにも恥ずかしくないと思います」

「え！　そのようなご配慮を」

「法皇様は、兄上をすっかりお気に召されたようです。一ノ谷の逆落としの勇名もあれば、御所内では、いつお声がかかるか、みな賭けなどして楽しんでいますよ」

良成がにやにやしながら言った。

「え！　そうなのか。公家のことはとんとわからなくて。その上、私的な宴となると、猶さら、どのように振る舞えばよいのか、皆目見当が付かぬ」

「後白河院の場合は、他の方々とはだいぶ違っておられるようですから、一般の常識は通用しません。わたしは、そのような場所に御呼ばれしたことがないのでわかりませんが、人の話では、あまり前例などは気にしないで、臨機応変に臨むしかないと言われています。河原者などを必ずお側に侍らせておられる由で、無礼講のようですが、これがまた、なかなか難しいそうです。後白河院は、人の好き嫌いがお強い方で、その気になってはめを外していると、二度とお呼びがかからなかったりするとか」

「ほう、あまり作法に難しいお方も困るが、無礼講も苦手だな。それと法皇様に限らず清涼殿内での禁忌は？　たとえば刀は持って行ってよいのか。歩き方は、挨拶の仕方は。わからぬことだらけだ」

「それは、信康が知っておりましょう」

「ところが、この人は学者で宮中奥深くのことなどとんとだめなのだ」

「面目ございませぬ」

「そこが良い所さ」

「ならば兄上、部屋を替えてあちらで御指南いたしましょう」

「よろしく頼む」

二人が立ち上がりかけた時、

「申し遅れましたが、時忠卿は和平をお望みでしたよ。あなたに会ったら伝えてくれと、もっともそれは、都を御離れになる前のことでしたが。今は、事情が変わりましたからどのようにお考えかわかりませんが。和平の道が閉ざされているわけではないと思います。お心の隅にとどめておいて下さいな」

九郎は、母の目をみつめて「はい」と応えた。が今の九郎は、平家を完全に叩いてしまうつもりでいる。二つの勢力が拮抗していると、いつも折衷案が採用されて改革などどこかへいってしまう。むしろ鎌倉の力を盤石にして、その上で朝廷を揺さぶっていこうと考えていた。源平が争うことを極度に恐れられる母上のお気持ち、そのお苦しみは痛いほどわかった。だが、今進もうとしている道を変える気にはなれなかった。天下国家の為には、女子供の犠牲はいたしかたないなどと思っているわけではないが、勢いに乗っている今、方向転換は考えられなかった。母上にとって綾様がご無事であれば、とりあえずご安心いただけるのではないか。そう自分に言い聞かせていた。そして、母を振り切るようにして良成の後について行った。そして夜遅くまで扇の使い方から、盃の回し方まで良成の手ほどきを受けて、ひたすら法皇との対面に備えた。

二月も末になると、鎌倉は三々五々都から凱旋してきた兵で、活気づいていた。桜もちらほら咲き始め、花見の人々の話題と言えば、一ノ谷の逆落としの手柄話で盛り上がっていた。五万対一万という兵力に大きな差をつけられての戦《いくさ》に勝利した興奮は並大抵のものではなかった。苦しい戦いを勝利に導いたのは、なんといっても義経率いる搦め手軍による一ノ谷の逆落としだった。なかでも逆落としの一番乗り佐原十郎義連、馬を労わって、馬を背負って坂を下った畠山重忠の剛力は人気の筆頭。そして、それぞれが自分の手柄話を吹聴して回るので、話に尾鰭がついて賑やかなこと限りなしであった。そして、これを指揮して、怖気づく兵に自ら手本を見せて鼓舞したという搦め手の大将九郎義経の人気は圧倒していた。

今日も大倉御所には、帰還した将士が次々に訪れ頼朝に挨拶して行った。それぞれが自らの手柄を報告した後に九郎義経を讃えた。

「さすが、御所様の御弟君、この度の指揮振りはお見事でございました。普段はお優しげなお方と思っておりましたが、お気持ちの豪胆さに驚きました。三草山の襲撃は、相手の予想を超えた速さで寄せるという迅速さが勝利につながりました。その後は土肥殿に本体を預けられ、御自身は鵯越えの山中に分け入られた。この隊は背後からの急襲が目的でしたから、敵の目をそらすため、土肥殿率いる本隊は大将旗を掲げ旗指物を盛大に並べて大軍に見せかけるなど、その仕掛けもなかなかなものでございました。まことに軍事の天才であらせられます」

「いやいや、この度の弟君のご活躍、恐れ入りました。我ら凡夫とは目の付けどころが違う。宇治川では、水練の者に力を注がれた。この度は敵の弱い所を探し、そこを急襲して、敵をかく乱し追い散らす戦術にでられた。戦の全体像を、しっかり描いて行動される。まことに智のお方でございますな。さすが上様のお血筋でございます」

「五万対一万の兵力の差に誰もが勝利は無理と判断した中にあって、今後の展開を有利にするための思い切ったご決断、御大将としての資質を十分に持っているお方と存じました」

頼朝は、一日中、弟への賛歌を聞かされていると、次第に自分の存在が薄れて行くような気分になった。「いい加減にしてくれ！」と、わめきそうになるのをようよう堪えた。そして、帰還将士の謁見を早めに切り上げて、なんとなく浮かぬ気分で私室に戻って来た。

するとそこには、北条時政が待っていた。

「やあ、お済みになりましたか。お疲れでございましたでしょう。政子、上様の御戻りじゃ」

と奥に呼ばわった。頼朝はしきりに片手で自らの肩を揉みほぐしながら、うんざり顔を隠しもせず、

「舅殿の御入来か。なにか事でも起こったか」

「豆腐が届きましてな。女房が、柔らかいものゆえ八幡殿に召しあがっていただくのがよかろうというので持参したところでござる」

そこへ、政子が白湯をささげて入ってきた。

「珍重なものを届けていただいて、八幡は大層気に入ったようで、頻りに催促して食べておりまする。夕餉には殿の御膳にも」

「ほう」

と、嫡男八幡の話が出ると頼朝もほほをゆるめた。

「ところで、この度の九郎君のご活躍、たいしたもののようでございますな」

「そのようだな」

「こうなると、範頼君がお気の毒ですな。まるで、九郎君お独りで勝利したようで、範頼君のお姿が霞んでしまいますな」

「あれはな、凡庸で困ったものだ」

「少し、自信をつけて差し上げないと、御不満がたまったところに、つまらぬ取り巻きができてもやもやこしくなります」

「そうよな。ところで、九郎に都の守護を命じたが、その後、何か情報は入っていないか」

「先日、都から戻ってまいりました者によりますと、後白河院を始めとする朝廷の受けは大層よろしいようで。木曽とは大違いで礼儀も教養もわきまえていると。二、三日内には梶原が、重衡卿を護送して帰陣するものと思われます。あの者なれば、確かな情報を持ち帰りましょう」

「うん」

「誰やらが申しておりましたな。今まで控え目なお方と思っていたが、戦の場に立たれると、お人が変わったように強引なほどに自説を主張されるとか。御自分の描いた作戦はめったな意見では、変えることはなさらない。五万の敵に一万で突っ込んでいくなど無謀もはなはだしい。だが、あの方の説得力の前には、年寄りには如何ともしがたかった。事実勝ったのだから、何も言えませんなあと」

「九郎は、そんなに強引なのか」

「これは、人の話で、わしにはわかりかねますが、天才と言われる者によくあるご性格なのかもしれませんな。ご自分の作戦に酔ってしまうというか。戦にかけては得がたいご人材のようでございますな」

「この度の戦は、わしが命じたわけではなかった。ままよと好きにさせたが、わずかな兵で飛び出したというからずいぶん心配した」

「上様の指示のない勝手な行動には、厳しく対応された方がよろしいかもしれませんね。これからは、遠隔の地に人を派遣して運営をまかせることが増えましょうから」

と政子が口をはさんだ。頼朝は不機嫌な顔をそのまま政子に向け、

「そんなことは言わずともわかっている」

と、不機嫌に言った。こんな女にまで口出しされているかとひどく自分がみじめに思われた。

そして、

「はやく飯にせよ」

といらいらと命じていた。

「これは、気づかぬことをいたしました。早速に」

政子は、立ちあがると着物の裾をはらって厨房へと向かった。

「では、わしもそろそろお暇つかまつろう」

と言って、時政も座を立った。時政の口元がかすかにゆるんで、したり顔であったのを頼朝は気づかなかった。


当時、後白河法皇は八条院を仮御所とされていた。日もとっぷりと暮れたころ、万端準備を整えた九郎は、御所を訪れ大蔵卿の高階泰経の先導で法皇の御座所に入った。座はすでに、琵琶を奏する者、笛を奏でる者、今様を謡う者など宴はたけなわであった。九郎は遅参したかと思い泰経に尋ねた。

「いえ、遅参ではありません。ここはいつもこのようなのです。お気に召さるるな」

との応えであった。

「九郎殿が参られました」と泰経は法皇に告げて「九郎殿ご挨拶を」と促した。

「源九郎義経、お招きをいただき参上つかまつりました」

と両手を仕えると、

「おう、九郎か。もそっと近う」

とつややかなお声が聞かれた。

「はっ」と応えて二歩ほどいざり寄ると、

「それでは話が遠い。もそっと、もそっと」

と手招きされた。

「はっ」と顔をあげて、御顔を拝すると、想像していたような奇人の風貌は微塵もなく、ふっくらとした大人《たいじん》の風格をお持ちのお方であった。そんなお方が笑みを湛えて手招きしておられる。法皇と対決するような気負いで参上したが、笑みに溶かされそうな気持ちにさせられた。

「そちは、近くに参っても小さいのう」

「はっ」

はなから自分の身体を評されるなど子供の時以来で、驚くと同時に、やはり変わったお方なのだろうかと思えた。

「だが、逆落しをするには小さい方がよいかもしれぬの。第一馬が楽よの」

「はっ、確かにさようでございます」

「その小さな体で、坂東の荒武者共を引連れて、無茶をやるの。嫌がる者はいなかったのか」

「はあ、いざ、崖の上に立って、下を見下ろしました時には、私もどきりといたしました。さすがの坂東者もおじけづいたようでした。が、ここまで来て逃げ帰るわけにはまいりませぬ。坂東武者は逃げることを恥と心得ておりますれば、みな必死で馬を労わり労わり降ろしました。失敗した者は一人もおりませんでした」

「平家の者達は驚いたであろうな。驚く様子を見物してみたかったのう」

と傍らの冷泉ノ局に仰せられた。局はあでやかな笑顔で、

「また、法皇様の野次馬癖がお顔を覗かせられました。困ったものでございますな」

とやんわりいさめられた。

「そなたは、そう思わぬか。内心見たかったと思っておるだろう。あの善人面した知盛が子を見捨てて、自分ばかり船に走り乗り命を助かったとやら。哀れ知章は父を庇って奮戦し、戦死したそうな。そのくせ、自分を船まで運んだ馬に情けをかけおって、源氏に取られては悪かろうと家臣が射殺そうとしたところ、我が命助けたるものをと止めたとか。あれはもともと朕の秘蔵して居った馬じゃ。平家がまだ都におった頃わしが与えたものじゃ。そなたの手の者が拾って、わしに戻してくれた。河越何某とか申したかのう。まあ、知盛の情けでわしの名馬が、また戻ってきたわけだから、知盛を悪しざまに申しては罰が当たるの。忠度もまた、武蔵国の武者に取り囲まれて難儀したそうだが、打ち連れた郎党共に皆逃げられて、遂には首を討ち取られたとか。さんざん朕をないがしろにして、自分たちだけで栄華を恣《ほしいまま》にした報いじゃ。ことに知盛の善人面が見たかったのう」

と法皇は応じた。法皇の平家への恨み辛みは半端ではないようだ。

「ところで、そのような急斜面で馬を馭すには、そうとう馬術に長けていなくては出来ぬのであろうな」

と、急に話題を戻された。

「馬術自慢の精兵をよりすぐりました」

「うん、馬もよほどの良馬でなくてはなるまいの」

「はい、馬術自慢の者は、みな良き馬をもっております。ですが、このような難所を行くには、騎士と馬が一体となることが肝要で、それぞれの騎士が最も飼いならした気心の知れた馬で行くのが一番だったように思います」

「ほう、気心が通じれば駄馬でもよいか」

「とまでは申しませんが」

九郎は、応えながら楽しいお方だなと思った。

「九郎は、どこで馬術を習得したのだ」

「奥州で覚えました」

「そうそう、そちは秀衡の元に身を寄せていたそうな。秀衡はどのような者じゃ」

「はあ、……聡明なお方でございます」

「ほう、朕のようなうつけではないか」

九郎は、ふたたび法皇の御顔を仰ぎ見てしまった。そこにはしたり顔の法皇がおられた。世間の噂もよくわきまえておられるのだ。

「法皇様ほどではありませぬが、時折うつけになられます」

「ほう、うつけになるか」

「はい」

と、九郎はにこりとした。

「九郎、そなたの笑顔はよいぞ。とても可愛いぞ。固くならずにその調子でゆったりせよ」

すっかり子ども扱いされているようで、気恥かしい気分だ。

「ところで、秀衡は鎌倉を攻める気はないのか」

「はあ、腹中を簡単に見せるお方ではありませんので、なかなか読み切れませせぬ。当方に隙ができれば攻めてまいりましょうが」

「うん、奥州の金はいかがじゃ」

「盛んに採取されてはおりますが、金は奥州の大事な産物ですから、その実態を私のような食客に明かすようなことはけっしてなさいませぬ。実態はわかりかねます」

法皇はふと疑わしげな表情を見せたが、奥州の最も琴線に触れるところをたとえ法皇様であろうと簡単に話すわけにはいかない。秀衡は大恩ある人である。

「そうか。頼朝を釘づけにして、上洛も出来ぬようにしておる秀衡という男に是非会ってみたいものよ。それにつけても、頼朝は幸せ者よ。頼りになる弟をもって。心おきなくどかっと坂東に腰を落ち着けていられる。九郎に都をまかせての。よろしく頼むぞ。しっかり朕に忠誠をつくせよ」

法皇は「朕」の語をことさらに強めて仰せられた。

法皇様はけっしてうつけではあらせられない。鎌倉の事情もよくわきまえておられる。頭のよいお方だと九郎は思った。ご質問のありようは、少々常識外れだが、常識にとらわれないひろやかなお方なのかもしれない。「朕に忠誠を」との御言葉に対して、九郎は意識的に頭の下げ方を浅くしてみた。法皇は「朕に忠誠を尽くせ」ともう一度仰せられて、口元を小さくにっと緩められた。法皇は、微妙なこちらの感情を鋭く察せられたと感じた。かすかな微笑に陰湿な感じは微塵もなかった。むしろ「そなたは、いずれ朕に靡くさ」と楽しまれておられる雰囲気だった。

そして、法皇は、なにごともなかったような穏やかな表情で、

「九郎の膳が整ったようじゃ。席に着いてゆっくり楽しむがよい」

と、仰せられた。泰経がいち早く九郎を席にいざなった。

「法皇様の御意にかなったようですぞ。よろしゅうございましたな。さあ、一献召し上がれ」

大蔵卿の泰経は、五十代の公卿で法皇のおん覚え随一の人と言われていた。宮廷に疎い九郎を如才なく導いてくれた。

しばらくすると、一瞬座が静まり返って、水干《すいかん》姿の女性《にょしょう》が座の中央にすーっと立ち現われた。そして、鼓がぽーんと打ち鳴らされると、詩《うた》を口ずさみながら舞い始めた。

春の初めの梅の花　喜び開けて実熟るとか
　御前の地なる薄氷　心解けたるただ今かな

「この者は、静と申して今人気の白拍子です」

泰経が紹介した。

「静と申すのですか」

「なかなかよき女子であろう」

九郎は、茫然と見とれていた。母を白菊とするなら、今宵、目の前で舞う女性の美しさは咲き誇る桜そのものであった。白い指さきのしなやかな動き、赤い裾を翻せば飛天のごとく、姿態からは馥郁たる香りを放ち、これこそ天上世界の桃源郷に紛れ込んだかと思われた。

「おん大将さま」と言う女の声に我に帰ると、舞う女性の姿は消えて、別の舞妓が九郎の盃に酒を注ごうとしていた。陶然としたまま機械的に盃を女の方に差し出した。

「彩芽と申します。この度のお手柄話、お聞かせ下さいましな」

そう言われて、初めて傍らの女性に目を合わせた。美しい女性なのだろうが、静を見たあとではなんの感慨もわかなかった。

「一ノ谷の逆落としは、おん大将が真っ先に駈け降《くだ》られたとか」

「そんなことはない」

「そうなのですか。巷の者は皆、おん大将が真っ先に駈け降られたと申しておりますが」

「……」

「なんにしても。坂東のお武家さまは、皆様勇敢でいらっしゃいますね」

「戦の話などしたくはない」

九郎は思わず怒気を含んで、女の話を遮った。女はどぎまぎして、目に涙さえにじませた。戻ってきた舞姫をお側に侍らせた後白河院が、二人の険悪な雰囲気をすばやく察しられ、

「静、彩芽が怒られておるぞ。行って仲裁してやれ。九郎は最前からそなたばかりを見つめておるぞ」

と、可笑しそうに仰せられた。

「はい。彩芽ちゃんは、お客様を怒らせることなどない子なのにどうしたのでしょう」

静と呼ばれた舞姫はやおら立ち上がると九郎の前に静かに歩みよって、彩芽を下がらせると、九郎の前に座った。そして、

「妹がなにか粗相をいたしましたようで申し訳ございませんでした」

と、白くほっそりとした指を揃えて詫びた。九郎は憧れの女性を突然目の前にして、すっかりどぎまぎしてしまった。

「あ、いえ、あの舞妓が悪いのではない。わたしの虫の居所がわるかっただけです」

「まあ、それならよろしいのですが、なにを申し上げたのでしょう。たとえどのような事情でもお客様に不快な思いおかけするのは、わたくしどもの落ち度でございます」

「戦の話をせがまれたのだが、戦は思いだしたくもないことで」

「大変心無いことを申し上げました。どうか堪忍して下さいませ」

静は、今一度両手をついて詫びたが、このお方はお武家さまにしては珍しいお方だと思った。武士は、みな手柄話をこよなく喜ぶと彼女達は思っていた。だから、聞きたくもない手柄話をせがんでみせるのだ。

「戦は、勝っても負けても罪深いものです。この度は嫌と言うほど思い知らされました」

戦の話はしたくないと言いながら、九郎は自ら戦の話を始めた。

「お武家さまのお口から、そのようなご感慨を伺うのは初めてでございます」

「そうですか。武士は口にはしなくても、みなそう感じているはずです。それを色に出したり口にしたりするのは、私が未熟なせいかもしれません。彩芽殿に謝っておいて下さい」

「ありがとうございます。お殿さまのお心を知ったら彩芽も喜ぶでしょう。あの子は、両親と兄をここ打ち続いた戦で亡くしています。幼い妹を抱えて、一生懸命生きています。本当はあの子は戦の話など聞きたくはないのです。でも、御客様に喜んでいただくために……、それが仕事ですから……」

静は、はっとした。舞妓が客に言うべきことではなかった。仕事中であることを思わず忘れてなぜか饒舌になっている自分にあわてた。

「そうだったのか。戦をして幸せになるのは、いったい誰なのだろう」

悩める武将を静は思わず顔をあげて見つめていた。宮廷内ではめったに会えないお人柄だと思った。

「彩芽殿には、謝っておいて下さい」

見つめられて九郎は、また同じことを言った。

「九郎殿、ささ、もう一献いかがです」

先ほどから隣で、聞き耳を立てていた大蔵卿の泰経が九郎の盃になみなみと酒を注いだ。そして静に、

「さあ、静、もう一さし舞ってみよ」

笑みをふくんで所望した。静もほっとしたように座を立った。

「九郎殿、さすがお目が高うございますな。あれは心根もよい子ですぞ」

「はあ」

九郎の頬が抑えようもなく紅に染まった。

御所を退出したのは、夜もだいぶふけていた。桜の花びらがおぼろな月の前を風に吹かれて消えていった。護衛の武士が数人遠巻きについて来てはいたが、どこか波長の合う中原信康と二人、そうろうと六条まで歩いて帰った。

「後白河の君はいかがでしたか」

信康が尋ねた。だが、九郎の心は静の舞姿ばかりが浮かんで、法皇が霞んでしまう。

「うん、……」

と応えて、法皇の姿を思い浮かべるのに苦労した。信康は何時になく反応が鈍い九郎に、首尾が悪かったのかといらざる心配をした。ややあって、

「ものに捉われぬ魅力的なお方だった。河原者などに対しても偏見がなく、また人を見抜く勘も鋭いお方だと思った」

と、ようやく返事があった。

「では、あなた様に似ておられるのでは」

「というより、清泰様に共通するものを感じた。清泰様は既成概念に捉われない無限大の発想をなさった。その発想は大宇宙にまで広がっていかれた」

「法皇様の噂は誤っていると」

「うーん。だが、清泰様と違うのは、御育ちのせいもあろうが、その発想が常にご自分中心であらせられることかな。清泰様の土台には、大自然の中の、人のありよう、あるいは天下国家のありようを求めておられるようなところがあった」

「清泰様よりは、あのお方にこそ天下国家の視点がほしゅうございましたな」

「そうよな。その視点があられたら、すばらしい天皇になられたのだろうな。だが、御自分本位であっても、嫌味のない、なにか不思議なお方であった。これからどう向き合ったらよいのか、見当もつかぬ」

「押せば引き、引けば迫る。と誰やらが申しておりましたが、そんな感じですか」

「そうかもしれん……。後白河法皇との対決は一筋縄ではいきそうもない。まるで大海原のようなお方だ。寄せては返し、ときに立ちはだかる壁のような大波に、時にはうららかに凪、形もなく、日々色を変え、果てもなく大きい」

「単なる奇人ではないと」

「うん、不思議なお方よ」

「ところで、落ち着かれましたら、私どもの仲間にもお会いいただけませぬか。下級官吏ばかりですが、朝廷改革に熱心な者の集まりです」

「ああ、忙しさにとりまぎれ申し訳ないことをした。夜ならば時間はつくれる。調整してみて下さい」

「よろしいですか。それはうれしいことです。早速に」

「おお、青星（シリウス星）があんなに西に傾いている。夜明けが近いのか。ずいぶん長居をしたものだ」

「今宵は、靄のせいか青味が薄うございますな」


九郎義経を帰した法皇は、泰経を手招いて仰せられた。

「九郎は、まだ初心《うぶ》な者だが、案外頼朝より始末がわるいかもしれんの」

「と、申されますと？」

「一本気なる者よ。ほれ、なんと申した？　ほれ、うー、安倍清泰、ほれ、平泉に流した。あれと同じ匂いがする。真っ直ぐに突っ込んでくるぞ」

「おー、確かにそのような匂いが」

「九郎も平泉におったのじゃな。会っているかもしれんの。中原信康をいち早く右筆にしておるのは、清泰の伝手かもしれんの。律令を叩き壊そうなどと考えておるのではあるまいな」

「まさか……」

「わからぬぞ。そんなことはさせぬ。いずれにせよ、頼朝と義経の仲を裂く手立てを考えよ」

「やれやれ、また法皇様のお遊びが始まりますか。でございますが、我ら朝廷にとっては大事なお役目と心得て、泰経、精々思案させていただきまする。鎌倉をのさばらせるわけにはまいりませぬ」

「うん」

法皇は大きくうなずかれた。

「これはいかがでございましょう」

「もう良い思案がうかんだか」

「思案というほどでもございませんが、頼朝は猜疑心強く、勝気なる者と聞き及んでおります。九郎は、この度の恩賞に伊予守を望んでおります。そこで頼朝に『さすが九郎殿、お目の付け所が違いますなあ。彼の地には、着任してみなければわからぬよきことが御座いますればホホホホ』とでも囁いては」

「ほう、して、良きこととはなんじゃ」

「それは、別になんでもよろしゅうございましょう。頼朝の想像にまかせれば」

「そうか、そうか。そなた、鎌倉に下って、一度頼朝に会って来よ」

「重大なお役目、謹んで行ってまいります」

「そちは羨ましいの。朕も行ってみたいわ、鎌倉とやらへ。ハハハ」

二〇◑◐立待月の集い

「先ごろ、鎌倉殿が『諸社の神領の安堵』と『僧侶から武具を取り上げる』ことを後白河院に要請したとの噂がありますが、殿は御存じでしたか」

九郎の居室に、先ほどから伊勢三郎と継信・忠信が押し掛けていた。

「いや、聞いていないが」

九郎の返事は、三郎等の勢いに対して少々間が抜けていた。

「お聞になっておられないのですか。神領の安堵はともかく、僧侶から武具を取り上げるなどしたら、一騒動ですぞ。その矢面には我らが立たされることになるのに。鎌倉からの使者が、我らを通さずに、みんな直接院や朝廷に行ってしまう。なんか釈然としませんな。なあ、継信」

「全くです。つんぼ桟敷に置かれては、都の守護は全うできません」

普段穏やかな継信も、今朝は語調が強い。

「つんぼ桟敷は、この件ばかりではありません。殿！　どうなってるんですか」

忠信も吠えた。

「わしは、畿内近国の軍事の事について任されたのだから、それ以外は、そうなってしまうのかもしれんな」

「そんな悠長なことを言っていていいのかな。情報、情報っていつも言っている殿が、ここのところなんか変だぜ」

三郎は、君臣を忘れた言葉を投げつけた。

「文を書いて兄上にお伺いをたててみよう。そう騒ぎ立てることのほどではあるまい。事務的にそうなってしまったのだと思う。ところで、継信、今宵の三浦殿の宴、よろしく頼んだぞ」

「はっ、ですが、私などの代理出席でよろしいのでしょうか」

「還暦の祝とのことだが、出先の事でもあり、内輪でささやかにやりたいと言っていた。先約があるからと断ってあるから、まあ、よしなに言っておいてくれ。祝の詞と祝の品々は信康が用意したはずだ」

「わかりました」

「わしは、もう一仕事片づけて、信康宅での集まりに行く」

そう言い置くと、九郎は接見の間の方へすたすたと出て行ってしまった。ここのところ武士が荘園の一部を押領したという荘園領主からの訴えが多く、面会を求める人がひきもきらない。鎌倉も「荘園の領主権は従来の領主のものであることを認め保証する」としているが、在地の荘司などを務める武士が、この度の戦の勝利で実力を付けて、領主の権限をないがしろにすることが多いのだ。

「あいつ、ここのところどこか上の空だよな」

出て行く九郎を目で追いながら三郎が言った。すると忠信がすぐに反応して、

「あ、そうだ、御所の控室で聞いたんだが、もしかしたら原因はこのあたりか。先日法皇様のお招きを受けたろう」

「そこに、良い女子が居たってか」

「静とかいう白拍子をお気に召したらしく、側からお放しにならなかったそうだ」

「ふーん、それで」

「それだけだ」

「気に入ったけど、何も言えずにいるのか」

「殿らしいな」

　継信も言った。

「なんだ、そういうことなら、俺達でなんとかせずばなるまい。どこの白拍子なんだ」

「都だろう。なんでも今人気の白拍子だそうだ」

「都はわかっているさ、どこの女郎屋の白拍子だと聞いてるんだ。ま、いいや、今宵は、琴音姐さんの所へでも行ってみるか」

「なんだ、急ににやにやして。わしも付き合うぜ」

「あ、ずるいぞ。忠信。三浦殿の所より、そっちの方がよさそうだな」

などと、三人も部屋を出て行った。

一方、九郎は陸奥時代に立ち戻ったようなのびやかな気分で、夏の夕暮れを楽しみながら信康

の亭を尋ねた。相変わらず質素な亭だが、式台に履き物がずらりと並んでいるのが、初めて訪ねた時とは違っている。訪《おと》ないを入れると、信康があたふたと走り出てきた。案内された一間には五人ほど若い仲間が集まっていた。上座がひとつ空けられていて、皆が立ちあがって「ささ、どうぞ、どうぞ」と上座に導いてくれた。

「まだ、碌な官位も持たぬ若輩者の集まりによく来て下さいました。ここは無礼講でございますので、お楽になさって下さいませ」

信康が挨拶して、人々を紹介した。

「こちらが、当会の長《おさ》天文生安倍泰明殿、清泰様の一番弟子です。天文生の安倍親元殿、占星術に大変優れています。明法生（法律家）中原康資殿、明法屋のくせに草木が好きで清泰様に重宝がられていました。こちらが宿曜師の僧慶宥殿で興福寺の僧侶ですが、清泰様の研究姿勢にいたく感動されて奈良からいつも参加してくれています。次が暦生賀茂憲有殿、我が会の若手で、元気の素です。以上、私とも六人で立待月（十七夜、月の出十九時ごろ）の月の出とともに集まって月、星を楽しんでおります。ちなみに私は当会の右筆を務めております」

いかにも学問好きなのびやかな人々だった。

「こちらは、今をときめく源氏の御大将九郎義経殿です」

「荒らかな世界の者がお仲間に加えていただくのは、誠に恐縮に思います。私の尊敬いたします清泰様のお側に近付けたようで、身の震えるような喜びに浸っております。どうぞよろしくお願いいたします」

九郎の日常とは少々違った世界に緊張の面持ちで挨拶した。初めて清泰にあった日のあの故郷《ふるさと》感のようなものが感じられた。それは、鞍馬の東光房の空気に近かったのだろうか。

「信康殿からお噂を伺ってずっと憧れておりました。あの清泰様が『天才的な若者に巡り会った』と仰せられたとか」

天文生の安倍泰明が晴れやかな笑顔を向けた。

「それは、またお買い被りな。それにしても、清泰様にお会いして、私の宇宙感と申しますか、物の観かたが百八十度変わりました」

「大地が球形だというあの方の説をすぐさま理解されたとか」

もっとも若い賀茂憲有が、膝を乗りだすようにして尋ねた。

「いえ、二、三の現象にどうも納得できなかったことがあって、それも漠然と思っていただけですが、球と伺った時、それならば、その現象は納得できると思っただけです。それに、平面よりは球の方が壮大な空間を想像出来るような気がして楽しい気持ちになったのです」

「やっぱり、我らは頭が堅いのですな。固定観念に囚われて、新しい発想を楽しむというゆとりがないのですな」

と、僧の慶宥が言った。

「それは、私が素人だからでしょう」

と、九郎は応じた。

「それもあるかもしれませんが、御専門の戦にしても、視点が従来とずいぶん違う」

慶宥は、修行僧らしく日焼けして逞しい体を少し乗り出すようにして言った。

「いずれにしても、清泰様や義経様のような天才はめったにいるものではありません。我ら凡才は、日々地道に研鑽を重ねるほかありません。そのためにも、各地に観測所のような所が欲しいなとかねがね思っています。そこに人を常駐させて日々観測をして、その結果を中央に集める。そして分析する」

と、信康にどこか似ている康資が言う。

「そうなんです。これは清泰様が言いだされたことですが、全国各地からの天・空・地の情報が欲しいんです」

天文生の泰明がいかにも探究心が強そうな目を輝かせて言う。

「ところが何度お上にお願いしても、予算が無いの一点張りです」

「まあ、予算が無いのは事実なのです。荘園が増え、公田まで食い込んできている現状では、帝の租税収入は減る一方です」

この会の長老格らしい信康が言葉をはさんだ。

「そこです。荘園に税を課さないということが、大きな問題です。今や全国の半分近くが荘園です。大和の大地と人民はすべて帝のものですから、帝が荘園を所有することは理屈に合いませんから荘園はお持ちにならない。しかし、摂関家以下公卿・大寺社は税のかからない荘園をどんどん増やし、経済的に天皇家を圧倒し始めました。そこで、帝も荘園が欲しくなられた。考えられたのが、御退位になって、自由なお立場で、荘園を所有されることです。そして次期の帝に幼帝をお立てになれば、後見人として政に関与し続けられます。豊な資産を背景に強い権力をお持ちになれる。これが院政の始まりです。帝としては荘園すなわち私有地の増加はこれ以上認めたくはない。一方、院は荘園領主として政に臨まれますから、お二方は真っ向対立することになります。その上、朝廷機関と院政機関が同じ所に同居しているのですから、政は混乱するばかりです。派閥抗争は熾烈になるし、迷惑するのは我ら官僚と民です。そんなわけで帝の財政は大変貧しいので、院すなわち上皇様のお力ばかりが強くなります」

康資が法律家らしく理路整然と悪弊を語る。

「全く、朝廷と院との二頭立ては何とかしなければなりません。陰陽寮に於いても帝派と法皇派で、ご諮問に対する占いの密奏も微妙に違うのです。もっとも、占星術そのものが、天平六年（七三四）吉備真備卿が唐より伝えた当時からほとんど発展していません。占星は、人間界で起こったことをその時の太陽と月星の運行、特に流星のあるなしなどの天の状況と人間界の出来事を照合して、こういう天の状況の時に人間界ではこのようなことが起こっている、だから、この度の月星のありようは、いつの時と同じだから当時と同様なことが起こるだろうと推定するわけで、当否の確率は決して高くはありません。この方法で占うのであれば、唐の事例と同時に国内でのより多くの事例を見極めねばなりません。でも、上の方々に進歩させようとする意欲はありません」

と、天文生の安倍親元が神経質そうな目元に怒りを宿して言う。

「義経殿に早く政に参加していただいて、我らの要望にお力添えいただけたらと、みな心待ちにしておるわけです」

泰明が義経への期待を語った。

「観測所の設置は、私も是非必要だと思います。今はなにかこのような立場になってしまっておりますが、一日も早く戦乱を終わらせて天文の世界にのめり込みたいと思っています」

と、九郎は応えた。

「陰陽寮は、天皇や上皇、そのほか時の権力者の吉凶ばかりに気を取られていて、学問の根本を探究する姿勢が皆無です。当たるも八卦、当たらぬも八卦に安住し、たまたま当たればその陰陽師の大手柄ということになります。占星術の当たる確率が低いほど、当たった時の称賛度が高くなって陰陽師にとって都合が良いのです。その辺の姿勢が全くもどかしい。われら本家筋から遠い者がいくら吠えてもどうしようもない」

親元が白湯をぐっと呑みほした。

「ところで、義経殿はご自身の戦について吉凶を占われるのですか」

興味津々の面持ちで若い憲有が尋ねた。

「清泰様からは、占星術はあまりご指導いただきませんでした。お手伝いしたのは主として月星・雲・風などの観測と動植物の観測でした。でも、御指導いただいていたとしても占わないと思います。凶と出たりすれば、意欲をそがれてしまいますし、吉と出れば、どこか緊張感がかけて、思わぬぽかをしかねません。でも、御指導いただいた万物の観測手法は大変役に立っています。特に天候の変化は戦にとって重要な問題ですから。それと私は、必ず地元の人々にも問うことにしています。農民にしても山人《やまびと》、海人《うみびと》にしても日々の天候は暮らしに直結しているせいか、彼らの観察力は見事なものです。五感のすべてを動員して観ています。たとえば、『寺の鐘がよく響くから明日は晴れるだろう』とか、『土間の湿り方がひどいから間もなく雨が降る』とか、『燕が低く飛ぶと雨が降る』。また『東風《こち》が吹けば、ウツボも喰わん』と言って、東の風が吹いて海が荒れると海底の潮が動いてしまって漁が無いそうです。このように耳、目、肌、鼻、総動員です」

「民間のそうした伝承を我々ももっと大事にすべきだと思います。そのためにも観測所は多い方がいい」

と泰明が賛意を表した。

「全国の情報を集約し分析する仕事が陰陽寮に求められますね」

と九郎も応じた。

この夜、立待ちの月が東の空に出て西にかたぶき始める頃まで、彼らの議論は白熱した。九郎は、供侍も遠巻きにさせて、まだわずかしか欠けていない十七夜の月の下を充実感に満たされて家路についた。

忍びの外出なので、正門を避けて裏へ回ると、浮浪者のような男が数人月影の下をダダダッと逃げて行った。供侍がすかさず追いかけて行ったが、見ると裏門に一人だけうなだれて残っている者がいる。

「なんだ、喜三太じゃないか」という供侍の声が聞こえる。九郎も足を速めて近付いてみると、喜三太が風呂敷包みをぶら下げて、立っているではないか。

「いかがした」

九郎が問うと、

「すみません。すみません」と言って、おずおずと風呂敷包みを九郎に差し出した。

「なんだ、これは」

九郎は訝しげに聞いて、風呂敷包みを供侍に開けさせた。中には小柄が二本と笄《こうがい》、雑穀少々が入っていた。そこへ、逃げた男たちが捕えられてきた。

「その方らは何者だ」

九郎が詰問すると、

「初めまして、わっしは、喜三太の兄貴で喜一といいやす。以前いつでも来いと言って頂きやしたんで会いに来たんです」

「こんな夜更けにか」

「昼間は、忙しいかと存じやして、今時分なら喜三太も非番かと」

「この風呂敷包みは」

「いや、それはあっしのもんじゃございません」

「そうか。面会なら、昼間、門衛を通して来い」と強い調子で言って「放してやれ」と供侍に命じた。「どうもお騒がせをしやした」などと調子よく言って彼らは堂々と帰って行った。九郎は見送りながら、彼らの態度物腰に不安を覚えながら喜三太を連れて屋敷に入った。

「喜三太、この風呂敷の中身は、そちの物か」

喜三太は大きく頭《かぶり》を振って、

「お蔵から、殿さまのお言いつけだと嘘をいって貰ってきました」

ぼそぼそと応えた。

「なぜそんなことをしたのだ」

「すみません、すみません」

「すみませんではわからん。理由を言え！」

「すみません」

喜三太の目から涙が一滴床に落ちた。

「泣いてもわからん。そちは盗みを働いたのだ。すまんと思ったらわけを言え」

しばらく間をおいて、

「おかんの足腰の痛みがひどいから、薬を工面してやりたいからって、最初は自分の着物とか渡していたけど、もう、なんにも無くなってしまった」

「それで、蔵から持ち出したのか」

喜三太はかすかに頷いた。

「おろか者が！」

九郎は思わず喜三太の頬を平手ではった。喜三太の体がよろめいた。彼はそのまま床に這いつくばって謝りぬいた。

「もうよい。今宵は、もう下がって寝よ」

久々に爽やかな気分で戻ってきたのになんということだ。九郎はいら立っていた。

「わしに、お暇を言い渡して下さいませ」

喜三太はしどろもどろに言った。

「暇などやれるか。そちは、罪滅ぼしにわしに生涯尽くさねばならん。分かったらさっさと寝ろ」

「はい」

涙をぬぐいながら、それでも喜三太にしては、ずいぶんきっぱりと答えた。

翌朝、朝の挨拶にやってきた佐藤兄弟、伊勢、弁慶を前に昨夜の顚末を話した。

「弁慶、喜三太の兄貴とやらは、そんなにしばしばやって来ていたのか。喜三太は、もう渡す物がなくなったと言っていた」

「質《たち》の良くない兄貴だとわかってからは、会わせぬようにしておったのですが、夜中にやって来ているとは存じませんでした」

弁慶が苦り切った様子で弁解した。

「そんなに困っているなら、ここで雇ったらどうだ」

すると、伊勢三郎が、

「ああゆう手合いを、こんな中に入れたら始末の悪いことになります。働かないばかりか、こんどは屋敷の中で盗みをやり、怠け癖を他に伝染させ、果ては情報まで持ち出されかねない。絶対にだめです。喜三太にとっても苦労の種になる。奴らには働く習慣がない。ああいう手合いは教育してもだめだ。人にたかって生きる蛆虫のような奴らだ」

「そんな悪か」

「こんど来たら、徹底的にたたきのめして、二度と近付けないようにしてやる。それが喜三太にとって一番です。そうだろう、弁慶」

九郎は、弁慶が「いや……」と言うのを期待して弁慶を見た。ところが弁慶はあっさり賛同した。

「そうですな。喜三太には可哀そうだが、それが一番だと思います。喜一は性来怠け者で粗暴です。怠け者で、まともな仕事ができない。それで、人にたかって生きている。奴らにとっては、それが生業です」

「たかりが生業だと？　河原の者はみなそうか」

「いえ、河原の者だからという意味ではありません。喜一の一味のことです。いずれにせよ一寸の土地も持たず、商売の権利も持たずの奴らが生きていくのは大変です。あのお袋さんもなかなかどうして。むしろ、けしかけてるんじゃないかな」

「うーん、なにも調べずいきなり逢わせたのは無謀だったか」

「隠しても、本人は逢いたい一心で必死に探すだろうし、一度は越えなきゃならない試練だ。殿に売られなかったら、喜三太も兄貴にくっついてあんな暮らしをしてたんだろ。幸せな再会なんて、そうはありゃしない。ここに居る者の中で幸せな家族を持っているのは、佐藤の御兄弟ぐらいだろう」

と三郎がつづけた。

「わしらだけ？　そうかあ、思えばわしらは仕合わせ者なんだ」

忠信は、初めて気が付いたように言った。

「そうさ。お前の家族は親子兄弟睦まじくてあったかい家族だったな。わしも喜三太も指をくわえて見ていたもんだ」

九郎もからかい半分に言った。

「え、そうだったんですか」

忠信は、またびっくりしたように言った。そして、

「殿の母上との再会はいかがでしたか」

と無造作に尋ねた。九郎はちょっと間をおいて、

「わし独りの母上ではないことがわかった。想像している時は、常にわし独りの母上だった」

「そりゃそうだ。兄弟のものであり、親父のものであり、時にはその他の男のものだ」

三郎が、妙に人らしい顔をして言った。そうだ、この髭もじゃらの三郎にだって、親への思いはあるはずだと今更気が付いて、九郎はふと可笑しくなった。

「じゃあ、喜三太の家族のことは弁慶にまかす。うまく切り離してやってくれ。だが、母親への食い扶持は都に居る間は続けてやろう」

九郎は弁慶に命じた。そして「河原の者達の暮らしぶりを良くするのはどうすればいいのかな」とつぶやいた。

「殿が、かつてわしに説教されたように食料を増産することじゃないですか」

弁慶がぼそりと言った。

「そうか。そうだな。とりあえずは新田開発か。はやいとこ戦を終わらさねばならんな」

「戦といえば備前、備中の支配をまかされた梶原殿、土肥殿は、平家のちょっかいにだいぶ苦戦しているようですな」

伊勢三郎が小気味よげな表情をただよわせて言った。

「それよ、実平からの援軍要請の準備はできたか」

「はあ、今日は出発させられますが、殿の御家中を少し増やしていただかないと、もろもろ手が回りませんな」

と、伊勢が愚痴を言った。

「すまんな。先日、熊野の鈴木重家に人を紹介してくれるよう文を出したところ、弟の亀井六郎をよこすと言ってきた。まもなく到着するだろうと思う。それに、伊勢の嬉野五郎にも声をかけた。わしも伝手が少なくて、それに早く兄上からこの度の恩賞を頂かなくては、人も雇えぬ。今少し我慢してくれ」

「そうですな、国を三つ四つ頂きたいものですな」

「うん、ま、今朝はこれで、持ち場に戻れ」

三人は足取りも軽く退出した。

喜三太は、ひどくしょげ込んでいたが、必至の形相で働いていた。九郎が声をかけても、にこりともせずに「おはようございます」「行ってらっしゃいませ」と最敬礼をした。必死で罪を償おうとしている様子だった。九郎はある日、九郎の馬の手入れをしていた喜三太に言った。

「お前の兄貴はわしだ。喜一よりわしと暮らした時間の方が長い。お前の兄貴はわしだ」

喜三太は、きょとんとしていたが、しばらくして涙を一粒落して、

「許していただけるのですか」

と聞いた。九郎は、

「よく働いたから許してつかわそう。もう嘘をついてはならぬ。困った時はこの兄貴になんでも相談するんだ」

喜三太は、袖で涙をぬぐうと、久々の笑顔を九郎に見せた。そして喜びを体中にみなぎらせて、馬の背を洗い始めた。

それから数日後、六条堀川の義経亭の小宴に静の姿があった。伊勢三郎の計らいであったが、その後、静は度々この亭の宴に姿を見せるようになり、一カ月ほどもすると西八条の辺りに一亭をあてがわれ、母親の磯の禅尼と住むようになった。そこに九郎の姿がしばしば見られた。二人は前世からの約束事ででもあったように自然に睦みあうようになっていた。慣れぬ朝廷との接触や武士間の調停に振り回される日々にも、静が待っていると思うと元気が湧いた。

都を征圧し一ノ谷で平家に勝利した後の鎌倉は、一段のにぎわいを見せていた。地方の武士達が鎌倉の将来を見越して、我も我もと鎌倉に邸宅を建て始めたのだ。頼朝が、亡父義朝を供養するため寺を建立するとの噂もあって、鎌倉のどこを歩いても新材の香りと槌音が夏の風に漂っていた。

全ての蔀《しとみ》をはね上げ、御簾も巻き上げた奥の一間に、都から下ったばかりの大江広元を迎えて頼朝は時政と共に雑談に時を過ごしていた。頼朝は、公文所《くもんじょ》を設置するにあたり、その長に中原親能の義弟で明法博士《みょうぼうはかせ》の大江広元を招請していたが、このほどやっと実現したのだ。広元は頼朝より一歳年下の三十六歳。眼光鋭く学者というよりは世俗的で覇気に富んでいる。頼朝と広元、そして時政も馬が合うのか会話は弾んでいる。後白河法皇のご様子、その近臣の事、それに距離を置く人々の事など話は概ね都のことのようだ。そして、時政が思い出したように言った。

「先日、三浦義澄が都の土産など持って久々に尋ねてまいりました。都の浮浪の徒は一向に減らぬようですな。それどころか、毎日何処からか湧いて出てくると申しておりました。九郎君の御家中は少ないから、我らがいなくなると、あと大変でございましょうなどと心配しておりました」

「うん、九郎の家中も少し何とかしてやらねばとは思っておるが。都はそんなにひどいか」

「木曽の残党が食い詰めて、都をうろついておりますし、近郷近在の百姓共も、飢饉と戦で干上がっておりますれば、それらがみな都に活路を求めて上ってまいります。ですが、都にも仕事も食料もない。まことに難儀なことでございます」

と広元が言った。

「その三浦が、ひどく残念がって申しますには、下向にあたって、滞京中なにかとお世話になった九郎君に、御礼を言上したく、還暦の祝と称してお招き申し上げたところ、先約があるからとお越しいただけなかった。とうとうお礼の機会を失してしまったとか」

時政が扇子をかちりとならして言った。

「三浦を袖にしたと申すか」

頼朝がわずかに色をなした。

「袖にするとかそのようなことではございますまいが」

「先約とはなんだったのだ。法皇様の御用でもあったか」

「なんでも、九郎君の右筆中原、ああ、信康殿と申されましたか。その信康殿のお仲間の集いに招かれたとか。そのようなことを三浦は申しておりましたな」

「右筆如きの約束を優先して、三浦を断ったのか」

頼朝の顔がさらに険しくなった。

「中原信康とかいうからわしはてっきり、中原親能の紹介かと思って『よかろう』と言ったが、親能は紹介していないと言う。広元は信康という者を存じて居るか」

「中原の一族でございますれば、存じております。いたって真面目な男でございます」

「そうか、いったい誰の紹介で雇ったのだ」

「はて」

「一条家あたりでは」

と時政が口をはさんだ。

「ああ、常盤殿の伝手か。常盤殿の夫君長成殿は先年亡くなられたと聞いたが、今は誰が当主じゃ。広元は知らぬか」

「今は常盤様のご子息良成殿が跡を継がれたようで、後鳥羽天皇の侍従をしておられます」

「おお、そうか。良成はどのような息子かな」

「まだ、二十歳になるかならないかだと存じますが、なかなか闊達なお方で明るいお人柄のようです。九郎君の館へ出入りする姿もよく見かけられているやに聞いております」

「そうか。一条家の伝手かもしれんの。その信康という者、少内記であったか。九郎の右筆として適当であろうか。広元の見立てはどうじゃ」

広元は、少し間をおいて、

「書も良くいたしますし、文書作成もそつなくこなしますが、そうでございますな、九郎君の右筆としては、少し物足りないかとは存じます。都を発ちますとき、九郎君にご挨拶に伺いまして、初めてお目にかかりましたが、大変純粋なお方とお見受けいたしました」

「あれは、まだ青いのだ」

「だといたしますと、今少し大人と申しますか、押の強い者をおつけになられた方がよろしいかと存じます。文書を作成しているだけならば信康で充分でございますが、朝廷との接触の多くなる役目ですから。信康はどちらかというと学者でして、政の場ではお役に立ちますかどうか」

「さようか。広元、誰ぞ良い者はおらぬか」

「はあ、考えてみます」

「ところで、信康の仲間の集いとはなんじゃ」

と尋ねた。

「はて……」

広元は、ふと清泰の顔が浮かんだ。平泉で九郎君は彼に会っているのだろうか。清泰を介して信康を知った可能性はある。間をおいて広元は応えた。

「信康は、仲間を集めて勉強会のようなことをしていると聞いたことがあります。なに軽輩共の集まりですが。それにでも行かれたのでしょうか。九郎君は天文には、なかなか造詣が深くていらっしゃると小耳にはさんだことがあります」

と広元は応えて、清泰の話はしなかった。清泰が配流になった事件には直接には係わってはいなかったが、広元は清泰を追い落とした陰陽頭安倍泰親の派閥に属していた。軽軽に話すべきではないと思えたのだ。

「天文？　九郎が？　わしは聞いたことないぞ」

「さようでございますか。陰陽寮ではちょっとした話題になっているようです」

「ふうーん……。でその集いとは？」

「月星の観察をしておるようですが、青臭い理想をかかげた軽輩共の集いです。それ自体は毒にも薬にもなりませんが、九郎君が彼らの肩を持つようなことがあれば、陰陽寮内での彼らの力は増すことになりましょうな」

「うーん」

頼朝は、九郎の気持ちがわからないでもなかった。あれもまた都が故郷なのだ。坂東者と話している時の奴は、腰をかがめて必死に話を合わせている感じだ。都に出て、やっとのびのびとした人付き合いが出来ると感じているのかもしれぬ。頼朝もまた都からの人々に会うとほっとする。もし都に身を置いたら、つい都の人種に取り込まれてしまいそうな気さえする。頼朝が、後白河院の上洛要請になかなか応じないのには、そんな気持ちも多少影響している。あいつは、そのことはよく解っているはずだと思っていた。ことを成すには自制こそが肝心であるのに。頼朝は腹立たしかった。あれを都から引き揚げた方がよいか。さりとて少ない兵力で都を守れる者が他にいるだろうか。備前、備中に遣わした土肥も梶原も、あの程度の所でてこずっている。範頼には荷が重い。武田や大内はまだ信用できぬ。時政にいたってはますます信用できぬ。

頼朝は内心大きなため息をついた。

頼朝の機嫌の変化をいち早く感じ取ったのか、

「いや、今日は大江殿をお迎えして楽しい一時を過ごさせていただきました。わしは、所用もありますれば、そろそろお暇いたしまする」

と言って時政は早々に座を立った。広元は、立ち去る時政の後ろ姿を目で追っていたが、頼朝、義経、時政の微妙な関係を感じ取ったのか「ふーん」といった表情を急ぎ整えて、

「私の為に大切なお時間をお割き下さいまして、誠に有難うございました。私もそろそろお暇つ

かまつります」

と、両手をついて深々と礼をすると彼もまた帰って行った。

翌日、広元は早速、中務省《なかつかさしょう》の少丞《しょうじょう》大江時輔なる者を紹介してきた。信康と同じ中務省だが、少丞は信康の少内記より一格上である。頼朝は文をしたため、広元の紹介状を添えて義経の元へ遣わした。しかし、義経からは、信康は人柄も信用できるし充分良く働いてくれていると丁寧な断り状が届いた。

頼朝は激怒した。「わしの命に背くか！」「わしよりも一条家の面子を大事にするか」頼朝の勝気な性が、異常な勢いで胸の内に盛り上がった。

あれは、平治の戦の前年だった。母が亡くなったのは。あの時、母が居た本館に父が常盤を移すのではないかと怯えたものである。幸い、戦の兆しが漂い始めた頃で、父に気持ちのゆとりがなかったことや、常磐が妊娠中だったことなどで実現しなかったが、平治の戦に勝利していたらどうなっただろう。父は必ず常盤を本館に移し、正妻の座を与えていたに違いない。その時、わしは嫡子でありながら、後妻の影響で孤独な立場になった平重盛殿のような状況に追いやられて、源家の中で孤立したかもしれぬ。父は、全成こと今若を殊のほか可愛がっていた。あれは頭がいい。この度とて、都に居ることが危険になったのでわしの懐に飛び込んでは来たが、僧侶のままでいてわしから距離をおいている。利口なのだ。わしもその方が好都合だから、適当に遇しているが、いつ本性を現わすかしれない。わしとお前たち常盤の子はもともと敵対関係にあったのだ。わしは、お前たち常盤の子などに絶対に負けはしない。今まで眠っていた異腹へのこだわりが突然目覚めた。
そして、五月二十一日、木曽討伐並びに一ノ谷合戦の論功行賞として、以下の者に国守を許されるよう後白河法皇に申請した。
参河守　宇治、一ノ谷の大手の総大将　源範頼
駿河守　同合戦の副将　源広綱
武蔵守　同合戦の副将　大内惟義
そこに九郎義経の名はなかった。

二一◑◐すきま風

蒸し蒸しとした日、重たい風が御簾をわずかに揺らした。まさかと思っていたことが現実となった。数日前、大蔵卿泰経から耳打ちされたことが。

「鎌倉から申請のあったこの度の戦の論功行賞に、勲功第一のそなたの御名が見当たりませぬが、いかがしたのでござりましょうの」

まさかと思っていたが、今日の除目《じもく》で現実となった。何食わぬ顔で退出しては来たものの、九郎は顔面から血の気が引いて行くのを止めようもなかった。なぜ？　どう考えても心当たりがない。別な形で兄は遇してくれるのかもしれないなどと思ってはみても、不穏な空気が兄と自分の間に滑り込んできたようなざわめきを感じる。家臣たちにはどの面下げて報告したらいいのだ。そんな雑念もうろうろする。

渡りをどたどたと走り来る音がしたと思うと、伊勢と佐藤兄弟が九郎の前にどっかと座った。

「どういうことなんだ」

伊勢三郎の怒気を含んだ声が飛んできた。九郎は、急ぎ姿勢を正し冷静をつくろった。

「わからん」

と、低く応えた。

「怒れよ！」

また、三郎の声が浴びせられた。

「おかしいですよ。誰かに何か仕掛けられたのではありますまいか」

忠信も言う。

「まさか。誰がそんなことをするのだ」

「しそうな奴はいくらでもいる。殿にだって心当たりはあるはずだ。自分を押し殺すのはいい加減にした方がいい」

三郎の眼が座ってきた。

「我らは、昔の我らではない。責任ある身だ。冷静さを欠くわけにはいかぬ」

「殿は、すぐに天下国家をいうが、いまどき何処に天下国家など考えている奴がいる？　皆、天下国家を私物したいと思っている奴らばかりだ」

「皆が私利私欲に走るから、天下が治まらぬのだ。まずは原因の究明だ。それからの対処だ」

「勿論、原因を究明して冷静に対処するのは当然だが、俺はその前に心に怒りを持てと言ってるんだ」

「なぜ、最初から怒らなければならん」

「自分を押し殺してばかりでは、天下は取れぬ。怒りと野心がなくては、このでっかい天下など取れるものか」

「殿、伊勢の言う通りだ。殿は人が良すぎるんだ」

忠信も食い下がって来る。

「忠信！　言葉が過ぎるぞ」

継信が諌めた。そして、

「殿、吉次に探らせましょうか」

と、提案した。九郎も救われたように、

「そうよの。だが、吉次から物資を調達していることも鎌倉では問題にしているようだ。そうだ、岡崎義実に聞いてみよう。義実なれば上様の心を開き、また仲介の労も取ってくれるであろう。さっそく留守居の飯坂三郎に文を書こう。それまでは下手に動いてはならぬ。三郎よいな」

九郎は、三郎に強く言い渡した。

「それは、わかっている。俺は、殿にもっと野心を持ってもらいたいんだ」

九郎は、それには応えずに席を立った。彼らの苛立ちから逃れるように庭に下りて池のほとりに立った。家臣から責め立てられたことで、かえって雑念が取り払われて冷静になれた。

あと一押しで平家を追い詰められるという時に、二人の間に亀裂を入れるようなことをなぜなさるのだろう。これでは義仲殿と行家殿との時と同じ轍を踏みかねない。後白河法皇や平家の思うつぼではないか。あの冷静な兄上がそんな馬鹿なことをなさるとは思えないが。その冷静さを欠いてしまうほど、私への御怒りがあるのだろうか。あるいは別な力からの圧力か。兄は申請したが、法皇様が私の功を却下されたか。我ら兄弟の間を裂くために。いずれにしても我ら二人の間に亀裂が入ったと世間に思わせないようにすることが肝要だ。九郎、堪えよ。戦より難しいかもしれぬ。それにしてもとりあえずは、実入りが欲しいの。実入りが無くては都の治安も守れぬ。洛中の平家の屋敷地のすべてと畿内の平家から没収した荘園を少々、我が物として認めてもらったが、これだけではとてもやっていけぬ。家臣たちにも報いることができない。

九郎は、しばらく池のほとりを逡巡《しゅんじゅん》していたが、良い思案が見つからぬまま、いつの間にか西八条の静のもとに足を向けていた。

それから半月ほどして、飯坂三郎が上洛してきた。九郎始めみんなが岡崎義実に期待して飯坂三郎を取り囲んだ。

「それが……」

期待の眼を感じながら飯坂は言いよどんだ。

「御指示を受けて、すぐに岡崎様のもとへ伺ったのですが、病を得て臥せっておられるとのことでお目にかかれませんでした。その後、二、三度お訪ねいたしましたが、病は重篤なご様子で」

「なんと間の悪いことよの」

「はあ」

「で、この度の殿の勲功のことは、鎌倉の連中は、どう噂しているんだ」

しきりに溜息をついている九郎に代わって、継信が飯坂に迫った。

「一様に首をひねっております。頼朝公の御膝元でもあり、いろいろ想像逞しくはしているのでしょうが、声高には語られてはおりません。ですが、とある酒場で『鎌倉殿の弟への妬みさ』など囁いているのを聞きました」

「ほう、案外それが真実かもな」

伊勢が腕組をして頷いた。そして「ほかには」と先を促した。

「はい。先日、鎌倉殿は、この度、守《かみ》に任ぜられた範頼公・広綱公・義信公を招かれて祝いの宴を開かれた由。その席で、範頼公は『義経に先んじて賞に預かること、この上なき幸せ』と感涙にむせていた由にございます」

九郎は、口元をへの字に結んで思わず飯坂三郎を睨め付けていた。この人事は、明らかに自分への当てつけだ。それにしてもなぜ？　いったい何がお気に召さなかったのか。

「やっぱり、鎌倉殿の殿への焼きもちだ。これは始末が悪いや」

と、伊勢は鼻をほじって苦い顔をした。

「だとすると、頼朝公は、ずいぶん尻《けつ》の穴が小さいお方なんだ」

と、忠信が言うのを継信が慌てて制した。

「土肥殿は戦地だしな……」

九郎がつぶやいた。考えてみると、鎌倉に心を割って話せる者がいない。岡崎殿と土肥殿・足利殿くらいしか思い浮かぶ者がいない。兄の傘の下で自分は、鎌倉の御家人達との積極的な付き合いを怠ってきた。今更ながら自分の浅慮が悔やまれた。朝廷には？　朝廷にもいない。朝廷の中も人々の心は絡み合っていて、誰が何を考えているのかさっぱりわからない。当分静観するしかないか。せめて、自分だけでも世間に泰然としているように見せかけねばならない。

「当分は、兄との亀裂を最小限にとどめる努力を第一とする。それが平家戦に備えて肝要なことだと思う」

九郎は、きっぱりと言った。

「わかった。だが、それは平家を叩き潰すまでだ。そのあとは、天下国家を狙ってもらおう」

伊勢が嘯《うそぶ》いた。九郎は『天下国家などいらぬ』と言おうと思ったが、胸に納めた。とりあえず、伊勢を納得させて勝手な行動に出ないよう押さえ込んでおかねばならない。これ以上議論しては、いかなる話に発展するかわからない。

鎌倉勢が都に入ってからは、ひと頃のように餓死者が路上にごろごろして、腐臭が満ちているようなことは無くなったが、いずこも築地が崩れていたり、屋根が焼け落ちていたり戦のあとの都は、真夏というのに緑は少なく、風もどよりとしている。女性《にょしょう》の姿はまれで、汗臭い男どもばかりが気だるげに行きかっている。

「どけ、どけ、どけー」

と、そんな倦怠感を吹き飛ばすように、伊勢三郎が馬上から鞭を挙げて都大路を風を切って行く。後ろには縄で数珠つなぎにされたむさ苦しい男どもを引き具している。都の治安をかき乱す盗人や人殺し、博徒などをひっ捕らえて検非違使庁に向かうところである。近頃、都では伊勢三郎といえば、泣く子も黙る強面である。しかし、検挙しても検挙しても、盗人はいくらでも湧いてくる。食い詰めた地方の百姓が、都に活路を求めて上って来るが、都には、仕事も食料もあろうはずもなく、仕方なく盗みを働く。そして、あっさり捕まってしまうのだ。根っからの盗人はそうやすやすと捕まったりはしない。にわか盗人ばかりが捕まる。

検非違使庁の門前で、伊勢三郎が馬から勢いよく降りると、

「やあ、九郎のところの伊勢三郎ではないかな」

と、声をかける者があった。なんだ、威丈高な奴ときっとなって振り向くと、

「わしじゃ。もっともそちはわしを知らんかの」

と、意味ありげにニタニタしている。三郎は上質な狩衣に貧相な身を包んだ中年男を不審な目で眺めまわした。

「わしは、九郎の叔父の行家じゃ。九郎は元気にやっているかの。フフ、頼朝奴、本性を現わしたようじゃが」

伊勢は噂のお人かと、それでも軽く会釈をした。

「わしは、鎌倉では、だいぶ悪く言われているようじゃの。初対面のそなたにまでそのように胡散臭《うさんくさ》い顔をされるとはな。だが、九郎は純情一途だから、家臣のそちらがしっかり助言せんと頼朝に潰されるぞ。法皇様も心配しておられる。どうじゃ、一度わしの館に来ぬか。頼朝の癖など伝授しようではないか。その気になったら何時でも訪ねてこい。朝廷の人脈も伝授しようではないか」

そう、含み笑いを残して、伊勢の返事も待たずにすたすたと去って行った。伊勢は、その後ろ姿をしばらく見送った。いったい、なにを企んで、わしなどに近づいてきたんだ。ちょっと面白

くなってきたかななどと思いながら。

逮捕した者達を検非違使に引き渡して館に戻ると、忠信が跳んできて、

「どうも、鎌倉から、院にわが殿を平家追討使に任じるよう申請があったらしい」

と、告げた。

「なんだと！　褒美もよこさず、またぞろ戦しろってか。ばかばかしい」

「それはそうだが、今度の任官漏れは、悪い方にばかり考える必要はないんじゃないか」

「ふーん」

と肩をすぼめて、とんと興味を示そうとしない。勢い込んだ忠信は、うっちゃりを食らって、

「もう少し、素直になれよ」

「あいにく、俺は忠義なお侍様じゃあ無くてな。一匹狼の山賊様だからな。ところで、その噂を殿は喜んでいるのか」

「この情報は、わしが院の武者だまりで仕入れてきたんだが、殿は『そうか』とばかりで、なんの感慨もないようだった」

「そうか。まあ、そんならいいや。それで小躍りでもするようなら、どうしようもねえなと思ったんだが」

「だが、鎌倉殿からとことん嫌われたら、やっぱり一大事じゃないか」

「なにも、へこへこ嫌われた相手について行くことはねえ」

「そうはいっても、袂を分かつとなりゃあ、まだ、我らの力じゃあ大変だぞ」

「そんなことはねえ。他の奴と手を組めばいい」

「どこと」

「うるせえな、ここには鎌倉の回し者だっているぞ。いい加減にせんか」

そう伊勢に言われて、忠信は口をふさいで見せて慌てて立ち去った。


院御所にさほど遠くもない、公家の古屋敷の一間に伊勢三郎は、ぽつんと待たされていた。油蝉の鳴き声がやたら蒸し暑い。

「やあー。よう来た。よう来た。まあ、楽にせよ」

出てきた館の主は、先日の源行家だ。さっさと義仲から逃げ出して、義仲討伐から免れ、いつの間にやら都に戻って後白河法皇のお袖の陰でなにやら画策している様子だ。磊落気に上座にどかっと座ると、

「まあ、飯でも食っていけ。今用意させている」

「いや、お構いなく。お言葉に甘えてお訪ねしたまででござれば」

「九郎はどうしている」

「お元気です」

「元気はわかっているが、少しは大人になったか」

「そう、十日や二十日では大人にはなれませぬ」

「そりゃあそうだ。お、飯が来た。このご時世、馳走はないがまあ、食え」

「これはかたじけない」

三郎は、それでも畏まって膳に付いた。一汁一菜に痩せた干し魚がついていた。

「ところで、三郎よ。この度の九郎に対する頼朝の仕打ち、法皇様も痛く心配しておられてな」

三郎は、箸を止めて行家の方を見た。

「行家殿は、この度のことどの様に見ておられるんですか」

「決まっておろうが、頼朝のやっかみだよ。ちと、華々しゅう勝ちすぎたのだ。彼奴はそういう奴だ」

「とすれば、部下は手柄など立てられませぬな」

「そういうことじゃ。それを、あの馬鹿は、いつまでも頼朝を後生大事にしおって。あれだけの才能を見せつけてしまっては、あの二人は共にはやっていけん。先日御所でばったり会ったので、説教したのだが、いたってそっけない御挨拶でな」

「会われたのですか」

「ああ、渡りですれ違ってな。国のひとつも貰えぬとなれば、ほとんど無給で尽くしてきたそちらも報われまい。あいつは、殊の外忠実なそちらのことを考えたことがあるのか。きれいごとばかり言って」

三郎は、自分たちのことを言われて、変に胸が刺激された。ふっと来し方の苦労がよみがえったりもした。

「法皇様は、『あれだけの功績を報わないわけにはまいらぬ』と仰せられてな、『せめて、昇殿を許すことのできる従五位下と左衛門少尉《さえもんのしょうじょう》を授けたい』と。ところが、あの馬鹿は、鎌倉の推挙を待ってなどと断りやがった」

「へー、そのようなお話があったのでございますか。全く知りませんでした」

「そちらに言わぬのか。まあ、ほんの内々の話だったがな」

三郎の眼がきっと尖った。

「そこでじゃ、そちらからも、是非お受けするようにあいつに言ってやってくれ。せっかくの法皇様のお気持ちをすげなくしては、法皇様とてお気持ちを害される。鎌倉からも嫌われ、法皇様からも嫌われたら、世間はたとえいかように戦上手だとて相手にはせぬぞ」

「そうですな。どうも解らんのは、対平家戦を目前にして、仲間割れを期待させるようなことを頼朝公が、なぜなされるのかです。冷静なお方と見ていたのですが」

「だから、今言ったであろうが。彼奴は、決して冷静な男などではない。勝気で嫉妬深いのだ。ただそれだけだ。人の好き嫌いは激しいし、経験したわしが言うのだ。間違いない。九郎を賞から外した理由をなにも述べていないのがその証拠だ。それより、法皇様のお心遣いお受けして、そちらも少しはいい思いをさせてもらえ。それと高階泰経卿にもっと甘えるように九郎に言え。あのお方は、法皇様のご信頼第一のお方じゃ。お人柄も柔和だし相談しやすかろう。それやこれや朝廷の付き合いを深めるには昇殿ぐらいできぬとな」

「はあ」

三郎は、あいまいに答えたが、行家の見方は一面の真実かもしれないと思えた。そして、今一つ突っ込んで行家に尋ねた。

「朝廷の中では、皆様どの様に見ているのですか」

「う？　うん、すっかり能力に差を付けられた範頼が何か垂れこんだのではとか、まあ、範頼は面目丸つぶれだからな。頼朝にごちゃごちゃなんか言っているだろうな。それと、九郎は、下から押し上げられて上に乗っかっている型の大将じゃないからな。『作戦は、全て御大将義経公の頭脳の中にあり。下々知るべからず』などと、鎌倉の連中は囁いてるそうじゃないか。下の者には抵抗があったかもしれんな。他人は言いたい放題言ってるさ」

「なるほど。や、大変参考になりました。では、この辺で失礼仕ります」

「叙任の件は、よく九郎を説得せよ」

「考えてみます」

と、行家亭を辞した。

三郎は、館に戻ると中原信康の執務室に立ち寄って、

「信康殿よ。左衛門少尉というのは何をするんじゃ」

信康は小机にきちんと座って、なにやら筆を動かしていたが、三郎の声に顔を挙げて、

「左衛門少尉でございますか？」

と几帳面に応対した。

「左衛門府は、主として宮門（中門）と宮城門（外門）を守ることと、洛中の警護・追捕にあたります。かつては、地方の反乱などにも出動しましたが、最近は世情不安で衛門府《えもんふ》だけでは如何

ともしがたく、武家の皆様に助けていただいているのが現実です。衛門府の長官は衛門督《えもんのかみ》で次官が佐《すけ》、そして大尉、中尉、少尉と続きます」

「五番目に偉いのか」

「はあ、そうですな」

「うちの殿様が、その左衛門の少尉に任ぜられたのを信康殿はご存知じか」

「はあ、噂には。でもお断りになられたとか」

「聞いてはいるのか。で、信康殿はどう思うのじゃ。受けた方がいいか」

「さて、鎌倉の事情がよくわかりませんので、判断しかねますが」

「鎌倉のことを考えなかったらどうじゃ」

「お受けになるのがよろしいかと思います。朝廷の中をご自身の肌で感じ取ることができますし。また、都の治安維持を私兵で賄うのは、人数もいりますし経済的に大変です。失礼ですが当家の台所事情は苦しゅうございます。が、衛門府のお役をいただければ、衛門府の人間を駆り出すことができますし、諸費用も衛門府から出ますし、多少の給金も頂けますから経済的には助かります」

「おおそうか。衛門府の連中を使えるのか。これは何としても受けていただかなくてはならんの。やあ、さすが、官人は違うわ」

三郎はすっかり感心して立ち去った。そして、佐藤兄弟を誘って、九郎の前にどかっと首をそろえた。

「殿、法皇様から従五位下左衛門少尉とかゆう官職を賜ったそうではありませぬか」

と、三郎が切り出した。

「誰に聞いたのじゃ」

「誰に聞かなくてもそこらじゅうで噂されています。それをお断りになったということも」

「鎌倉の規定だからな。上様の推挙がない限り直接帝や法皇から官職を頂いてはならぬと」

「ばかばかしい。勲功に対し報いてくれぬ親分に忠義を尽くす謂れなどありますまい。命を張って働いたんだ」

「まだ、報われないかどうかわからぬ」

「範頼は『義経に越えて恩賞に預かった』と喜んでいたっていうじゃないか。殿は、はっきり恩賞から外されたんだ。殿は、兄貴には忠誠を尽くすが、俺達には、報わなくてもいいというのか」

「すまぬ。だが、少し待ってくれ」

「佐藤のご兄弟は知らぬが、俺は報われねえ仕事はしねえ。明日は死ぬかもしれねえんだ」

「……」

「今の殿なら、手を挙げれば付いてくる者は結構いるんじゃありませんか。この噂が流れたせいか、ここのところ木曽の残党がやたらに家臣にしてくれと言ってきています。鎌倉の御家人の中にも、わしらにおべんちゃらを言う者があります。もっとも、鎌倉では羽振りの良くない者共ですが」

継信まで言いつのる。

「……」

伊勢が更に言う。

「殿よ。佐藤だっていつまでも実家に頼るわけにはいくまい。熊野からは鈴木重家の弟亀井六郎も来た。嬉野五郎も来た。ここ、新たに人も雇った。いつまでただ働きをさせるつもりだ。そろそろいい思いをさせてくれよ。武者など明日は戦死してしまうかもしれんのだ」

「……」


六条堀川の義経亭は早朝からひどく慌ただしげであった。車寄せには、見事な八葉《はちよう》の車が横付けされていた。

「おお！　ご立派に整われました。祝着、祝着」

大蔵卿泰経が九郎の正装を点検するように眺めて満足気に言った。

今日は、初めて院に昇殿して後白河法皇に御礼言上する日だ。先日、後白河法皇から従五位下左衛門少尉に任ぜられ昇殿が許された。九郎はとうとうお受けしたのだ。困惑する九郎に大蔵卿泰経が「すべてお任せあれ」と義経の館に日参し、朝廷の儀式や習慣のあれこれについて、付きっきりで世話をやいてくれた。さらに当日駕す八葉の車から笏《しゃく》やら剣など身に着ける品々までを貸してくれた。束帯は、一条家から祝いの品として届けられた。九郎は人形のように衣装を纏わされ、泰経に導かれるままに八葉の車に乗り込んだ。衛府の役人三人が正装して扈従《こしょう》として後に従い、そのあとに九郎の家臣達二十人が騎馬で従う華やかな行列となった。これが、任官や叙位のとき、天皇や上皇に御礼を申し上げる拝賀《はいが》の慣わしとのことであった。戦後の荒涼とした都大路を行くこの行列は、一際人目を引いた。以後、九郎は、衛府の尉で検非違使を兼ねたことから廷尉とか判官《ほうがん》と呼ばれるようになった。

無事、昇殿の儀を済ませたあと、義経亭では、家臣全員が集められ、ささやかな祝いの宴が開かれた。下働きの茅乃が腕を振るった料理が振る舞われ、静も九郎の傍らにいた。

「いやー、こういう儀式ってのは、案外気分のいいもんだな。これは癖になるわ」

騎馬武者として行列に参加した伊勢が開口一番に言った。

「さんざんぶつくさ言ってたくせに」

忠信がまぜっかえす。

「官位やら、権力やらを血眼で欲しがる奴らの気持ちがわかったたってわけさ」

「それで、伊勢も権力が欲しくなったか」

「おーよ。偉くなろうじゃないか。美々しく着飾って、都大路を練り歩こうじゃねえか」

「おー!」

宴会場がすっかり盛り上がった。

「静様、静様、一指しお願いします。どうぞお願いします」

などと、叫ぶ者もいる。

後ろめたさを感じつつも、九郎だって今日の晴れの日は気持ちが華やいだ。伊勢ではないが確かに癖になりそうだ。これが鎌倉から推挙されたものだったら、どんなに嬉しかったろう。

「殿、皆さんが舞えと仰せです。舞ってもよろしゅうございますか」

静が、ふと浮かぬ表情を漂わせた九郎に声をかけた。

「おお、わしも所望じゃ」

静は、音もなくすっと立ち上がると、鼓をぽーんと打って座の中央に進み出た。静が舞うと、荒くれ者たちも静を仰ぎ見てしーんとなった。

黄金の中山に　鶴と亀とは物語り
仙人童の密かに立ち聞けば　殿は受領に成り給ふ

昇進を寿いだ一曲が終わっても、妖艶な静の姿にみなうっとりとしてしまって、拍手も一呼吸遅れる始末であった。舞いの余韻から覚めたころ、九郎は声を張り上げて言った。

「さあ、明日からは西国出兵に向けて準備じゃ。今度こそ平家を完膚《かんぷ》なきまでに叩き潰す！」

「おおー」

この夜、義経亭は初めて得た恩賞に湧き上がった。

出兵の準備も大方整った半月ほど後、鎌倉から一人の使者がやってきた。そして言うには、

「上様は、この度の自儘な御任官、いたく御憂慮あそばされておられます。つきましては、平家追討使のこと、しばしご猶予あられよとのお沙汰でございます」

九郎の眉がぴくりと動いた。そして、使者の上に強い視線が注がれた。使者もまた、自分の役目を果たすべく、背筋を伸ばして九郎の視線を受け止めた。しばらく沈黙が続いたが、

「相解った。役目ご苦労であった。下がるがよい」

と、言うと九郎は、さっと座を立った。使者は慌てて、

「早速のご承引ありがたき幸せ。使者の役目無事果たすことができまして安堵仕りました」

と、九郎の後ろ姿に平伏した。

翌日、九郎は畿内近国から集めた武士を解散させた。堀川の館は閑散とした。

そして、入れ替わりに鎌倉から参河守範頼率いる平家追討軍が入洛してくることになった。九郎は、万端遺漏なく範頼軍を迎え入れる準備を家臣達に指示した。けれど、範頼は六条堀川の義経亭を素通りして、直接院御所に赴き、平家追討の院宣を受け、義経の用意した宿所に一泊して、挨拶もなく翌日には西国へと出発した。範頼は出陣の餞《はなむけ》に頼朝から拝領した鎧兜をつけ、同じく拝領の奥州産の逞しげな栗毛の馬に乗って、先頭を堂々と行進して来た。見送りに沿道に立った義経に、範頼はさすがに素通りもならず、

「準備万端、ご苦労であった。必ず平家を滅ぼして凱旋する」

と、馬上から声をかけてきた。

「御武運をお祈りいたしております」

九郎も、慇懃に言葉を返した。範頼の一団が通過すると副将の足利義兼の一団がやってきた。義兼は九郎の前で下馬すると九郎に近づき、

「この度は、御一緒できなくて無念です。ですが、必ず九郎君のお力が必要になる時がきます」

と、手を差し伸べてきた。

「お心配りありがたく存じます。どうぞ、御武運を祈っております」

「がんばってきます。しかしながら、頼朝公の御心の内、難しゅうござるな」

そう囁くと、さっと、馬上の人となった。

この度は、北条時政の嫡男小四郎義時が二十歳になって堂々の初陣を果たして、足利義兼の後を行進して行った。彼は、馬上から丁寧に頭を下げた。そして、次々と進んでいく人々には、千葉常胤・三浦義澄・和田義盛などおなじみの武士たちの姿があった。彼らは一様に九郎に好意的な会釈を送ってきた。

行列を見送ると、家臣たちは一様に範頼の態度を罵り合った。「ふん、必ず助っ人を求めてくるわ」「あの感じでは、軍はまとまりそうもありませんな」などなど。でも、九郎は、足利義兼の言葉や、他の将士の眼差しに助けられた気がした。

軍の発向《はっこう》を見送って館に戻ると、吉次が渡りの柱に寄りかかって所在無げに庭を眺めて待っていた。

「や、待たせたな。忙しいところをすまなかった」

と言いながら、吉次の横に並ぶように座をとった。

「今日は、いい話ではなさそうだな」

柱から身を起して吉次が応じた。

「まあな。さんざん世話になったそなたに、やっと恩返しが出来るようになったかと思ったんだが、どうも風当たりが強くなってきた」

「フフフ、やっと悩みらしい悩みが出来《しゅったい》したのだ。して、どう裁く」

吉次は、相変わらず九郎を弄《もてあそ》ぶ風情だ。

「そちの方から納入している物資を以後半分に減らしてもらう。半分は、坂東の御歴歴が推薦してきた業者に振り分けねばならぬ。それで納得してもらいたい。また、いずれ埋め合わせはする」

「もう、手配をしてしまった物資が相当ある。それらはどうしてくれる」

「うーん」

九郎は、思わず爪を噛んだ。

「追討使も留められたからな。戦闘用品もいらなくなった。一応具体的な品名と数量を中原信康と詰めてみてくれ。兵衛府の方からの発注をできるだけ、そちの方へ回すようにする」

「やっぱり、親玉にならんとだめだな。将来に賭けるから、精々、天下を取って下され」

吉次は、九郎の眼を見据えて、にやりとした。

「……」

「ところで、範頼公ははしゃいでおったな。昨夜も女どもをはべらせて、どんちゃん騒ぎだったらしい。ま、女どもは喜んでおったがな。ずいぶん気前が良かったそうじゃ」

「うーん」

「今回は九郎君抜きの一人大将だからな。のびのびしているのだろう。名声が上がれば上がるほど、敵は増えていくもんだ。御曹司もこれからが正念場だ。きれいごとばかりは言ってはおられませんぞ」

「そうみたいだな。物資の調達ばかりではないわ。訴訟の採決も双方が鎌倉の御歴歴を頼って、よろしくと言ってきて、公正な訴訟が難しい。この間は、時政殿の推挙状を持ってきた者を敗訴にしたら、ねちねちとずいぶん嫌味を言われた。公正を旨とするのが、一番敵を作らないかと思うと決してそうではなさそうな」

「だから、みな強いものに巻かれていくのだ」

「坂東の商人や職人も肩入れをしてやらなければならないのは分かるが、武具でも調度品でもやっぱり都の職人の方が精巧なものを作るし、都を治めるには都の者たちにも発注しないと協力はしてもらえぬ。頭が痛い」

「それを裁くのが政治力ってもんだ。政治は妥協の産物だからな。どう有利に妥協するかだ。兄貴は、御家人と御曹司を脅しているんだ。『九郎の生殺与奪の権は俺が握っている。九郎にちゃらちゃら付いていく奴は叩く』とな。それと、御曹司がどこまで抵抗するかも測っているんだ。まあ、御家人をどれだけ自分の方に引き寄せられるかが御曹司の課題だな。こんなときに上総介広常が生きておったら力になったんだろうがな。兄貴は、さっさと殺っちまったもんな。たいしたもんだよ」

「あれには、わしも驚いた。わしは、あのときは近江あたりをうろうろしていたときだったので、鎌倉にはいなかったが、兄上と広常の間が変だという噂も何もなかったと聞いているが、御所に呼んで、二人が歓談をしている最中に家臣に後ろから切り付けさせた由」

「兄貴にとっては、広常の力は異物に写ったのだろう。御家人どもは恐怖したことだろうよ。それと兄貴のすごさは、その後、上総一宮に広常が頼朝の武運長久を祈って冑が奉納されていたのを発見。広常は忠義者だったと痛く後悔して見せて広常の遺族を復活させている。首魁を叩いて、勢力を弱めて、不満が溜まらぬよう、もっともらしい理屈をつけて遺族を復活させたんだ。小面憎いほど見事なやり方だ。御曹司には出来そうもない芸当だな。御曹司は精々広常に代わる後ろ盾を探すんだな。兄貴に負けない政治力のある奴をな」

「兄と分裂すれば、また戦だ。へたをすれば、春秋戦国時代を迎えかねない。それでは民が憐れじゃ」

「まあな。だが、御曹司が矛を納めれば、誰かが立つさ」

「兄上の政治力が吉次に褒められるほどなれば、わしが堪えればなんとか治まるさ」

「ならばいいがな。兄貴の政治力と御曹司の軍事の才がうまくかみ合って二人三脚で進めれば鬼に金棒だ。わしもそうなることを願っているよ。判官殿よ、精々きばって下され」

吉次はそう言うと、背伸びをして、

「さて、わしは、また、旅だ。失礼する」

「どっち方面に行くのだ」

「今度は西だ」

「ならば、海賊共と宋、高麗の人脈を探ってくれぬか。海賊が拿捕されたときに彼らを救出している宋・高麗の有力者と伝手を作りたい」

「ほ、それはいいところに目を付けた。わかった。やってみよう」

吉次は、請け合うとさっさと帰って行った。

二二◑◐遅い春

六条堀川の館に花嫁が到着した。はるか武蔵国河越（川越市）から半月以上もかけてやってきた。都の銀杏がはらはらと散り急ぐ秋の終わりのことである。九郎と兄頼朝の間に得体のしれないすきま風が吹き始めて三月《みつき》ほど後のことであった。この縁談は、かつて『坂東太郎が欲しい』と頼朝に願った九郎の希望をかなえたものだった。花嫁の名は安子、父は河越重頼。畠山氏と武蔵国を二分する勇者だ。花嫁の母は、頼朝の乳母比企《ひき》の尼の娘で、安子は十六歳。まだあどけなさの残る少し顎《あご》の張った坂東美人だ。比企の尼御前は、頼朝の乳母たちの中でも、頼朝の配所暮らしを一番親身に支えた人で、岡崎義実とともに頼朝に最も大切に思われている人である。

安子は、父から「九郎義経の君に嫁す」と告げられた時、ほほを赤く染めて喜びに震えた。東男と違って、都《みやこ》びて優しいお人。お目にはかかったことはないが、人はそう噂し、坂東武者の姫たちのあこがれの的だった。その上、木曽討伐、一ノ谷合戦では英雄の名をほしいままにした鎌倉殿の弟君。旅の間も背の君となるお人を思って、ときめく思いでやってきた。

堀川の館は、急に華やいだ。安子に従ってきた女性《にょしょう》が数人。そして、重頼の家臣が二人、郎従が三十人。九郎の家臣団より多いくらいである。館は手狭になったため、近くの古館を引いてきて屋敷内に併設し、そこを安子の居所とした。ついでに、館全体に手を入れ鎌倉の代官所として整えた。

一か月ほど前には、頼朝の指示により、かの伊勢平氏の平信兼一族を討伐した。信兼一族が失地を奪還しようと伊勢に侵入してきたのだ。嬉野五郎らを率いて、九郎義経自ら赴いて、一日で制圧した。これに対し頼朝は、信兼の所領を九郎に与えた。

ここへきて、頼朝の怒りは消えたかに見える。九郎は「あれは兄上が私へ灸をすえられたのだ。八幡宮の棟上げの時と同じお考えだったのだろう」と理解することにした。

初雪に見舞われた日、九郎は洛中の見回りをした帰り、久々に西八条の静の元へ足を運んだ。嫁いできたばかりの安子を気遣って、しばし遠のいていたのだ。その日、久々に雪に濡れた身を静の胸に沈めた。

「妻を迎えた」

九郎は、不器用に伝えた。

「ちょと、悔しいけど覚悟はしていましたよ」

静は二十三歳、九郎より二つ下だが、職業柄の如才なさのせいか姉のようだ。人を包み込むような柔らかな笑顔に九郎は慰められるのだ。

静が作った湯気の立ち昇る夕餉《ゆうげ》を、静の母親の磯の禅尼と三人で囲んだ。これこそ九郎が憧れにあこがれてきた家族の団らんだ。遂に九郎にも家族ができた。もうこれ以上何もいらないと思った。西国の戦場への出陣を止められたのを、心の内の一部が大歓迎していた。このまま平和な世になったらどんなにいいだろうと心底思った。

「でも、もうひとつ、殿のお子が欲しゅうございます」

「そうよの。早く孫が見たいの」

禅尼が幸せそうな娘の顔をつくづくと眺めて口添えした。九郎は、初めて気が付いたように、

「おお、子か。静の子なら、さぞ美しい子が生まれようの。わしが父になるのか！　夢のようじゃ」

「夢に終わらせないでくだされよ」

禅尼が真顔で言った。禅尼の夫は平治の乱の折、出来上がった鼓を注文主の公家の館に届けに行く途中、殺気立った武者の馬蹄に蹴り上げられて死んだ。鼓師だった夫を亡くした後、禅尼はお座敷に出て、女手一つで二人の子供たちを育ててきた。やっと、父親の仕事を継いで独り立ちした息子を、平家が都落ちした一昨年亡くした。平家が放った民屋への火に町屋も火事となり、若い者は火消しに奔走していたが、倒れた家屋の下敷きになって焼死してしまった。二人の男手を喪って、母娘二人夢中で生きてきた。彼女らにとってもやっと得た幸せだった。三人の団らんに雪がしんしんと降り積もった。

西国から伝えられる戦況は思わしくなかった。そんな中で、頼朝は父義朝の霊を弔うため勝長寿院を建立しようとしていた。それは清和源氏棟梁家の結束の象徴となるだろう。十月二十五日、

地鎮祭が執り行われた。九郎のところへも招待状が届いたので、九郎は慌ただしく鎌倉へ下向した。

一年ぶりに見た鎌倉は、見違えるように武家屋敷が増え、海側には商家が立ち並んでいた。我が館がいずこかもわからなくなりそうであった。

一連の兄との摩擦の後の初めての対面である。どのように接すればよいのか憂鬱な気持ちで御所に赴いた。いつも東侍《ひがしさむらい》には土肥実平が待機していたが、彼は今、備中の戦場だ。見かけぬ侍が出てきて、頼朝の私室の方に案内した。入っていくと、そこには僧侶がひとり、姿勢を正して座していた。

「九郎義経君、御到着なさいました」

と、案内人が中の僧侶に伝えた。僧侶は、顔を上げて、

「九郎か」

と、問うた。九郎はとっさに全成《ぜんじょう》の兄上ではと思った。僧侶の向かいの円座について、

「九郎義経にございます」

と、挨拶した。

「全成じゃ。初めてじゃの」

短い挨拶をしたその人は、色が白く端正な顔立ちで、頼朝と同様少々取りつきにくい雰囲気を持っていた。

「はい。ずっとお目にかかりたく思っておりました」

「母上は、お達者か」

「はい。お元気でいらっしゃいます。たいへんお幸せそうにお見受けしました」

「ふん、あの人は、何処にでもなじんでしまわれる」

それは、皮肉に聞こえた。清盛に身を任せた母上を嫌っておられるのだろうか。九郎は答えに窮した。幸いそこへ頼朝が入ってきた。二人は居ずまいを正して主に両手をつかえた。

「お、揃ったか。遠路ご苦労であった」

頼朝は、何事もなかったように二人を迎え入れた。九郎は少しほっとして、

「都の守護、至らぬこと多く、お心を煩わしておりますこと申し訳なく存じます」

まず詫びた。

「うん。よくよく考えるんだな」

頼朝は、平伏した九郎の背中に強い視線を投げた。相変わらず何が気に入らなかったのかを言おうとはしなかった。「はっ」と、再び平伏したが、つかみどころのない兄の気持ちに不安が広がっていく。

「ま、久々に会うたのじゃ。そう固くなるな。全成と会うのは初めてなのであろう。全成、初対面の味はどうじゃ」

頼朝は、冷たい表情を一転和らげて、全成に言った。

「思わぬ機会を頂き、感謝しております」

あまり表情を変えずに全成は応えた。義円の兄上とは、正反対のお方だ。あの方がおられたら

どれほど座が和らいだことだろう。いや、義円殿が独り浮き上がるだけかもしれないか。なんともやり切れぬ雰囲気だ。

「兄上の御計らい、九郎にとりましては、この上なくうれしゅうございます。私は、平治の戦の折は、まだ赤子でしたので、源家のことも、戦の後のこともなにも知らずに育ちました。お二人のご苦労もなにもわかっておりません。ただ、自分にも兄弟があることを聞かされ、ただ、お会いしたい、お会いしたいとのみで今日に至っております。こんな折にご苦労の一端でもお聞かせいただけたらと思います」

九郎は、義円の代わりに座を和らげたいと、儀礼的な挨拶だけでなく気持ちの一端も交えて話した。

「そうよの。父上のご無念、そちはあまりわかっていないようだ。この際、しっかり父上のことを考えるがよい」

頼朝はそう言ったが、それ以上父のことを聞かせてくれるわけでもなく、全成も話そうとはしない。ぎごちない雰囲気が流れた。そこへ、

「地鎮祭の準備が整いましたので、御来臨下さいますよう」

と、係りの侍が呼びに来たので、三人はほっとしたように立ち上がった。

建設地は、御所からあまり遠くない雪ノ下なので、三人は徒歩で現場に向かった。後から政子と一条能保に嫁いだ頼朝の姉朝子が追い付いてきた。

「お久しぶりでございます」

と、朝子は丁寧に会釈して、静かに男たちの後に従った。彼女は、知的な雰囲気の女性だが、控えめな人柄のようであった。

森の一角が切り開かれて、その中央辺りに本堂が建設される予定であった。切り開かれた大地の中央に四本の細竹にしめ縄が回されて、準備が整っていた。それを囲むように陣幕が張られ、参列者の席が設けられていた。人々は既に着席して鎌倉殿源頼朝の来臨を待っていた。九郎は否応もなく八幡宮の上棟式が脳裏をよぎって、得体のしれない不安を感じた。また、自分にとって、父がいかに遠い存在であるかを思い知らされた気がした。父の法要だというのに父の思い出が何も浮かんでこない。せめて、兄たちから父の話を聞きたかったが二人の兄は何も語らない。二人の兄が、父を語らないのは、二人の間に父に対する思いに齟齬があるからだろうか。父の法要にも兄弟の気持ちが溶け合わないのに苛立ちを覚えた。継信・忠信の実家佐藤家は、親子兄弟の関係が情愛深く暖かな家であった。九郎は、ずっと佐藤家の家族に憧れてきた。あの姿が家族だと思ってきた。父義朝の子は、義平・朝長・頼朝・希義・範頼・全成・義円と自分の八人の男子と一人の女子がいるが、健在なのは頼朝・範頼・全成と一条能保に嫁いだ朝子と自分と五人だけになってしまったのに心を開いて語れない。

そんなことを考えているうちに、いつの間にか式は終わった。そして、みな慌ただしく散って行った。九郎もまた、慌ただしく上洛した。

西国からの情報は、どれも芳しくなかった。範頼軍は、山陽道を鎮西に向けて行軍していたが、沿道の武士たちは抵抗もしなければ、味方として馳せ参ずる者もいないという。

「福原の平家を追い落とせば、瀬戸内《せとうち》の平家与党を源氏にひきつけられるから、少々の無理をしてでも、平家に一鞭当てたいなどと九郎の奴が言うから、一ノ谷の合戦に同意してやったが、さっぱり集まらんではないか」

と、範頼は愚痴っているという。そして、行く先々で土地の娘を侍らせて、夜ごと酒宴を開いているようで、身内からも顰蹙《ひんしゅく》を買っているなどの噂が九郎のところまで聞こえてくる。

「ただ、のし歩いたからって人が寄ってくると思っているのか。あの馬鹿大将が」と、伊勢などは遠慮会釈もなく喚《わめ》き散らしている。しかし、九郎は、鎌倉になびかない理由を真剣に受け止めざるを得ない。平家と瀬戸内の武士とのこの強い絆は何なのだ。範頼の能力の問題だけではないような気がした。

だが、情勢は悪化の一途をたどっているようで、船を献上する者はもちろん、兵糧米も獲得できず、兵たちは腹をすかし、武将たちは自らの鎧やら、武具を売って日々をしのいでいるとか、鎌倉に戻りたがって、折あらば逃げ帰ろうとしている、などの噂が、都まで聞こえてくる。ほとほと困り果てた範頼は、頼朝に武将たちが、自分になびかぬことを愚痴る文を出したとか。頼朝は、「千葉常胤や加藤景員のように老齢であったり、病を押して出陣した者を大切にし、また、土地の者たちに嫌われぬよう心がけ、みな心を一つにして、励むように」と、幼子にでも言い含めるように細やかな文で激励した、などと文の内容まで風に吹かれて都まで流れてくる。

頼朝は、範頼を大将にしたことを後悔していた。「沈着な足利義兼、千葉常胤、三浦義澄などそうそうたる者たちを付けたのに奴らは何をしている」と。「ここで、奴らがつぶされたら、鎮西は完全に平家に戻ってしまう」頼朝は空を睨んで歯ぎしりをした。腹立たしいが、九郎を出陣させるしかないか。九郎に四国を占領させる。そうすれば、事態は動くだろう。ただし、九郎の手柄が独りぬきんでてしまうのもよくない。頼朝は、行きつ戻りつ逡巡していたが、ついに決心して、後白河法皇のもとに飛脚を上洛させ、義経に「平家追討」の院宣を賜るよう要請した。

十二月の初め、九郎は「平家追討」の院宣を賜った。院宣を押し戴いて『この度こそは、平家を完全に滅ぼして、乱世を終わらせ平和をもたらしたい』と、いつにも増して強く思った。静と安子を伴って坂東に下り、坂東太郎の改修工事に専念しよう。もう政の場はこりごりだ。

六条堀川の館は急に慌ただしくなった。そんな最中、博多の吉次から便りが届いた。

「博多より文まいらせ候。山陽道を参州殿の軍と相前後して下向致しおるが、参州殿の在地の評判は、いたって悪《あ》しく候。参州殿の補佐役共も足の引っ張り合いで、強い補佐役がおり申さず、みな勝手に振る舞いおり候。西国の者共は、元来東国をいたく蔑視致しおり、下風《かふう》に付くことを潔しとせぬ気風が強ければ、めったなことでは、東国勢に従うことはあるまいと存じ候。しかるに行く先々で女を買い飲み食いに日を過ごす体たらくでは、なかなかに難儀に見え候。君におかれても、御出陣の際はよくよくお気遣いなさるべし。さて、お言いつけの、宋の実力者に顔の利く宋人の商人ないしは海賊について尋ねたるところ、張なる商人が、宋と倭の双方の海賊衆に頼られている人物との情報を得申して候。しかしながら、今は宋に帰国しているやに聞き及び候。

当国に戻るのは春になるだろうとのことに候えば如何致すべし。御指示を相待ち候。穴賢々々

十月三日

吉次

源廷尉義経君へ」

吉次は、張なる実力者を探り当てたようだ。九郎は張が博多に居ないならば、至急渡宋して、誼《よしみ》を通じるようにと、吉次が鎌倉幕府の大将軍源廷尉九郎義経の意を体した者であることを認《したた》めた文を同封して早飛脚を博多に走らせた。

また、梶原景時と土肥実平に備前・備中の兵船を集めて渡辺の津に参集するよう人を走らせると同時に、源右衛門尉有綱《うえもんのじょうありつな》を訪ねた。有綱は、源頼政の孫に当たる。頼政とその子息伊豆守仲綱は、以仁王を戴して、平家追討の口火をきった立役者だったが、あえなく宇治川で平家に敗れ自害した。その後に頼政の直系を引き継いだ者だ。遺された有綱は、いったん奥州に逃れていたが、頼朝が旗をあげると頼朝のもとに合流していた。昨年は頼朝の命で、頼朝の弟希義を殺害した土佐の蓮池家綱を討伐するなどの功を挙げている。九郎は左衛門尉を賜って以来、衛門府《えもんふ》で有綱と懇意になった。有綱は九郎と同年で、人柄が爽やかで、知り合って日は浅かったが、気持ちの通じ合う間柄になっていた。有綱の地盤は代々摂津であり、淀川の河口付近の海族・漁民を支配していた。今日の訪問は、彼の配下の海族の協力を頼むためであった。

「そろそろ、お越し下さるだろうとお待ちしておりました」

と、有綱は九郎を気持ちよく迎え入れた。

「船でござろう。渡辺党と淀江内忠俊《よどのごうないただとし》に用意しておくよう指示してあります。ただし、彼らは決して大海族ではないので、各百艘余程度しか用意できないと思いますが」

「そうですか。それだけでも大変ありがたいことです。よろしくお願いします。摂津の海族衆に与力してもらえれば、他の海族衆を当方に引き寄せることが出来ましょう」

「御武運を祈っております」

「この度は、何としても平家を完全に滅ぼして、一日も早く平和をもたらしたいと思います」

九郎の語気がひどく真剣に聞こえたので、有綱は思わず、九郎の眼を覗き込んだ。

「それは、私どもにとっても願ってもないことですが……。しかし、あまりご無理をなさいませんように。判官殿の御手柄が素直に受け止められれば良いのですが」

「御心配ありがとうございます。しかしながら戦が長引けば、不幸な者が増えるばかりです。私の功が兄上の御心を逆なでするようであれば、その時は身を引く所存です。範頼の兄上にとっても、私は煙たい存在でしょうし。私はこうゆう世界は、どうも不得手です」

「そうですな、私なども時折、鍛冶屋にでもなって、向いた方を向いて日々同じことをして暮らしたいと思うことがあります」

源頼政の一族は、本家筋の義朝が平治の乱で没落した後、生き残った頼政が清和源氏の棟梁家の役割を果たしてきたが、本家を裏切ってのことで、源氏内での評判は良くなく、有綱もまた、その立場に苦労してきた。

「それと、もう一つお願いがございます」

「なんでしょう」

「三種の神器のことです。三種の神器を無事平家から取り戻せという御下命ですが、戦場ではなかなか難しいことで内通者がなくてはとても無理です」

「それはそうでしょうな」

「そこで、和平派と噂のある平大納言時忠卿と交渉してはと考え、母の伝手を頼っております。されど、何分女性《にょしょう》のこと、また異父弟《おとうと》の一条良成も母親を助けて奔走してくれておりますが、なにぶんまだ若く難儀しております。有綱殿は平家にもお知り合いが多いのではと存じますれば、三種の神器の引き渡しにつきご尽力願いたいのですが」

有綱は、腕を組んで天を仰いだ。

「私どもは、平家に謀反を起こした立場で、平家人には恨まれております。ですが、よき方法を考えてみましょう」

「難しいお立場でのご承引ありがとうございます」

有綱は、平家全盛時代を朝廷を舞台に過ごしていたのである。朝廷にも平家にも多くの伝手を持っているはずである。すると、有綱が居ずまいをただして、

「実は、近々判官殿の異父妹御《いもうとご》の佳也《かや》さまを、わが室に頂戴いしたいと思っております。もっと早く御許しを頂かなければと思っておりましたがつい機会を逸しておりまして。当家と一条家は、昔からお親しくさせていただいており、結婚の契りもだいぶ以前からで」

「ほ！　これはまたいつの間にやら、私に異論のあろうはずがありませぬ」

「そんなわけで、内々に佳也さまから相談は受けておりました。時忠卿は和平に動いてくれるだろうという感触は得られたのですが、現地に判官殿の意志を伝える使者の人選に悩んでいるところです。いずれ、朗報をお届けできると思いますので、安心して平家討伐に邁進して下さい」

「そうだったのですか。ま、あらためて神器のことよろしくお願い致します。それにしても有綱殿と義兄弟になれるなど夢にも思っておりませんでしたが、なんともうれしいことです。今後ともよろしくお願い致します」

思わぬ話の展開に九郎は、久しぶりに晴れやかな気分で有綱邸を辞去した。

そして、元暦二年一月十日、鎌倉から上って来た安田義定・大内惟義・河越重頼・畠山重忠などの精兵二万とともに京都を発って、渡辺津に布陣した。ここで、瀬戸内の武士に軍勢催促を発したが、有綱の家人渡辺党と淀江内忠俊が各百艘ほどの船を持って参集した他は、さっぱり集まらなかった。

頼りにしている熊野三山は、以前から新宮別当家と田辺別当家が対峙していて、別当職は双方から交互にだしている。現在は田辺別当家の湛増《たんぞう》が別当である。源氏との縁からいえば、先々代別当の行範《ぎょうはん》に為義の娘が嫁いでいることもあり新宮別当家との縁が強い。現別当の湛増は田辺の系統で、清盛とは極親しい仲だった。熊野は両別当家が平家に付くか源氏に付くかで激しい綱引きが続いている。

出陣が決まるとすぐに、鈴木重家と亀井六郎を伴って行範の元を訪ねた。行範夫妻はまだ健在で、甥にあたる九郎を目を細めて迎えてくれた。しかし、源氏への与力を頼むと、衆論を源氏にまとめる努力をすることは約束してくれたが、一筋縄ではいかないと厳しい情勢を吐露した。そして、

「ところで、頼朝殿とそなたとの間はどうなっているのじゃ。二人の間に溝があるとすると、世間はそれを不安材料とみて、与力する者も二の足を踏む」

「はい、御心配をおかけしておりますが、ちょっと兄上にお灸を据えられただけでございます。先日は兄上の仲人で河越の娘を娶りましたし、平信兼征伐では恩賞も得ており誤解は完全に解けております。どうぞ、御案じ下さいますな」

「それなら良いが、くれぐれも注意することじゃ。内部の不穏は、世間に与える影響が大きいからな。また、行家がなにを言い触らすかわからんぞ。あれもやたらちょろちょろしよって困ったもんじゃ。戦はとんと下手なくせに懲りずにどこへでも出しゃばるから不思議な男じゃ」

また、

「最近、平家もなかなかよくやっておる。追い詰められれば、人間強くなる。田辺への接触も小まめに低姿勢でやっているようだ。先日は平家の大将宗盛自ら湛増の元を密かに訪ねたようだ。わが新宮家の切り崩しにも躍起だ。源氏側でもしっかりやってもらわねば、わしだけでは衆論をまとめるのは難しい。鎮西へ向かった範頼殿があの体たらくではのう」

と、厳しいことを言う。なんといっても現別当が親平家派である。二、三日熊野に身を置いただけでも親平家派の勢いが伝わって来る。九郎は、鈴木兄弟を熊野工作のため熊野に残してきた。

兄の重家は、気の弱い男だが、亀井六郎は熊野水軍の亀井家に養子に入っている。次男坊らしいやんちゃ者で、熊野の若い衆の間では人気者のようだ。九郎は六郎に期待していた。が、熊野はいまだに姿を見せぬ。

こうなると、どこか一か所でも襲って勝利を治めて見せないと人はなびかぬかもしれぬ。九郎は、現在ある二百艘の船で、屋島の手前に位置する阿波、讃岐あたりにひそかに渡り急襲してみよう。一か所でも崩せば、付いてくる者もあるはずだ。そう考えて出撃の機会を狙っていた。とはいえ、阿波には田口重能がいる。田口は、福原港の築港を清盛から一手に引き受けてきた、築港、築堤の大技術集団を抱える清盛の腹心中の腹心だ。そして、屋島に御所を整え、平家を迎え入れたのも重能である。おいそれとは倒せまい。九郎は思案の結果、河野通信に田口をおびき出させておいて、留守の田口城を急襲し、その勢いを駆って、戦闘中の田口の背後に廻り河野と挟み撃ちにすることを想定して、河野通信に指示した。そして、渡辺の津出港を二月十六日と定めた。

そんな慌ただしい最中《さなか》に、大蔵卿の高階泰経が後白河法皇のお使いと称して陣中に訪ねてきた。出港しようとした矢先、院の近臣である泰経が使者として来駕するというのは、いかなることかと陣中に緊張が走った。急ぎ大将九郎義経の陣幕を整えて上座に迎え入れた。

泰経は、おっとりと座に就くと、

「ま、ま、そうかたくならずに」

と、あたりを見回して、

「陣中は物々しいのう」

と、物珍しげに言った。

「は、恐れ入ります」

「いや、陣中なればいたしかたないことじゃ。で、後白河法皇のお言葉じゃが」

と、威儀を正した。九郎は、あらためて法皇に対するように平伏した。

「後白河法皇におかれては、この度の四国攻めは、次将に任せて九郎は都に戻るように、との御意志じゃ」

「は？」

九郎は耳を疑った。今更何を仰せられるのだ。

「九郎は、都に戻って法皇様を守護するように」

泰経が再び九郎の頭上で言った。九郎には後白河法皇の意志がわからなかった。しばらくして意を決したように面を上げると、

「お言葉を返すようで畏れ多いこととは存じますが、対平家戦の情勢は決して楽観できるものではございません。下手をすると乱世を招きかねない情勢です。都の守護につきましては、鎌倉に、心ききたる者を上洛させるようご要請頂ければ、私以外に人はいくらもおります。この度こそは、平家を壊滅させたく、私自身期すところもあり死を賭して決戦に臨む覚悟でございます。何卒、なにとぞ法皇様へは宜しく言上下さいますよう」

九郎は、面を紅潮させて訴えた。一歩も退かぬ体であった。

気楽にやって来た泰経は、あまりの気迫にすっかり度肝を抜かれてしまった。しばらくは返す言葉もない様子であったが、

「だが、九郎よ。このことは、法皇様の御意志じゃ。そちらが都を出てから、都はすっかり治安が悪くなってのう。みな困っておる」

「法皇様のお言葉を返すは畏れ多いことではありますが、たってお願い申し上げます。事態はまことに厳しい状況にあります。私、自ら出陣し、士気を鼓舞する必要があります。一命を賭して雌雄を決したく存じます。どうぞ、泰経卿からも法皇様にお口添え下さいますよう」

九郎は、さらに泰経に迫った。出港を前にした陣中の緊迫した空気と九郎の気迫に、泰経は、

「今更、そうよの。法皇様には、そなたの気持ちをよくお伝えいたそう」

と言って、あたふたと帰って行った。その場にいた諸将は、

「また、法皇様の気まぐれが始まったか」「法皇様は、九郎君でないと安心できないのでございましょう」などと気楽なことを言って、それぞれの陣幕に戻って行った。後には舅の河越重頼が残っていた。

「重頼、法皇様は何をお考えなのであろう」

と、尋ねてみた。

「さて……。お気まぐれではなさそうでございますな」

重頼は、五十代の分別盛りで、武蔵国を長く支配してきた者だ。婿舅の間柄になって、その信頼できる人柄に、なにかと頼りにしていた。

「うん……」

「頼朝公の御心を逆撫でしてみたいのではありますまいか。君と頼朝公の仲を一番裂きたいとお考えなのは法皇様でございましょう」

「なぜじゃ」

「法皇様は、鎌倉が一人勝ちすることは、絶対にさせたくないとお考えではありますまいか。お二人の仲を裂いて内部分裂させる」

「うん……」

「また、平家を完全に滅ぼしたいともお考えではないかもしれません。戦を長引かせて、源氏・平家を操っていたいとお考えかもしれません」

「なに！　戦を長引かせたいだと？」

「はあ」

九郎は、そんな風には全く考えたことはなかったが、言われてみれば、法皇様の御立場なら、その方が都合がいいかもしれぬ。なにか無性に腹立たしくなった。ご自身は安全な場所におられて、他人《ひと》の苦しみなど想像しようともなさらない。一日戦をすれば、どれほどの者が塗炭の苦しみを味わうことか。戦場に出ている武者だけではない。怪我をしても戦死しても、その者の周りにいる多くの者がともに不幸になる。戦場になった地域の民もとばっちりで命や財産を失う。それが長く続けば、不幸な者は限りなく増え続ける。どうしてもしなければならない戦なら、一日でも、一刻でも早く速やかに終わらせなければならない。それが、最も犠牲を少なくすることだ。

だからこそ、無理を承知で際どい戦術も実行に移してきた。九郎の無謀とも思える戦術のために犠牲になった者も多い。だが、戦を長引かせれば、それ以上の犠牲者が出るだろう。どうして、権力を手にした者たちは、こうも傲慢で自分勝手なのだ。そんなあなたの思惑通りになどしてやるものか。いつにもなく九郎の眼が怒りに震えた。

「うーん」とうなったまま次第に目に激しい怒りを宿した婿殿を、重頼は頼もしく眺めた。重頼とて五十年の生涯、法皇を頂点とする朝廷社会にどれほど翻弄されてきたか。

その夜、出港の準備が整ったところで軍議が開かれた。兵船が少ないので、まずは、阿波の吉野川の河口付近に上陸し、平家最大の与党田口重能を陸から叩き屋島の背後に迫る、田口勢制圧には、現地で河野通信が呼応する予定になっていること、田口を叩くことが出来れば、紀伊水道の利権でなにかと争いが絶えない熊野水軍は、源氏になびく可能性が高いことなどを、九郎は手短に説明した。

「梶原殿と土肥殿がまだ、到着しておりませんが待たなくてよろしゅうござるか。この勢で田口を叩くのは、至難の技でございましょう」との意見も出たが、はや一か月近くも待っている。

「それよ、田口を叩くには、よほど意表をつかねば勝てまい。田口は梶原・土肥が合流するまでは、我ら本隊は動かぬとみていよう。だからその裏をかいて急襲しよう」

その時、ごうーという風の音とともに陣幕が吹き上げられた。と同時に人々の喚声が飛び交った。諸将は、繋留された船に向かって走り出した。浜辺に張られたいくつもの陣幕が倒され、旗指物などが飛び交った。朝から黒い雲が浮かんで、嵐になりそうな気配を気にしてはいたが、九郎は思わず空を見上げた。つい先ほどよりも雲は黒く厚くなっていた。だが、河野通信は、もう行動を起こしているはずだ。予定通りに当方も動かねば、通信を孤立させることになる。九郎はもう一度空を見上げた。風は追い風だ。九郎は船頭共を呼び集めた。船頭達は口々に、

「今の風で、繋留してあった船体が隣同士こすれあって、結構いたんでしまいました。櫓や櫂が折れたものも多く、修理が必要です」

と口々に訴えた。

「そうか。しかたがない。明日は修理に全力を尽くせ。嵐にも負けぬしっかりしたものにせよ」

と命じて、九郎は、一日中修理の現場を回って手抜きをせぬよう監督した。当初、東国勢は船に疎いと見くびっていた船頭たちも、九郎の博識と熱意に次第に心を開き始めた。

その日の戌の刻（二十時）頃、大将九郎義経は、船小屋に主な将士と渡辺番《つがう》・淀江内忠俊、それに船頭共を集めた。風はまだ激しく吹きつのっていた。九郎は集まった人々を一渡り見渡して、断固たる口調で宣言した。

「これより、直ちに出港する」

あたりは一瞬しんとした。誰にも信じがたい命令であった。漆黒の海上を吹き狂う風の音は衰えをみせていない。一呼吸の間をおいて、人々は夢から覚めたように声を上げ始めた。

「御大将、気は確かでござるか！」「地獄に飛び込むようなものだ」「渡辺殿、淀殿、どうなのだ、渡れるのか」「いやいや、とんでもないことだ」「危険です。とても船はだせませぬ」

渡辺や淀など地元勢が否定したことで、反対の声はますます強くなった。

「逆風に船を出せと言っているのではない。順風に船を出すのだ。幸い阿波の方向に風は吹いている。船頭共どうじゃ」

九郎は、声を張り上げて言った。しかし、九郎に賛同する船頭は一人もいなかった。

「加賀丸、そちはどう思う」

大きく胡坐をかいた老船頭を名指した。加賀丸は、しばし九郎の眼を睨むように見ていたが、

「普通は、出しませぬ」

と、むっそりと言った。

「この風に乗って、船を出したら、どのあたりに吹き寄せられるのじゃ」

「さよう。……淡路島か阿波、へたをすれば外洋に押し流されるやもしれませぬ」

「普通は出さぬといったが、普通でなければ出して渡りきる自信は皆無ではないのだな」

加賀丸は、また九郎の眼を睨むように見た。

「腕がよく、運の強い船頭が指揮をして五分五分ですかな」

「おお！　みな聞け。五割の確率で阿波に漂着できる。このまま坐していれば、負けは必定。この嵐に阿波に着ければ、奴らを不意打ちにすることができる。勝利間違いなしじゃ」

「なにゆえ、そのようにお急ぎなさる。援軍を待って屋島の正面から堂々の対決をすればよいのではございませんか」

副将の大内惟義がなだめるように言った。

「それでは、熊野水軍は平家に与力するであろう。熊野水軍を敵に回しては、梶原・土肥の船数

など物の数ではない。熊野は、今、どちらに味方するか迷っておる。熊野を我らのものとするためには、我らの強さを見せつけねばならぬ。熊野は絶対に平家に渡すわけにはいかぬ。我らは、五割の可能性に賭けねばならぬ」

人々は押し黙った。

「この嵐は、奇襲をかけるにはこの上ない好機、天の恵みだ」

九郎は、言葉を切って、人々を見渡した。船が集まらない現実を坂東の武将たちはあまり切実に感じていないようだ。九郎の言葉は武士たちの頭上を空回りしているようだ。

「ならば、わし一人でも出港する。四国の情勢は決して甘くはない。この嵐は天の恵みじゃ。勇気ある者はわしに続け」

大きなため息が、人々の間を流れて、「この殿は狂人か」「二度ばかり勝利したからとて思い上がるな」「今がだめなら、次の機会を待てばよいではないか」「梶原殿の参会を待って、共に出港とのことであったが、梶原殿もまだ来ておらぬし」「そうよの、ここでまた出し抜いたら、後で、面倒なことになるぞ」などとこもごも言いつのった。誰も腰を上げる者などいない。

「伊勢、船を整えよ」

九郎は、勢いよく立ち上がると、抜刀して伊勢に命じた。そして、昼間、巡回した時に見定めておいた船頭久米丸に視線を移して、

「久米丸、わが船、そちが仕れ」

と、命じた。久米丸は突然名指しされ、慌てた様子であったが、覚悟のほどを見定めるように

九郎の眼を見据え、さらに加賀丸の方をちらりと見た。加賀丸がわずかに頷いたようであった。久米丸は、

「はっ」

と、答えると意を決したように立ち上がった。九郎は深いまなざしを久米丸におくって、

「久米丸、よく言った。他に宇太丸、海太、登米丸、伊左丸！　そちらも久米丸と共に船を出せ。よいな。しっかり頼んだぞ」

そして、もう一度武者たちを睥睨して言った。

「勇気ある武者は、わしとともに久米丸以下の船に乗船して付いて来い。船は必ず、久米丸と風に導かれて阿波に到達するだろう。急げや人々」

と、言い放つと、久米丸以下の船頭を追い立てるように暴風の中に出て行った。

九郎の後ろ姿を陣幕の内から見送っていた畠山重忠がおもむろに立ち上がると九郎の後を追って船に向かった。一呼吸おいて淀江内忠俊、渡辺番、そして、河越重頼の子小次郎茂房が後を追った。が、後を追ったのはそればかりで、しらけ切って重い腰を上げる者はそれ以上続かなかった。

勇気ある四人の者は、風の逆巻く真夜中の浜辺に勢いよく飛び出して行った。船に駆け上がって、浜辺を見渡した九郎の眼に、まろぶように走って来る四人の姿があった。九郎は思わず涙した。一人でも出港すると飛び出してきたものの、九郎にとっては、大きな賭けであった。これで、船五艘で出港できる。四国のいずれの地にでも上陸できれば、身近な敵から急襲するのみである。

元気づけられた九郎は、出港の太鼓を打ち鳴らさせると伝令を走らせた。

「船に篝を灯すな。火数が多ければ、敵は大軍の襲来と思って用心する。義経の船を本船として、わが船の明かりを目標についてこい」

また、陸に残った者たちの許へ佐藤継信を走らせて、「御大将は、これより四国に渡り、刃向う敵を蹴散らし蹴散らし平家の拠点屋島の背後に向かわれる所存。ここに残った者は、嵐が治まるまでこの地を動かぬように。出撃した御大将の動きを敵に悟らせぬためじゃ。嵐が治まったれば、直ちに出港して屋島の沖に向かわれたし」と戦術を伝えさせた。五艘の船は、本船の艫《とも》と舳《へさき》の小さな明かりを頼りに暴風雨の中を左右に船体を大きく揺らしながら闇に消えていった。

陸に残った人々は口々に「狂気の沙汰だ！」と罵った。

「いったい、なんだってそんなに急ぐ必要があるんだ」

「じらして、やって来ない梶原殿の鼻をあかしたいのではござらぬか」

「まさか。だが、九郎の大将は、こうと決めたら人の意見などきかぬお方よ」

「あまりに頭が良くて、すべて、ご自分の頭の中に筋書きができておられる。俺たちの出る幕はないってわけさ」

「ところで、加賀丸、お前の見立てはどうじゃ。無事、四国に着けると思うか」

和田義盛が加賀丸に尋ねた。

「そうでございますな。あの船頭共の腕なら七、八割がたは阿波の何処かには漂着出来ましょう」

「ほう、そんなに確率は高いか。だが、今しがたは、みなとんでもないと言っていたではないか」

「わしらは、お客様をお乗せするのでございます。責任がございますれば、九割以上の自信がなければお受けするわけにはまいりません」

「それはそうだな。今の五人はみな腕達者か」

「はい、ここの御大将は、大したお方でございますな。今日も一日わしらの船の修理を監督しておられましたが、わずかの間に船頭共の腕を見抜かれた。いま指名された者共は、この界隈一の船頭共です。お選びになられた船も、速度は遅いが最も安定した良い船をお選びになられた。ご自身の中では最初から今宵の出港を覚悟しておられたのでございましょう」

「それでは、うちの大将は、九割がた四国に着けると思って出港したのかな」

「嵐のこと、海の荒れ具合から、遭難しやすい場所や風癖など、いろんなことをお尋ねになられましたから、自信を得ておられたのではございますまいか」

「ふーん。出港する船の数も武者の数も最初から決めておったのか。だが、接岸する場所も決められず、たとえ漂着できても、すぐに敵に遭遇したらとても勝ち目はあるまい。兵も馬も船酔いで使い物になどなるまいて」

「まったくな。どうするつもりなんだ」

「まあ、お手並み拝見といくんだな」

そして、明かりも消えて、ただ、吹きすさぶ風と波の音だけになった。

二三◑◐屋島

紀伊半島から、太陽が昇って来た。艫《とも》に立って九郎は深呼吸をした。まだ波は荒れているが後続の船も四艘が揃って付いてくる。嵐は去ったのだ。

近づいてきた島影を久米丸は「阿波の北部、吉野川の河口付近」と答えた。意図した辺りに、しかも思わぬ速さで押し流されたことになる。渡辺から阿波までは三日路といわれている。それがわずか三時《みとき》（約六時間）で着いたのだ。まるで神業だ。「神は我らに味方している」九郎は思わず天を仰いで八幡大菩薩に感謝した。

そして、あらためて陸の方を注視すると、渚に平家の赤旗を翻えしたひと群れの騎馬武者がこちらを見ている。九郎は佐藤兄弟と伊勢を呼んだ。

「はや、敵が待ち受けているわ。ただし、向こうは九郎義経の軍団だとはよもや思ってはおるまい。嵐の後の船影に遭難船とでも思って偵察に来たのであろう。直ちに上陸する。こちらが鎌倉勢であることを敵に知らせてはならぬ。旗は揚げるな。源氏の印はすべて隠せ」

嵐をのりきって、五艘の船は朝日の中に輝きわたっていた。そこから人馬が吐き出され、しばし漂うかに見えたが、渚に立つと人馬一体となって陸に駆け上がった。その勢いに赤旗の群れは、思わず一〇町（約一キロ）ほども引き下がって、それでも何者が上陸したのかを探るように様子をうかがっている。総勢百騎ほどだろうか。こちらは、五十騎にすぎないが、嵐の船出に志願した精鋭部隊である。その意気の高さは、それだけで相手を圧倒した。

「伊勢、あの赤旗の頭を連れてこい」

九郎は三郎を走らせた。ほどなくやって来た男は「近藤六親家《こんどうろくちかいえ》」と名乗った。この辺りの地侍とのことであった。その姿に戦意は感じられなかった。

「ここは、どこだ」と問えば「勝浦《かつうら》に候」と答えた。

「みな、聞いたか。ここは、勝浦。我らは風に吹かれて勝浦に着いたるぞ。天は我らに味方せり」

九郎は人々に高らかに告げた。畠山重忠・河越茂房以下の面々が拳を上げて「うぉー」と応えた。

また近藤六に尋ねた。

「平家の寄る屋島への道のりはいかほどぞ」

「阿波と讃岐の境、中山を越えて二日路でございます」

「屋島の兵はどの位か」

「千騎ほどと思われます」

「まことか。ずいぶん少ないではないか」

「我らの如く防備のため四国の津々浦々に五十騎、百騎と分散配置されております。その上、河野通信攻めに田口重能《しげよし》殿は三千騎を従えて伊予に向かっておりますれば、屋島は手薄でございます」

「ほう、してここから、屋島までの道筋に鎌倉に敵対する者はいるか」

との問いには、

「この辺りは、田口重能殿の支配地で、近くには弟の桜庭介能遠《さくらばのすけよしとお》殿の居城がございます」

「その勢はどの位じゃ」

「その勢は、二百ほどでございましょう」

「そうか。その方案内いたせ」

と近藤六に命じ、

「屋島は、これより二日路。途中、田口重能の弟桜庭介能遠の城を蹴散らして行こうぞ。続けや人々」

と叫ぶと、近藤六をうながして真っ先に駈け出した。静かな海辺の村に百五十騎の馬蹄の地響きが駆け抜けて行った。

桜庭介の城では、のどかに昨夜の嵐の後始末などをしていた。敵の襲来など思ってもいない様子であった。馬蹄の響きに慌てて物見に上がって見た時には、矢の嵐であった。

此処を半刻（約一時間）ばかりで攻め落としたが、主の桜庭介を取り逃がしてしまった。

「彼奴を取り逃がしたは、不覚であった。彼奴に先に屋島に入られては、敵に用意の間を与えてしまう。秦丸、その方二、三人引き連れて桜庭介を追え。決して我らより先に屋島に入れてはならぬ」

秦丸は、手下を連れて走り去った。

「余の者は、このまま屋島へひた走るぞ。途中阿波と讃岐の境に連なる山並みを越えねばならぬ。朝飯は走りながら喰え。それから、ここの牧の馬はみな頂戴して、徒歩で付いてきた者も皆馬に乗れ」

嵐の船出に、馬は百人の兵に対して五十騎しか乗船させられなかったのだ。これで百人がすべて騎馬武者になった。近藤六親家の勢も加わって二百騎近い人数になった。

「渡辺番、この辺りの湊に詳しいその方の兵一人を、最寄りの湊に遣わして欲しい。そして、『義経が桜庭介能遠を討ち取った』と、熊野水軍に聞こえるように吹聴させてくれ」

と指示を与えると、阿波と讃岐の境界をなす長い山並みに向かって走り出した。朝から勝利を納め意気の上がった武者たちは、勢いよく大将の後に続いた。中山の大坂峠は標高一〇丈(三〇〇メートル弱)ほど、思ったよりなだらかで、九郎は内心ほっとした。体力はできるだけ温存したかった。

昨夜からの強行軍に、さすがの精鋭部隊も、息が上がり始め腹の虫が鳴きはじめたころ、

「よっ！　なにやらいい匂いがするぞ」

と、若い武者があたりをきょろきょろし始めた。

「おお！　確かに」

「あそこの寺からじゃ。なにやら大勢集まって、大鍋が見ゆるぞ。おん大将、小休止ですな」

九郎としては、先を急ぎたかったが、強行軍を強いてきた兵たちに不満が残ろう。

「よーし、休憩だ。あの寺で馳走に預かれ」

「よおー」

二百騎の武者がなだれ込んだ。

寺では、村人による観音講が開かれていたのだ。本殿の広間に百膳はあろうかと思われる膳が並んで、今まさに講の直会《なおらえ》（会食）が始まろうとしていた。そこへ飢えた武者がなだれ込んだのである。年に一度の御馳走を打ち捨てて村人は悲鳴をあげて逃げ去った。

「なんと、なんと、おあつらえ向きな馳走じゃ。八幡大菩薩が我らを励まして下さっておる」

武者達は無遠慮に本堂に上り込んで、天与の馳走にむしゃぶりついた。九郎は、ここになだれ込む寸前に弁慶に命じて酒は取りかたづけさせておいたが、長居はできぬ。膳の物が食べつくされたのを見定めると、

「行くぞ！」

と、号令をかけた。武者達は、まだ舌なめずりをしながらも満足げに隊列に戻った。武者達がみな戻ったのを見極めて山門を下り始めると、山門の陰に七、八つの童がじっとこっちを見ているのに目があった。その目はなんとも恨めしげにうるんでいた。『そうか、あいつが喰うべき馳走だったんだ。年に一度の馳走だったんだ』と心をかすめたが先が急がれた。

武者達は食い散らかしたまま脱兎のごとく走り去った。その後を、境内の茂みに潜んでいた村人たちの無言の恨みが執拗に追いかけていたのを、誰も気づこうとはしなかった。

「平家は、海側は厳重に警戒しているが、陸側は手薄だ」という情報を得ている。平家に気づか

れぬ先に何としても背後に迫りたい。殲滅《せんめつ》できないまでも追い散らすことが出来れば、地元勢の鎌倉への認識は大きく変わるだろう。熊野水軍も源氏派が優位に立てるだろう。一向はひたすら屋島へと駒を早めていた。

桜庭介は、源軍が超えるであろう大坂越えを避けて、間道を藪をかき分けかき分け必死で走った。僅か百五十騎程の軍にあっさり城を蹴散らされたと思うと悔しくて、面目ない。兄重能に留守を託されながら、あまりに不甲斐ない負けっぷりであった。あれが一ノ谷を逆落としした九郎義経か。あの嵐を突いてやって来るとはなんとも恐ろしい奴。我らはまだまだ甘かった。坂東の武者とは、どんな訓練を受けているのか。不意を食らったとはいえ、あの一団の気迫と武勇はただごとではない。とにかく屋島の平家に急を報せなければならない。彼はその一念で山中を走った。義経は、追手を放ったらしく、自分を探すらしい人影を見た。だが、彼には通いなれた山越えだ。道も幾筋も知っている。桜庭介は夜も走り続けて、十八日の朝に屋島に着いた。早速、総大将の宗盛に会ってことの急を訴えた。

「なに、判官義経が、もう阿波に渡ったと？　そんなばかな」

平家の総大将宗盛は、叔父の前中納言教盛《さきのちゅうなごんのりもり》・前修理大夫経盛《さきのしゅりたゆうつねもり》などとともに桜庭介の訴えを聞いて、信じられぬ様子であった。

「して、何騎くらいの兵に襲われたのじゃ」

教盛が尋ねた。

「百五十騎ほどでございます」

「なに、百五十騎？　それは判官ではあるまい。野盗かなにかではないか。今朝の報告では渡辺の源軍に全く動きは見られないとのことであった。一昨日来嵐が吹き荒れておったのだ」

「近藤六が判官義経に降参し、彼らの中に混じっておりました。戦の最中思わず近藤六と鉢合せたのです。この時近藤六が囁きますには『今朝方、勝浦の浜に五艘の船影が見えたので、何処の船かと見に行くと、武者が一斉に下船して、近藤六らに襲いかかったとのこと。たちまち攻め立てられ、ついに降参したと申します。聞けば、判官義経率いる鎌倉軍とのこと。恩義ある平家を裏切ることになってしまったが、せめてもの罪滅ぼしに貴殿を見逃したい。早く屋島に行かれ、ことの急をお伝え下されと」

「近藤六が裏切ったと？　して、白旗は立てていたのか」

「いえ、それは……」

「それは、野盗だ。その方が急襲に慌てて、九郎義経と思い込んだのであろう。いくら義経とて二万の大軍を率いている大将じゃ。嵐を突いてくるなどそう軽率なことはできまいよ。そちの妄想だ。もしかすると山賊どもに城を乗っ取られたなど恥の恥故、義経軍だったなどと申して居るのではないか。近藤六まで裏切り者に仕立てて。奴は忠義者ぞ。ずいぶんと手のこんだ言い訳をしたものぞ」

宗盛は、太った体を脇息にもたせて信じようとはしなかった。あるいは信じたくなかったのかもしれない。共にいた叔父の教盛も経盛も軍事には疎い方であったので、義経がまさかこんなに早くという思いが強かった。

桜庭介は、大将からでた屈辱的な言葉に昨夜からの疾走の疲労がどっと出てめまいがしそうであった。よろめくように立ち上がると挨拶もせずに宗盛の許を辞去した。そして、伊予で戦闘中の兄重能のもとに走って、事の顚末を語った。話を聞いた重能は、

「内府宗盛様は、常識の範囲内でしかものを考えられないお方だからな。今や常識など通用しない時代なのかもしれん。常識を打ち破らなければ、勝利できないということだ。判官義経とは恐ろしき大将よ」

と、ぽつりとつぶやいた。


一方、九郎たち一行は、思わぬ馳走にあずかって、元気百倍ひたひたと屋島に迫っていた。十八日の昼過ぎ、屋島城を見下ろせる森に出た。それは桜庭介能遠が大将宗盛から辱めを受け屋島城を立去ったのと入れ違いだった。目の下には高松の村落がこじんまりとあり、その先に屋島が見える。屋島の海には兵船が隙間なく繋がれている。五百艘はあろうか。陸側には柵がめぐらされ、警備兵が数人ずつ要所々々に立っている。だが、背後は比較的手薄だと九郎は見た。桜庭介の情報もまだ伝わっていないように見える。全体に穏やかで、戦闘態勢に入っている様子はない。

「伊勢、秦丸からの知らせはないか」

「なにをもたついているのか、まだありませぬ。が、あの様子では、秦丸は桜庭介を討ち取った

のかもしれませんな。我らが忍び寄っているなど夢にも思ってはいないな」

「確かに緊張感は全く感じられません」

河越茂房、畠山重忠も前方を見渡して相槌を打った。

「茂房、重忠、高松の村落に火を放ってはどうであろう」

九郎は、二人に図った。

「平家は慌てましょうな。よきお考えかと」

二人の賛同を得て、決心がついたのか、

「よし、高松の村落に火をかけよ。我らが小勢であることを悟られてはならぬ」

そして、

「弁慶、火付け役頼んだぞ。他の者は、このまま屋島城に突進する。ただし、小勢と侮られぬよう、五、六騎七、八騎と縦列で突進せよ。城に近づいたら一斉に大量の白旗を掲げよ。できるだけ敵に大軍と思わせよ」

と下知した。


「なんだ、あの煙は」

屋島城の裏木戸でまず騒ぎは起こった。

「鎌倉勢か」

「まさか」

「いやいや、今朝方の桜庭介の注進は本当だったのだ」

「船に、船に乗れ！」

「帝と三種の神器を早く船に御遷し奉れ」

総大将宗盛を始め能登守平教経など指揮官たちが、大声で叫んでいる。

「百五十騎ばかりではないぞ。あれ、あっちにもこっちにも白旗が」

「敵は大軍ぞ。早く船に」

義経軍が城に到着した時には、平家の人々は大方船上に逃れてしまった。が、しばらくすると小舟に乗り分かれて、陸の源氏に向かってきた。屋島の戦いは、十八日日暮れ時に陸と海の境、渚で激突した。平家は、一ノ谷の雪辱を期し、一方源氏は一気に叩こうと互いに一歩も退かず、いつ果てるともしれぬ激しい戦いが始まった。

日も暮れはじめ「今日は勝負はつきそうもない」とどちらからともなく兵を引き始めた所に、沖の平家の内より、美しく飾った小舟が一艘、汀に向かって漕ぎ出された。船上には、柳の五衣に紅の袴をつけたまだうら若い女性《にょしょう》が朱の扇を舟棚《ふなだな》に挟みたてて、渚に不審顔を並べた源氏の武者に向かって招くような仕草をしている。

「あれは、なんのつもりだ」

九郎は不審げに周りの者に尋ねた。

「射よ、と申しているのではありますまいか」

傍らにいた継信が答えた。

「美しき女性で、大将をおびき出し、大将が女性を見ようと矢面に出てきたところを、弓の上手に狙わせて、大将を射落とそうとの謀《はかりごと》かもしれません。決して前面にはお出になりませんように」

年配の後藤兵衛実基《ひょうえさねもと》が注意した。

「では、いかがすればよい」

「しかしながら、射抜いて見せなければ、当方の恥。だれぞ、弓の上手をご指名下され」

後藤兵衛実基が言うので、弓の名手をつのると、また実基が答えて言うには、

「下野の住人で那須太郎資高《すけたか》の子息与一宗高《よいちむねたか》なれば、必ず射止めましょう」

すると「おう、宗高なれば間違いない」と皆が賛同した。

呼ばれて出てきた与一は、小柄で二十歳ばかりの若者だった。名誉を与えられて与一は緊張しきっていた。

「与一、そのように、緊張するな。いつもどおりでよい」

九郎は、やわらかな笑顔を与一に与えた。与一は、すこし表情を和らげて渚に進んで行った。

その先には、夕日を受けた扇が風と光に揺らいでいた。陸の源氏も海上の平家もしーんと静まり返った。どのくらい経っただろうか、ひゅるるーんという鏑矢《かぶらや》の鋭い音がして、舟上の扇が宙を舞い、ひらひらと波間に落ちて行った。緊張の一瞬はどよめきに変わった。敵も味方も舷《ふなばた》をたたき、箙《えびら》を叩いて与一を称えた。興奮した平家の老武者が、女性の立っていた船に飛び移り、ひょうげた動作で舞い始めた。

その時、

「与一、あのひょうげ者をも射よ」

と、強い調子で大将義経の命が下った。与一は、驚いたように大将の顔を見た。

「あの男を射捨てよ」

再度命じられて、与一は再び海上に向きをかえ、きりきりと弓を引き絞り男めがけて矢を放った。これも見事に男を射殺した。平家の方から「きたなし！」「無粋な夷《えびす》め」などと野次が投げつけられ一斉に攻撃してきた。

九郎は「よし」とつぶやくと、

「みな、存分に戦え。平家は時間稼ぎをしているぞ。その手には乗るまいぞ。平家の奴原追い散らせ」

と、大声で叫んだ。九郎は、こんな茶番を仕掛ける平家の意図を考えていた。「時間稼ぎか。田口重能が戻って来るか。桜庭介は、まだ捕えていない。彼奴は屋島に行かず重能のもとに走ったか。河野通信は戦下手よ。食い止められなかったのかもしれない。もしそうだとしたら、平家は、我らをここに釘付けにしておきたいはずだ。そして、陸と海から我らを袋叩きにする」

与一を喝采するどよめきの陰で、九郎は全身に冷や汗を流していた。

「田口が戻らぬ先になんとかせねばならない」

しばらく考え込んでいたが、きっと顔を上げると、

「伊勢を呼べ」

と、近くの者に命じた。伊勢がやって来ると物陰に連れて行き、なにやら策を授けていた。伊勢は頷くと鎧兜をかなぐり捨て、裸馬に乗って数人の部下とともに戦列を脱け出して行った。

戦列に戻った九郎は、暮れはじめた海上を眺めていたが、潮時と見たのか兵に「引け」を命じた。平家の側も船に引き上げ沖へいったん退却した。

「今夜あたり夜討ちを仕掛けられるかもしれないが、とりあえずみな食って眠れ。ただし、夜討ちの備えはおこたるな」

九郎の号令に、「おー」と喚声を上げると、腰の兵糧をがつがつ食って、みな山野に倒れ伏した。嵐の船出以来、二夜眠っていなかったのだ。

ここに夜討ちを仕掛けられ、田口勢に陸から襲われたらひとたまりもない。今日の内に平家を追い散らせなかったのは何とも不覚であった。異常な強行軍に、これ以上兵に寝ずの夜警など求められない。九郎は兵を休ませて、伊勢三郎の成功を祈るしかなかった。そして自ら寝ずの見張りに立った。

この戦で、九郎は継信を失っていた。平家の猛将平教経は、大将の九郎義経ばかりを追い求めて奮戦していた。そして遂に、松原を背にして戦況を見定めている九郎義経を見出した。密かに矢頃まで進みよると、ヒョーと放った。あたりの者がみなひやりとする間もなく、継信がつと九郎の前に身を乗り出して、平家一の弓取り教経の強弓を受け止めて死んだ。九郎の目の前でその身は崩れていった。しかし、戦闘中はその死を悼む暇はなかった。今、独りになって初めてその死が現実のものとして迫って来た。

「殿、お疲れでしょう。私が替わります。お休みになって下さい」

継信の声がする。

「おう」

と、顔を上げたが辺りは暗闇。誰もいない。夢か。いつの間にか居眠りをしていたようだ。『継信はいないのだ』あらためてかたわらに寂しさを感じた。

「殿、あああ、無理しちゃって。こりゃだめだ。見張りの役目が果たせぬわ。わしが替ります」

また眠ってしまったのか、しばらくして弁慶がやってきた。

「近くの寺で忠信殿が継信殿の通夜をしておりますれば、そこでご一緒に休まれてはどうです」

「そうするか」

弁慶にゆだねて、寺に行ってみると忠信は、継信の傍らにいたことはいたが、通夜どころか大いびきで眠っていた。「こいつめ！」と思ったが、九郎も睡魔には勝てなかった。忠信と共に身も世もなく眠った。潮騒の音に目覚めてみれば、何を言っても応えない継信が横たわっていた。

突然、陸奥でのあれこれが、川が決壊したようにあふれ出してきて堪《こら》えようもなく嗚咽した。陰陽師清泰がいかがわしい坊主に襲われたあと、九郎は、検非違使（警察のような役割）の役割を担っていた佐藤家に坊主の探索を頼んだものだったが、なぜか、途中で探索が中断された。どこからか圧力がかかった感じだった。どうも単純な話ではなさそうだと思って、継信に清泰の身辺に気を配ってくれるように頼んだことがあった。『おおっぴらにはできませんが、気をつけてみます』と言って『御曹司は清泰殿とお気が合なさるだな。やっぱり都のお人同士だすもな』と付け加えた継信。『こいつ、わしの孤独がわかっているんだ』と思えて嬉しかったものだ。忠信と違って口数は少ないが他人《ひと》の気持ちのよくわかる奴だった。「継信！　継信！」どんなにゆすっても継信は応えない。大恩ある元治夫妻には何と詫びればよいのだろう。自分ですらこれほど侘しく寂しいのに、子に先立たれた親の悲しみはいかばかりだろう。「継信！　応えよ！」思わず乱暴に継信の硬直した体をゆすった。

「殿、兄貴は幸せ者だ。兄貴は父から褒めてもらえます。父は我らを送り出すときに言ったのです。『御曹司は、日本一の武将になられるお方だ。そういう力を秘めておられる。秘めたお力を存分に発揮できるようそなたらは真心こめてお仕えせよ。源家の為でもなく藤原家の為でもなく、わしの愛弟子の成長をわしに見せるためにお仕えせよ』と。殿は日本一の武将になられた。父の期待に応えて下された。兄はその稀代の才を守って逝ったのです」

いつの間にか忠信が遺体の傍らに畏まっていた。

「何を言うか。逝ってしまっては役に立たん！」

九郎は、いらいらと立ち上がると忠信に怒りをぶつけた。

そこへ「御大将は、おられますか」と河越茂房がやって来て、

「平家の兵船が、すべて、何処かへ立ち去りました」

と外から報告した。九郎は、

「直ぐに行く」

と応えて、

「忠信、そちは絶対に死んではならぬ」

強い調子で言い残して出て行った。

そして、屋島の渚に足を運んだ。昨日戦死した者たちの遺体がまだそのままだった。屋島から平家を追いだしたとはいえ、無理な作戦に当方の犠牲も多かった。平家が夜討ちを仕掛けてこなかったので、今朝、生き延びることができたが、この度の戦は無謀に過ぎたかもしれない。九郎は密かに反省していた。大蔵卿泰経を遣わして、戦を長引かせようとされた後白河法皇への怒りで、少々焦り過ぎたか。

「茂房、平家のゆくえは探らせたか」

「平軍はこれより東、村一つ隔てた志度湾に退避しております」

「やはりそうか。ところで渡辺の津に残った者たちの船影は見えなかったか」

「渡辺番殿からつい今しがた報告がありましたが、鳴門海峡を通過したやにございます」

「そうか。もう、すぐそこまで来ておるのだな。熊野水軍の動向はどうじゃ」

「まだわかりませぬ。ただし、出港はしたようですが、赤白いずれの旗も掲げてはいないということです」

「亀井六郎から何か言ってこぬか」

「はい、まだです」

「まだか。平家側に回られたか。熊野が平家に付くとの確約を得たので昨夜は夜討ちを仕掛けてこなかったのか」

「そうかもしれません」

「熊野水軍が、平家に合流せぬうちに志度の平家を海上に追い散らし、志度を確保しておこう。茂房、重忠、直ぐに志度へ進軍だ」

「はい」

　そこへ、また報告が入った。

「田口勢と思われる軍勢が、こちらに向かっています」

「旗は掲げているか」

「旗はありませぬ」

　九郎はほっとした。伊勢は田口を口説き落としたか。でも、まだ油断はできぬ。当方を謀るために旗を掲げていない可能性もある。伊勢の説得が不調に終わり、伊勢は捕えられたか殺された可能性だってある。伊勢からの直接の連絡があるまでは、油断はできぬ。九郎はきっと唇を引き締めると全軍をまとめて志度へと馳せ向かった。

　平家の陣営も千余の武者が小舟を漕いで渚にあがり、両者は再び激突した。源氏の兵は一晩ぐっすり寝たせいか、今朝はことのほか勢いが良い。平家側も昨日の狼狽から立ち直り「今日こそは」との必死の勢いが見てとれた。しかし、平家は騎馬武者は少なく船から降りて徒歩立ちの者が多い。たちまち源氏の騎馬武者に蹴散らされ、海中に退く。それを源氏が追い、いつしか海中での激しい戦いになった。

　大将九郎義経も、海中に騎馬で乗り入れ、激戦に身を投じていた。大将の姿を見付けた平家側は一斉に大将目掛けて矢を放ってきた。九郎は大刀で矢を薙ぎ払い薙ぎ払い奮戦していたが、思わず弓を海中に落としてしまった。それを見た平家の武者が、ここぞとばかり寄ってきて矢を放つ。その中で九郎は必死に弓を拾い上げようとあがいていた。それを見た味方の兵が、「弓など捨てさせ給え」「お命こそ大事」と叫びながら集まり、援護しはじめた。おかげで無事、九郎は弓を拾い上げることができた。

陸に上がると、「あんなことをなさるは、まことに危険でございます。弓はいくらでもあがなえますが、お命は一つでございます」と、さんざんに諫められた。九郎は「それはもっともだが、わしの弓は弱弓でな、敵に拾われたら、もの笑いの種になる。敵を勢いづかせかねぬ。少々危険とは思ったが拾ってきた。なんとも恥ずかしいかぎりよ」と、ほろ苦い思いで答えるしかなかった。その時、

「殿、渡辺津に残った連中の船が見えてきました。間違いありません。白旗が盛大に翻っています」

「おうー」

九郎は腹の底から叫んだ。「八幡大菩薩は我らをお見捨てではない」

そして、もう一つ奇跡は起こった。亀井六郎からの狼煙《のろし》が上がったのだ。『熊野水軍味方せり』を意味する二筋の狼煙だ。高松の岡に喚声が上がった。

そこへまた、伝令が来た。

「平家は昨夜、能登守教経を大将に夜討ちを目論んだが、侍大将二人が先陣を争って決着がつか

ず夜が明けてしまったとのこと。武将どもは、大将宗盛の采配の悪さをしきりに嘆いている」と。

「まことか?」

九郎は茂房、重忠と思わず顔を見合わせた。総大将が先陣争いに断を下せないとは。宗盛という大将の器量が見えたような気がした。それにしても幸運なことであった。

熊野水軍は「必ず赤旗を揚げる」と信じていた平家の陣営には、春たけなわというのに冷たい風が吹き抜けた。それは悲鳴のようにも聞こえた。そして、朝靄の沖に浮かんだ平家の船団は、揺蕩《たゆたう》ように動き出し瀬戸内海を西へと去って行った。

鎌倉勢は、勝鬨《かちどき》もあげずしばらくはみな呆然と見送った。一呼吸、二呼吸も置いて、誰からともなくやっと喚声が起こったが、なにか狐につままれたような勝利だった。

「みな、まだ気を抜いてはならぬ。西から田口勢が押し寄せるかもしれぬ。伊勢からの連絡があるまでは、戦闘態勢を緩めるな」

九郎は、自らを戒めるように叫んだ。

それから、二刻《ふたとき》(四時間後)後、伊勢三郎は田口重能を伴って戻って来た。福原の築港を任され平家によって栄えた一族だったが、三千の軍隊の前に独り丸腰で立ちはだかった伊勢三郎の気迫に田口重能は降参した。鎌倉軍の気迫は、平家の何倍も高いとつくづく実感した。

「田口殿の築港の技術をわが主、判官義経公は高く買っておられる。鎌倉に帰順されれば大切にするであろう」

と、伊勢三郎は言った。判官義経の船に対する博識や情熱は船頭共の噂で重能も聞き知っていたので、伊勢の説得は素直に心に落ちた。さらに桜庭介の注進を疑った宗盛の不用意な言葉も彼の決断を促す結果になった。ついに平家は、清盛が心血を注いだ福原の港湾施設とともにその技術も奪われた。

九郎は、平家が漕ぎ去った瀬戸内の西方を睨んで、次の決戦の構図を描こうとしていた。

「継信、矢立をよこせ」

「はっ」

と返事をして、矢立を差し出したのは、弟の忠信であった。

「あっ、忠信か」

「すみません」

二人は、顔を見合わせて寂しく笑った。

「おーい、なにやら大船団がこちらに向かってくるぞ」

「どこだ、おお！　判官殿の船団ではないか。何艘ぐらいあるんだ。見事なものだなあ」

「だが、これ見よがしだな。内の大将はなんていうか」

「内の大将は、船が集まらないのは自分の所為だなんて思っているもんか。相手がうらやましいと思うだけさ。判官は運がいいとかな」

「やっぱり、強い大将に付かなきゃだめだな」

「熊野だって四国だって、みんな日和見ってて、動かなかった。強いとこを見せなくては駄目だってえんで、無理して嵐の中を飛び出したという話だ。ここは地元じゃないからな。地縁も血縁もなし、わしらはよそ者だから。まあ、あのくらいのことやって見せなくては、人はついてこないんだろうな」

「でも、出し抜かれて、手柄を立てられたのは、ほんの一部の者だけだそうだ」

「ま、一長一短あろうが、当方この様では手柄の立てようがない」

そんな武者達の思惑をよそに大船団は周防（山口県）の港に入って、先に来ていた範頼軍と一つになった。そしてその日のうちに、範頼軍・義経軍の主だった者が一堂に集められ、今後の戦略が練られた。とはいっても船を持たぬ範頼軍は自然陸から攻めることになる。海戦は義経に任されるかたちだ。範頼軍は豊後（大分県）に渡り、陸上に陣を展開することになった。

「九州の地元勢の動向はどんな具合ですか」

九郎が遠慮がちに質問した。

「緒方惟義《おがたこれよし》以外は、誰も来ぬわ」

範頼が捨て鉢に答えた。

「原田・菊池・松浦《まつら》・山鹿などが平家方に付くとすれば、千近い船数になりますな」

九郎は、ざっと見積もって言った。

「とすると、当方の倍になりますか。これは何とかせねばなりませんな。判官殿には、何か策がおありですかな」

梶原景時が尋ねた。九郎は、したり顔でものを言う梶原に不快を感じながら、

「四国勢が、もう百は集まるであろう。周防・長門・安芸からもやってくるはずである。備前・備中は梶原殿・土肥殿が平定された地、ここからも期待できるのでしょうな」

珍しく、九郎の方から皮肉を言った。

「備前・備中はすでに参加しておる」

「あれだけでござるか」

「足りませぬかな」

梶原が鼻白んで言った。

「多ければ多い方が良い」

陝悪な空気に千葉常胤が割って入った。

「まあ、まあ船を調達できなかった点では我らも同罪でござる。一丸となって方策をたてねばなりますまい」

「そうよの。良い方策があったら申し出てほしい」

どこか気が立っている自分を反省しながら、長老の機転にほっとして言った。

「ところで、先日地元の者から逆櫓《さかろ》ということを聞きましてな。船には不慣れな我ら、その上船数も敵に劣っては心もとなく存ずれば、逆櫓とやらを取り付けてはいかがなものかと」

「逆櫓とはいかようなものじゃ」

聞いたことのない言葉に九郎はおうむ返しに聞いた。

「馬は駆《か》けようと思えば駆け、引こうと思えば引きまするが、船の進退は容易ではありませぬ。艫と舳《へさき》に櫓を立て違えて、さらに横風を受けた時に横流れを防ぐ脇舵《わいかじ》を入れますと、どこへでも回しやすくなるということでござる」

「千も二千もの船が狭い下関海峡で戦うのじゃ。そんな小細工を弄している間に、地元の船頭共から海峡の潮癖やら船の扱いなど学ぶことが先だ」

九郎はそんな小細工かと侮るように応えた。

「大将軍が部下の提案をそのように馬鹿にされるとは。これでも私はあなたの目付でござる。人前でこれほどな恥をかかされるとは」

梶原は膝を立てて刀に手を添え、勝負を挑む体勢をとった。九郎も大戦《おおいくさ》を前に気が立っていた。思わず刀に手がかかった。二人の険悪な空気に「戦の前に同士討ちはお控え下され」と周りにいた人々は慌てて二人を引き離した。二人は座に戻ったが気まずい雰囲気が軍議の場にたれこめた。

「さて、議事はどこまで進みましたかな。不足分の船の調達のことでございましたな」

千葉常胤がひょうひょうと場をつないだ。

「そうよの。船のことだが、それぞれの伝手を頼って地元勢を説得してもらいたい。一艘でも二艘でも入手できれば心強い。参河殿にも是非お力添え下さい」

九郎は参河守の方に向いて頭を下げた。

「緒方の船がある。わしらは、陸から攻めるのだから、緒方の船をそちに遣わそう。百艘ほどあるだろう」

「かたじけのうございます」

九郎は頭を下げたが、緒方の兵船は、九郎の計算の中には織り込み済みのものであった。

「ところで、三種の神器はいかが致しますか」

北条小四郎が、範頼へともなく義経へともなく質問した。範頼が一向に応えないので九郎は、

「参河殿にはいかがお考えですか」

と尋ねてみた。

「平家は海上にあるのだ。その方ら海上部隊にゆだねるしかあるまい」

結局自分におしつけられるのか。予想もしていたし、当てにもしていなかったが苦々しい思いで、

「さして、良い案もないのですが、戦闘中に確保するのは至難の業ですから、平家の中に内応してくれる者が必要です。平大納言時忠卿が平家内の和平派の最右翼と聞いておりますので、平家とは縁の深い前左大臣花山院実雅卿から、時忠卿に帝と三種の神器の引き渡し交渉をしてもらっております。花山院様は、私の異父姉がお仕えしていた縁を頼ったのですが、いまだ朗報が届いておりませぬ」

「神器のことは、この度の大事なお役目、本来総大将である我が方がより積極的に動かなければならぬのでしょうが、公卿方に伝手も少なく判官殿にお願いせざるを得ません。よろしくお願い申し上げます」

北条義時が慇懃に頭を下げた。さっぱり動かぬ範頼への当てつけとも取れたが、義経への押しつけでもある。

「勿論、最大限の努力をするつもりだが、戦が始まってしまえば、神器の捜索などできません。開戦前に内応者を確保しておかなければなりません。そちらには、朝廷にお顔の広い中原親能殿がおられます。また、参河殿の親代わりであられる藤原範季様などもお顔が広いのではございませんか。当方任せではなく、あらゆる方面から交渉していただきたい」

このようなこと、こちらに一任されてはたまらない。

「そう、そう、範季様なれば平家にもお顔がききましょう。それこそ最適のお方ですな。今からでも飛脚を走らせれば間に合います」

足利義兼が九郎に助け舟を出した。

「まあ、願ってはみるがのう」

あまり気のない返事ではあったが、「義経に任せた」という形にだけはしたくない。範頼を相手では、この程度で良しとするしかない。その後、三月二十三、四日ぐらいが矢合わせになるだろうと見込んで軍議は終わった。


五百艘を率いて悠然と瀬戸内海を渡る義経軍を見た瀬戸内の大小の海族衆が、遅れじと義経のいる周防に集まって来た。その数は当初の予想を上回り、千に届きそうな勢いであった。しかし、平家の側にも、九州の雄、原田・菊池・松浦《まつら》・山鹿などが加勢に参じ、長門・周防からも石国《いわくに》・周防介《すおうのすけ》などが平家方に付いた。長門・周防は新中納言知盛の知行地で、平家色の強い地域である。互角の船数では、海に慣れている平家に分がある。

「吉次からの便りはまだないか」

九郎は、小高い丘に立って、瀬戸内海を見つめながら、傍らにいた忠信に尋ねた。

「まだです」

「吉次はまだ、宋から戻らぬのであろうか。宋人張が早く博多に入港して、源氏と誼を通じたことを宣伝してくれなければ、九州勢を当方に引付けるのは難しい。張が宋に帰国中だったとは間が悪かったな」

しかし、待たれる吉次からの便りはなかなか来ない。時化《しけ》にあったか、船が遭難したかなど、初めての海戦に神経をとがらせていた。

そこへ、伊勢が、

「肥後の菊池隆直の使者が密かに殿に会たいと来ている」

「来たか。人払いをして密かに此処へ通せ」

「わかった」

と言って伊勢は踵を返した。「菊池」と聞いて、九郎はある感慨をもった。菊池隆直、そう、鹿子木《かのこぎ》高元の親分。聖門が鞍馬に九郎を訪ねるきっかけを作った男だ。鹿子木荘を守り抜いた高元の話を聞くことがなかったら、自分は今こんな戦場にいただろうか。高元は、今も菊池隆直を親分と仰いで頑張っているのだろうか。聖門が健在でいたらなんと言うだろう。

間もなく狩衣姿の日焼けした男が忠信に案内されて入って来た。彼は慇懃に挨拶をすると、懐から文を出して、

「主からの起請文《きしょうもん》でございます」

と言って差し出した。

九郎は努めて鷹揚に受け取ったが、受け取る手が震えそうであった。九州勢の寝返りが無ければ勝利は覚束ない。吉次を宋まで派遣して図った策。やっと効果が見えてきたのだ。

起請文之事

一、以後身命を鎌倉殿に捧げ忠誠を致す事

右の条に相違致すときは

上は梵天　帝釈天　四天王を始め奉り下は堅牢地神　惣日本六十余州大小神祇　九州

鎮将彦山三所大権現　肥後一宮阿蘇大明神の神罰冥罰《みょうばつ》を蒙るべき者也

仍って起請件の如し

元暦二年三月吉日

菊池隆直

源朝臣頼朝殿

起請文に目を通した後、九郎は使者の目をきっと見つめた。そして、

「鎌倉に与力したい旨の申し出、確かに受け取った。ただし、隆直殿の若君一人人質に申し受けたい」

裏切りをする者には、軽薄浮薄な者もいる。裏切りの原因は、こちらから仕掛けた宋の張であることは解っていても軽々に受け入れることはできない。

「はっ、十五歳になる隆直の五男隆広《たかひろ》を同道しております」

「そうか。では、ここへ連れてまいれ」

使いの者は、いったん引き下がって行った。十五歳といえば、聖門とともに鞍馬を脱け出した歳だ。この少年の為にも勝利せねばならぬ。陣外に待機していたのか、四半時もして少年は使いの者に伴われてやって来た。少年もまた海の男らしく真っ黒に日焼けして逞しげであった。

「菊池隆直五男菊池隆広にございます。名高き将軍のもとで戦のできますこと光栄に存じます。よろしくご指導賜りますようお願い申し上げます」

挨拶もきびきびした若者であった。

「良く来た。わしのもとで共に戦おう。忠信、隆広殿はそちに預ける。よく世話をせよ」

九郎は少年を忠信に預けた。

「して、この度の戦、我らはいかように対処すればよろしゅうございますか」

少年を心配げに見送って、使いの者が尋ねた。

「うん……」

と言ってしばらく考えていたが、

「しばらくは、さらぬ体で平家に従って出陣せよ。当方からの合図で、赤旗を白旗に変えて平家を攻撃すべし」

使者は、九郎の目をぐっと睨むように見つめていたが、

「戦の途中で反旗を翻すということでございますか」

「そうだ」

「その合図は？」

「赤い狼煙を二筋揚げよう」

「赤い狼煙二筋でございますな」

「そうだ。ところで、その方らは関門海峡には詳しいであろう」

「はっ、いささか自信はもっております」

「あの辺りの水先案内のできる者を数人寄越してくれぬか。特に腕のいい者を」

「お安い御用でございます」

「では、戦功を祈っておる」

使者は風の如く立ち去った。

そして、入れ違いに原田種直、さらに松浦党からも使者が駆け込み源氏に味方したい旨を申し入れてきた。それに対し九郎は菊池と同じように対応した。

「これでよし」

九郎は、やっと勝利に自信が湧いてきた。それにしても宋の商人の威力は大変なものだ。鎌倉は至急に宋との関係を築く必要があると実感した。

そして、三月二十四日卯刻（六時）朝日を背に受けて八百余艘にも膨れ上がった源氏の船団が壇ノ浦の平家に向かって動き出した。

平家は田口水軍、熊野水軍の離反という大きな痛手を抱えて悲痛な雰囲気に覆われていた。この日の実質的な総大将清盛の三男新中納言平知盛は将士を集めて士気を鼓舞した。

「たとえ唐天竺にも聞こえた名将勇士といえど、運が尽きれば、あがいても力及ばぬもの。されど名こそ惜しめ。坂東の者どもに弱気など見せてはならぬ。この日のためにこそ命は惜しめ。見事に戦せよ、者ども」

知盛は、清盛の子供たちの中で、最も沈着冷静で、よく人を治めるとの評判であった。兵達は「おう」と腹の底から応じた。そこには、いつにない固い絆が生まれていた。雪崩のように落ち来たった一族に、今日まで踏みとどまった者同士に強い結束が生まれた。

「坂東の者どもは、陸でこそ勇士。我らは海の勇士。今日の舞台は大海原ぞ。進めや者ども」

知盛は進軍の大太鼓を打ち鳴らさせた。この時、平家の兵船五百余艘。第一陣には筑前の山賀秀遠、二陣には松浦党・原田・菊池の九州勢、三陣に平家の本体。双方の距離は次第に縮んで、朝日の中で遂に激突した。

前進して行った船の後方には、幼い安徳天皇を乗せた御座船を始めとする女房や年寄りの乗船する数十艘が不安げに漂っていた。そして、三種の神器もこれらの船のいずれかに収められているのだろう。

九郎の船は、陣太鼓を激しく打ち鳴らしながら先陣を進んでいた。大将の船の後ろを海に慣れた四国・山陽の地元の海族衆が、その後ろに坂東勢が鶴翼《かくよく》に広がって、手柄を求めて凄惨な戦いが始まった。まずは互いの船上から矢を放ちあい、近づく船があると鉄熊手で敵の船を引き寄せて、相手の船に乗り込む。そして、船上での切り合いが始まる。また、哀れなのは水主《すいしゅ》や舵取《かんどり》共で、船の自由を奪おうとまずは水主や舵取を狙うのが船戦の常套手段であった。船と船との争いとなれば、さすが平家の武者が一枚上のようで、源氏は押され気味であった。九郎は自らも小船に乗り移り、源氏の将士を鼓舞して必死に戦ったが、さんざんに打ち込まれ、大船に逃げ込まざるを得なかった。

和田義盛は、三町離れた敵でも外すことなく射殺すと評判の遠矢の名手で、陸から平家の兵船の内に矢を射込んで、「その矢、返したまわらん」としきりに手招きしていた。すると、平家側から伊勢国の住人仁井紀四郎親清なる者が進み出て、和田の射込んだ矢を取ってひょうと放って三町余離れた和田の陣営に射返してきた。その矢は、和田の郎党の首を射抜いた。郎党を射殺された義盛は怒って、今度は小船に乗って漕ぎいだし、さんざんに暴れまわり多くの敵兵を射殺した。

だが、気が付くと、源氏の兵船は、平家勢にひたすら追いまくられている。やはり、平家勢は船戦のコツを心得ているように見える。押しつ戻しつ武者たちの命を賭した戦いは昼過ぎまで続いた。

その時である、海面が急に盛り上がり、なにやら巨大な魚が兵船の下に潜り込んできた。

「海豚《いるか》だ！　海豚だ！」

と船頭たちが騒ぎ出した。人の血の臭いをかぎつけて寄って来たのだろうか。平家の大将平宗盛は恐怖におののきながら博士を呼んで占わせた。占いは平家にとって「凶」とでた。それは、平家勢の戦意を著しく削ぐことになった。心ある者は、「なんで今更占いなど」と密かに思った。

平家勢の怯みをいち早く感じ取った伊勢が、

「殿、平家の戦意が落ちたぞ。今こそ攻め時だ」

と、九郎の傍らで叫んだ。

「おお、しかし、何故戦意が落ちたのだろう」

「海豚におびえたか」

「よし、攻め太鼓を打たせよ」

そんな騒ぎの中、源平いずれともわからぬ漁船のような小船が一艘、大将義経の乗船する船に近づいて、矢文を打ち込んで行った。待ちに待った時忠からの文だ。花山院実雅による時忠説得が上手くいったようだ。文には「黄色の小旗を艫に立てた船」とのみ書かれていた。黄色い小旗を立てた船にこそ神器とともに帝が御座ましなのだろう。九郎は海上を一渡り見渡した。がそのような船は見当たらない。最もそんな簡単にわかるようにしておくわけはない。

「黄色い小旗を艫に立てた船こそ御座船なり。急ぎ探して帝と神器を確保せよ」と各船に触れ回させた。

喜三太も触れ役を言いつかって九郎の元を離れようとしたその時、後ろから喜三太の足に敵の矢が突き刺さった。「うっ」とうつ伏せに倒れた。九郎の目の前であった。

「喜三太！」

九郎は、突き刺さった矢を引きぬいて、

「たれぞ、喜三太の手当を」

そう命じて、他の者に使いを命じた。そして九郎の目は海原へと向けられた。太陽がわずかに西に傾きかけていた。頃は良しとみたか、

「赤い狼煙を揚げよ」

と傍らの武士に命じた。狼煙は海風《うみかぜ》に揺蕩《たゆた》うように次第に高く昇って行った。

いくばくもせずに平家の船団の中から赤旗を海中に捨て去り、次々と白旗に変えた船団があった。さらにもうひと群れの船団が赤旗を捨てて、何本もの白旗を高々と掲げた。そして、さらにもう一団。九州の菊池党と原田党・松浦党だ。九郎は大きく深呼吸をした。彼らは約束を果たした。これを見た源軍は大歓声を挙げて勢いづいた。

一方、平家の大将宗盛は目を疑った。菊池・松浦はともかく、原田種直までが裏切るとは。原田党は平家の傘の下で、太宰小弐《だざいのしょうに》やら国衙《こくが》機構の要職を独占して九州一の豪族にのし上がった一族だ。誰が裏切ろうとも原田だけは最後まで平家に付くと信じていた。

「恩知らず奴が！」

宗盛の目が怒りと恐怖に引きつった。

「誰が、お前を九州一の豪族にしてやったのだ！」

と、叫ぶ宗盛の体ががたがたと震えていた。

「兄上、落ち着かれませ。我らには彼らを引き付ける力が無かったのです。せめて散り際は潔く」

と、説く弟知盛の声を、宗盛の耳は聞こうとしなかった。舷側に身を寄せて戦場をうつろに眺んでいた。知盛は身をひるがえすと、安徳天皇の御座所のある船底に下りて行った。戦況を聞きによって来た女房達に、

「珍しい東男どもとお会いになることでしょう。見苦しきものなどみな海に入れ、船の掃除をな

さって下さいませ」

と女房達に告げて、奥に御座ましの帝と、知盛には妹に当たる建礼門院《けんれいもんいん》、そして母である尼姿の時子の前に額突いた。

「われらの力不足、帝をお守りすることができませんでした。どうぞご覚悟のほどをお願い申し上げます」

声を絞り出すように伝える知盛に、尼は慈愛に満ちた瞳を向けて、

「よくぞ、ここまで頑張って下さいました。清盛公に恥じぬようせめて美しゅう散りましょうぞ」

そして、娘の建礼門院の方を見て、

「ご覚悟のほどを」

と促した。まだ、八歳の帝は、張りつめた空気に異様を感じたのか、つい今しがたまで腕白をしていたのに母の建礼門院の膝に駆け寄って、知盛の表情をじっと見つめた。尼は人々に覚悟を促すようにすっくと立ち上がると、安徳帝の乳母按察使《あぜち》ノ局に神璽を渡し、宝剣を自らの腰にさして、建礼門院の膝から帝を抱きとった。

「君はまだご存じないかもしれませんが、この国は娑婆世界と申して、もの憂き世界でございます。あの波の下にこそ、極楽浄土と申す美しい国がございます。これから皆で一緒に波の下の美しい国にまいりましょうな」

と、愛おしげにきつく抱きしめた。帝は、いつにも増して悲しげに話す尼の唇を白くやわらかな指で、まさぐるようになぞり、そして不安そうに建礼門院の方を振り返られた。尼は、帝の不

安をあえて無視して、船底にかかる梯子を踏みしめるように登って行った。そして、舷側に進むと、今一度帝をしっかり抱きしめて、

「さあ、東に向かわせられて伊勢神宮に御いとまなさいませ。それから西方浄土に向かってお念仏なさりませ。きっと極楽浄土に行けますようにと」

帝は、素直に東に向かい小さな手を合わせ、さらに真っ赤な夕日に向かって念仏を唱えられた。帝のお念仏が終わるが早いか、尼は、『さあ、みんな一緒に波の下の美しい国へ』と人々をいざなうように真っ先に波の底に身を投じた。それは一瞬の間であった。建礼門院は、あっと小さく声を発したが、吾子を追うように両手を伸ばして海に身を投じられた。それをまた追うように女房達が十二単を蝶のようになびかせて、次々と波間に沈んでいった。残酷なほどに赤い夕陽が一瞬彼女らを美しく染め上げた。

宗盛は子の清宗とともに放心したように舷側に立っていた。死にきれずにいる総大将を家臣の一人が後ろから突き落とした。宗盛はよく太っていたので、水しぶきが人一倍高く上がった。それを見た清宗は少年らしく潔く父の後を追った。

佐藤継信を射殺した平家一の豪勇能登守平教経は、九郎義経を冥途への道連れにと、海上に義経を追い求め、刃向う源氏の武者を次々に組み伏せ、海に投げ入れながら船から船へ九郎義経を探し求めた。どれほどの源氏の荒武者たちを海に投げ入れただろうか、遂に一艘の小舟の上に義経を見出した。「おのれ、九郎義経！　覚悟」とばかりに義経の船に飛び移ろうとした。それに気づいた義経はゆらりと二丈（六メートル）ほど離れた味方の船に飛び移った。阿修羅となって

追う敵に義経がどう対応するか固唾を飲んでいた味方は、長刀を小脇に挟んで跳躍した人を思わず喝采した。「逃げるか」と、叫んで飛び移ろうとしたが教経にとっては距離があり過ぎたか、断念して、追いすがる源氏の武者を次々に海中に投げ入れ、最後の二人を両脇に抱えて自らも海へ身を投げた。飛沫がひときわ高く上がった。後には乗り捨てられた船が櫓舵もなく漂っていた。

平家の人々が敗戦を自覚して、次々に海中に身を投げるのを見届けて、知盛は自分の船を掃き清めて、独り舷側に立ち、しばし夕日を仰いでいたが、

「はや、見るべきものは見た。今は故父《ちち》の元へ行こう」

と、つぶやくが早いか鎧二両を身に纏い紅《くれない》の海へ身を投じた。

教経をかわした義経は、黄色い小旗を求めて必死であった。

「帝と思われる幼児が老婆に抱かれて海に飛び込みました」

と、報告する者があった。

「おお！　帝かもしれぬ。いそぎ海中からお救いせよ」

と命じて、自らも船頭をせかせて急行した。幼児が乗船していたとみられる船には、まさしく細く短い小旗がひそと翻っていた。幼児は安徳帝に違いない。帝の捜索は兵に任せて船に乗船すると、そこには、三種の神器の一つ内侍所《ないしどころ》の入った唐櫃の前に端然と座し、迫る源氏の武者を睥《へい》睨《げい》する平大納言時忠の姿があった。

「者共、引け」

九郎は武者を引かせ、時忠に対し、

「源氏の大将九郎義経にござる。平大納言時忠卿におわしますか」

と、問いかけた。時忠は鋭い視線を九郎に投げかけて頭の先からつま先まで観察してから、

「如何にも平大納言時忠でござる」

と、短く応えた。その表情は苦渋に満ちていた。

「内侍所、お渡しいただけますか」

「安徳帝、そして神璽および宝剣は失い申した。当方からの条件であった安徳帝の御身の御安泰も、海底にお沈め申す羽目になり、つつがなく都にお返しすることもできなくなった。平家の嫡子清宗も父宗盛と共に海に沈んだ。平家を一筋でも世に遺したいというわしの願いは泡と消えた。わしの裏切りは何の役にも立たなかった。さあ、わしの身をよいように引っ立てなされ」

時忠は立ち上がって両手を後ろに回した。九郎は部下に目配せして、時忠を縄目にした。そして、

「このお方は、内侍所を救った功あるお方。粗略にはいたすな」

武者たちに命じた。さらに、

「神璽と宝剣は海底ぞ。全力を挙げて海底を探索せよ」

と、強い口調で命じた。

戦は終わった。九郎は船底を出て、海上を見渡した。陽は西に傾きかけていた。あれほど激しかった潮流も凪の時を迎えていた。朝、勢いよくはためいていた赤い旗が凪いだ海面にむなしく

漂っていた。安堵はしても勝利の喜びは湧いてこなかった。

「殿！　高貴なお方と思われる女性《にょしょう》を海中より引き上げました。まだ、息があります。如何致しましょう」

他の船から、伊勢三郎のだみ声が、一刻の憂愁を打ち破った。

「まだ息のある女性は、静かに陸上にお移しし、手厚く介抱いたせ。いや、女性ばかりでなく武者共も同じだ」

命じて、九郎は船を陸に向かわせ浜辺に本陣を置いた。救い出された女性は、安徳帝の国母《こくぼ》建礼門院とわかった。また、総大将内大臣宗盛親子も海中より救い出された。

多くの血を飲み込んだ海は、日没とともに鯨の背のような黒い波をゆっくりと打ち返し、打ち返ししていた。いよいよ闇が降りようとした頃、

「神璽と思われますがお確かめを」

と、片岡太郎常春が駆け込んできた。早速、時忠のもとに運ばれ、まさしく神璽であることが確認された。残る宝剣と何よりも安徳帝の探索が、闇の深まる海で必死に行われていた。

浜辺には、海中から救い出された男女が、濡れそぼった姿で並べられていた。晩春とはいえ日暮れの風は冷たい。弁慶ほか数人の武者がしきりに蘇生を試みていたが、このうちの何人が元気になれるだろうか。弁慶の傍に喜三太がいない。

「弁慶、喜三太はいかがした」

「命に別状はありませんが、痛がって泣いております」

「そうか、しばし面倒をみてやってくれ」

後ろの小高い山には、逃亡者を追い詰める松明が下から頂上へといくつも揺れていた。自らが放った追手ではあったが、別の心が逃げ切ってくれることを祈っていた。

女児は水中から随分引き上げられているが男児は非常に少ないという。女児を親なし子にして一人この世に置き去ることは、どの親にも出来兼ねたのだろうが、男なれば、何処地《いずち》でも生きて行けようと、昨夜のうちに密かに逃したのかもしれない。母や家臣に手を引かれた子供達があの山中をさまよっているかもしれない。母の懐に抱かれて雪の夜道を逃げ惑った恐怖を今も体が憶えている。九郎は「逃亡者の探索は、止めよ」と叫びたい衝動を、足を踏ん張って押しとどめた。

二五◑◑大勝の波紋

豊後の範頼軍の野営地にかがり火が一つ二つと灯り始めたころ、一艘の小船が渚に寄せられた。と、武士が独り飛び降りて「壇ノ浦の源氏大勝利！　平家悉く海没す」と、大声で叫びながら大将参河守範頼の陣中に走りこんだ。陸上部隊の出番を窺っていた範頼は、

「それは確たることか」

と、何度も聞いた。

「はい。いずれ判官殿からも使いが参りましょうが、赤旗は皆海中に漂い、白旗ばかりが翩翻《へんぽん》と翻《ひるがえ》るのをはっきり見ました。女房衣が宙を舞い、女どもの叫びが波音に混じって聞こえてきました」

「殲滅《せんめつ》したかどうかは確かではあるまい」

「はい、推測でございます。が、九州の兵船と思われる赤旗が、昼過ぎ幾艘も白旗に代わり平家に弓を引き始めた様子でございました。相当の寝返りが出たと思われます」

「なに、寝返りだと」

範頼は正直信じたくなかった。自分は半年の余も苦労して来たのに、後から出張って来てこう

もあっさり平家を滅ぼされては、自分の立場はどうなるのだ。どうしても勝利を喜ぶ気にはなれなかった。

　そこへ、北条小四郎が「御免」と言って入って来た。また、あたふたと副将の武田信義が入って来た。続いて足利義兼・中原親能らが次々に集まって来た。勝報をうけながら、何か今一つ浮かぬ一団であった。少し遅れて千葉常胤もやって来た。常胤は末座に席を取ると、

「まずは祝着でござる」

　と、沈んだ空気を意識してか闊達に言った。

「この情報は、確かなのでござろうな」

　武田が念を押した。

「私の物見からも完全勝利を伝えてきました」

　若い北条小四郎が淡々と応えた。

「相変わらず素早い勝利ですな」

　と、中原親能。

「帝と三種の神器はいかがした。当方に確保できたのか」

　と、範頼が性急に尋ねた。

「しかとは判りませんが、私の放った物見からは、安徳帝は入水されて行方知れずらしいと」

　足利が応えた。

「それは由々しきことぞ。我らが思うように戦仕掛けできなかったのも、帝と神器の安全を第一

に考えていたからじゃ」

範頼は、心なしか明るい声色で言った。そしてさらに、

「九州勢が味方に付いたようだが、まことであろうか」

範頼が気がかりな様子で人々に確かめた。

「それは確かなようです。豊後の原田、肥後の菊池、松浦党の旗が白旗に代わったと物見は伝えてきました」

と、北条小四郎が応えた。

「それは戦の最中に代わったのか」

「しかとは判りませんが、物見は戦闘中と申しておりました」

「ということは、平家の敗色を見て、見限ったということですかな」

と、足利が推測をした。

「九郎の方から、九州勢にちょっかいを出したのではないのか。九州のことは範頼に、九郎は四国をと上様から申し付かっておるに、九州の輩を従えたとすると越権行為じゃ」

怒気を含んで範頼が念を押した。

「詳しいことは、まだわかりません」

小四郎が事務的に応えた。

「まあ、不確かな情報をもとに話をしていても始まりませぬ。如何でしょう、戦勝祝いの使者を判官殿の元へ遣わされては。判官殿の方からも報告は参りましょうが、それは事務的なものであ

りましょうから、当方なりの目で確かめてこられては」

末席で人々の話を黙って聞いていた千葉常胤が提案した。

「おお、そうじゃの。さすが常胤は年の功で良いことを言うわ。誰に行ってもらうのが良いかの」

しばし、沈黙が続いたが、

「よろしければ、私が参りましょう」

と、北条小四郎が名乗り出た。

「おお、小四郎行ってくれるか。それはよい」

「北条殿なれば、うってつけでございますな」

などと、皆が賛成した。

中原親能が提案した。

「北条殿、いかがでござろう、できれば、判官殿に先に御凱旋いただいて、せめて我らは後始末などさせていただいては。鎌倉に凱旋する顔を持ち合わせておりませんし」

「おお、そうでござるな。判官殿と一緒に凱旋するは、ちと恰好がつきませぬ。小四郎殿、判官殿に是非そのようにお伝え下されＪ
と、副将の武田信義が言うと、ほっとした雰囲気が流れた。

翌朝早々に北条小四郎は、小船で壇ノ浦の浜辺に向かった。壇ノ浦の海上には、小船が百艘ほども出動して、武者達はまだ気負い立っていた。近くの船の者に聞いてみると、安徳帝の玉体と宝剣の捜索とのこと。『やはり、ぬかったとみゆる』小四郎の口元がかすかにゆるんだ。船と船の間で交わされる言葉は九州弁や四国弁で、地元勢が駆り出されているものと見える。浜近くなると、たちまち数艘の船が小四郎の船を取り囲んで、

「どこの者だ！」

と、威丈高に前進を阻んだ。

「無礼者！　こちらは大手の大将源範頼公の名代北条小四郎殿である」

小四郎の供の者が、これも威丈高に叫んだ。

「証拠となる物ば見せてもらうばい」

「証拠とは無礼な、鎌倉の者なれば、お顔を拝めばすぐわかろう。そう言うお前こそどこの手の者だ」

「此処は、まだ戦場ばってん。たとえ味方たりともやすやすと通すわけにはいかんばい」

「このお方を見て、どなたかわからぬそちらの方がおかしい。鎌倉ご直参ではなかろう」

言葉の訛りから、この辺りの土着の武士に違いない。小四郎がそう思って見回すと、辺りは見知らぬ顔の者ばかりで、飛び交う言葉も坂東訛りではない。この戦は、坂東の者によってなされたのではなかったのだ。と、小四郎はあらためて思った。

「押し問答をしていても始まらぬ。その方らは、何処の手の者か知らぬが、鎌倉直参の武士を呼んで面通しをしてもらおう」

と、小四郎が警備の者に言った。

「よう、どぎゃんせんか。範頼殿の手の者だそうばい。喧嘩過ぎての棒ちぎればい。よう、伊勢

殿でも呼んで来んばい」

と、警備の者は仲間に言って、小四郎の船を渚近くに曳航した。晩春とはいえまだ冷たい風の吹きすさぶ海上に、しばらく待たされた。

「これは北条殿、御無礼申し上げました。者ども、失礼のないよう判官殿の幕までご案内申せ」

野太い声が聞こえたかと思うと、今まで横柄な態度で接していた者たちが、たちまち整然と小四郎の船を先導し始めた。声の方を見ると、伊勢三郎が誇らしげに一艘の船上からこちらを見ていた。

義経は浜辺に陣幕を張って本陣としていた。小四郎が訪ねると、報告やら指示を仰ぎに来る者たちへ、相変わらずきびきびと指示を与えていた。小四郎の姿を見ると「おう」と言って立ち上がって迎え入れた。

「この度の御戦勝おめでとうございます。参河殿が直々にお祝い申し上げるべきところでございますが、豊後の情勢も未だ安定せず、陣中を離れられませぬので私が名代として、戦勝の御祝いを申し上げに参上いたしました。誠におめでとうございます」

小四郎は慇懃に祝辞を述べた。

「これは、御挨拶痛み入ります。これも参河殿の軍が陸上に展開していて下さったればこそでございます。参河殿にはくれぐれもよろしくお伝え下され」

範頼の立場が思いやられて、思わず辞が低くなった。

「いやいや、我らが不甲斐ないばっかりに判官殿に御出馬頂き誠に恐れ入ります。早速に見事な御加勢を頂き、平家を殲滅させることが出来ました。さぞ、鎌倉殿にはお喜びになられましょう」

「そうであって下さればよいが」

「当然お喜びです。しかも三種の神器も無事取り押さえられたとか」

「内侍所と神璽は無事おさえたが、宝剣を海中に見失った。来られる途中気づいたであろうが、今捜索中だ。玉体も未だ行方不明だ」

「さようでございましたか。それは御心痛のことでございますな」

「故清盛公の北の方二位尼様が宝剣を腰にさし、帝を抱き参らせて御入水あそばされたらしいのだが。御座船がいずれかの判断が遅れて、一足違いで間に合わなかった」

「だが、あと二つの宝物は押さえられたのでございましょう。そうお力を落とされることもありますまい。この大勝利で帳消しになりましょう」

「とは申せ、国家の大事を救えなかったのだから、何とも残念だ」

「宝剣の役割は、以後武門が果たせとの神のご内意かもしれませぬ」

めったに口にできぬことを小四郎がさらりと言ってのけた。九郎は思わず小四郎の顔を見た。自分も若いと思っていたがこの者はさらに若いと思った。

「一応の収拾がつかれましたら一刻も早く御凱旋下さるように。あとの始末はせめて我らにお任せ下されとの範頼公からの御伝言でございます」

「お気遣い痛み入る。でき得ればそのようにさせていただきますと、参河殿にお伝え下され」

「畏まりました。では、お忙しい最中、本日は御祝い言上のみで失礼仕ります。ちと、親しい者たちの無事の顔など見て帰参いたす所存です」

「わざわざのお越し、参河殿他将士の皆に宜しく伝えて下され。打ち合わせすべきことも多いが追って沙汰申し上げる。参河殿にはくれぐれもよしなにお伝え下され」


判官義経の陣幕を出ると小四郎は、親しい将士の陣幕を二、三見舞い、無事を祝って最後に梶原景時の陣幕を訪れた。景時は捕虜の訊問中とのことであったが、小四郎の訪れを聞くと、中断して急ぎ戻って来た。

「これは、これは小四郎殿、よくお越し下された。いやー、捕虜共の口が堅くて難儀いたしておりまする」


景時は、胴丸ばかりを付けて汗を拭き拭き、相変わらず磊落気《らいらくげ》に言った。

「梶原殿には壮健そうでなによりです。この度の活躍、見事。鎌倉殿にはさぞお喜びでございましょう。本日は参河殿の名代で判官殿に御祝い言上に参ったところです」

「これは痛み入ります。参河守様以下将士の皆様に宜しく申し上げて下され。したが、これも参河守様はじめ豊後の皆様が下ごしらえをしておいて下さればの勝利での。とかく判官殿ご一人の手柄のように人は申すが、いや、目付としては冷や汗のかきどうしでござった。その上玉体はお救い出来ず、宝剣は海中だし」

「ご苦労お察し致します」

「我ら凡夫には想像も及ばぬことを、しばしば仰せられるので、将士との間にあってどう取り結んでよいのやら。ここまでの道中、お気づきになりませんでしたかな」

景時は、如何にも思わせぶりに小四郎に問いかけた。

「はて、なんでござろう。大層活気に満ちておったが」

景時の言いたいことの心当たりはなくもなかったが、気づかぬふりをした。

「活気でござるか。それは勝ち戦でござればのう……。ですが、やたらはしゃいで活気づいておるのは、昨日今日寝返った俄か源氏ばかりでござるよ。ここまでおいでの間に旧知の将士に何人お会いになられましたかの」

「そうですな。たしかに西国訛りの見知らぬ顔ばかりであったの」

「そうでござろう。鎌倉殿には、いつも、旗揚げ以来の御家人を大事にせよと仰せあるに、この度の戦は、坂東勢はつけたりでござった」

「なるほど、だが、船のない我らであれば、それも致し方なかったのではございませんか」

「参河守様始め小四郎殿とて、坂東の御家人を大切に思えばこそ、今までご苦労なさったのでございましょう」

「それはあります。上様の御便りにも常に坂東の者を大切にと書き添えられてござれば」

「ところがでござるよ。判官殿には、我らの意見どころか鎌倉殿の仰せすら聞く耳をお持ちではない。どんどん現地の者を御取立てになる。屋島の折にも判官殿に合流せよとの命を奉じて、一艘でも多くの船を調達してと思い、苦労してやっと渡辺津にたどり着いてみれば、もう御出陣の後とか。あと一日ほどがなぜ待てなかったのか。わしはいい笑いものになりました」

噂さでは、判官殿が梶原にうっちゃりを喰わせたというよりは、梶原の方がわざと遅延したと聞いているが、小四郎はだまっていた。

「いやいやこれは私事。こんなことは些細なことでござるが、ことほど左様にあのお方には相手の立場を思いやるお心がない。この度の菊池ら九州勢の寝返りの一件もそうでござろう。味方に引き入れるのは、これはよい。したが、交渉に先立っては、まず、参河守様に話を通されて、参河守様を通じて交渉するのが本筋でござろう。それをでござる。これでは参河守様の御顔は丸つぶれだ。わしらにもその間のことはご相談がないので、ご意見を申し上げようにもその機会がない」

景時は、一気に不満を並べ立てた。よほどうっぷんがたまっていたらしい。

「九州勢のことは、我らの力不足ゆえ、とやかく申す立場ではござらぬが、九州勢の寝返りは、平家の敗色が濃くなったから寝返ったのではないのですか。判官殿の方から手をまわして寝返らせたのでございますか。だとすると、確かに梶原殿の申されるよう一言ご相談いただけるとありがたかったですな」

「当然のことでござる。まあ、お若いから致し方もなかろうが、わしらにご相談いただけると図らい様もあったのだが。まあ、これもわしらの力不足のなせるところでござる」

「いや、梶原殿に責任はありますまい。ただ、ここへ来る道々感じたのは、我らの面子はどうでもよいのでござるが、鎌倉軍は、すべて頼朝公を御大将と仰ぎ、すべて頼朝公に合力するのであって、鎌倉軍内の将士のだれかれに合力して、だれかれには合力出来ぬというようなことがあってはおかしい。もし、この度の地元の輩が義経公に合力するというような心づもりであったとしたら、由々しきことでござる。今、海上で応対に立った地元の衆の態度にそのようなものを感じないではなかったので」

小四郎の言い方は控えめであったが、景時の感情を刺激するには充分であった。

「それでござる。わしが申し上げたいのもまことにそこでござる。これは我ら将士同士の恥や屈辱の問題ではござらぬ。鎌倉殿頼朝公に対する屈辱でござる」

梶原の興奮をやんわりといなすように小四郎は言った。

「判官殿に限って、ご自身意識してなされた訳ではありますまいが、今後のこともあれば、お目付殿より、上様によしなにご注進申し上げて下さるとよいかもしれませぬ」

「それはもう、しっかりご報告申し上げます。お父上時政公とのお約束もござれば……」

「実は、九州勢の寝返りについては、多少の御報告は頂いております。ですが、私のところで文は握りつぶさせていただきました。ですから、範頼公は、その文をご覧になっておりません。判官殿が、九州にちょっかいを出しておきながら、自分には何の報告もないと不信感を募らせておられます」

「ほう、それでも報告はされたのですか。でも、それは直前でござろう」

「直前といえばそうですが、事実が発生したのも直前でしょうから。ですが、梶原殿とわが父時政と交わされた約定を果たすため、参河守様にはなんの報告もいたしませんでした」

「ほう」

一瞬、梶原は戸惑った表情をした。

「これで、範頼公と義経公は完全に決裂です。つんぼ桟敷に置かれた範頼公は上様にあることないこと腹立ちまぎれに愚痴ることでしょう。上様は義経公に疑念を持たれること請け合いです。これで、源氏の三兄弟はばらばらです。なお、このことを補強する意味で、お目付殿よりも今のお話のようなことを、上様に細々ご報告申し上げていただけるとよいかもしれません」

景時は小四郎の言葉に一瞬唖然としていたが、話の筋立てが呑み込めると、にんまりとして、

「さすがでございます。お若いのにそこまでお考えとは。わかりました。そのつもりで以後対処いたします。貴殿らのご面子も立つよう致しておきまする。まあ、その辺はお任せ下され」

梶原は上機嫌であった。小四郎は梶原と自分が馬が合うなどとは毛頭思っていなかったが、こんなに自分の感情を素直に面に出す男は少ない。どこをどう押せばどう顔色が変わるか見当がつけやすく、扱いやすい相手であった。これで、本日の小四郎の役目は終わった。「日の暮れぬうちに」と梶原の陣を立ち去った。

海底の捜索に明け暮れた一日も無駄に暮れようとしていた。入水した人々の怨念が海底から立ち昇ったような真っ赤な夕焼けが今日も海を覆った。伊勢三郎が作業の終了を捜索員たちに告げて本陣に戻りかけた時、後ろから「伊勢殿」と声をかける者があった。振り向いてみると菊池隆直の家臣で何度か会ったことのある男だ。

「おお、どうした」

三郎は、気さくに応じた。

「今夜、この先にある入り江の洞穴に顔を出してくれんばい。うまい酒が手に入ったばってん祝い酒といこうかと」

「ふーん。どんな連中が集まるんだ」

「九州の輩ばい」

「それで、俺一人が呼ばれるのか」

「とりあえず、伊勢殿に相談掛けるのが話の分かりが早かと」

ただの酒盛りではなさそうな。三郎は、男をしばし睨んでいたが、

「わかった。入り江の洞穴か」

と、承諾した。いったん本陣に戻り、月明かりを頼りに指定された洞窟に独りで向かった。中には五、六人の海の男たちが手燭を囲んで酒盛りをしていた。

「やあ、やあ、よう来て下された」

と言うと、皆が席を譲って、一番奥の上席を開けて三郎をいざなった。三郎は案内されるままずかずかと進んで、上席にどっかと胡坐をかくと、ひとわたり一座を見渡した。

まとめ役らしき壮年の男が前に出てきて、

「おいが肥後の菊池隆直でござる。以後お見知りおきを」

と、三郎の盃になみなみと酒をついだ。そして、「みな順に御挨拶ばされよ」と仲間に指示した。

「筑前の原田種直《はらだたねなお》でごわす」

「豊後の緒方惟義《おがたこれよし》でごわす」

「同じく豊後の臼杵惟隆《うすきこれたか》でごわす」

「大隈の建部清貞《たてべきよさだ》にごわす」

「肥前の松浦直《まつらなおし》でごわす」

一通り自己紹介を受けて三郎は、

「壇ノ浦でのその方らの働きご苦労であった。して、今日はなんじゃ」

と問うた。すると、やたら髭の濃い精悍な面構えの緒方惟義が、

「いや、恐れ入った。伊勢殿の御大将は、鎮西八郎為朝公にも勝る戦上手じゃ。見事なものばい。おるはすっかり惚れ込んだばい」

為朝は、判官義経の叔父にあたる人で、無類の強弓を引く弓の名手として知られるが、あまりの乱暴者で、父の為義も扱い兼ね十三歳の時、九州豊後国に追放されたと伝えられている。豊後に下った為朝は、豊後の勇者阿蘇氏の婿となって三年で九州を攻め落とし、自ら「総追捕使」と称したといわれる今や伝説の人だ。保元の戦では、都の父為義の元に馳せ参じ崇徳上皇をお助けしたが、兄義朝、平清盛の押す後白河天皇方に敗れて、伊豆大島に流された。大島では島民を従え、官物などを奪うなど乱暴をほしいままにし、遂には追討軍に追われ自害して果てた。

「宋人の張殿に近づくなど、思いもよらぬことでござった。張殿がおどんらの首根っこを掴んでいることをどこから聞きこまれたのやら。為朝公は猛将だが、判官殿は知将でござる」

「屋島の暴風を乗り切って、わずかな手勢で平家を襲った勇気には恐れ入った」

「いかにも恐ろしげな方かと思いきや、御姿は、いたって上品なお方で驚きでござったな」

など思い思いに褒めちぎる九州の輩を、伊勢はぎょろりと見渡して、

「おぬしら、いったい何が言いたいんじゃ」

「まあ、まあ、夜はなごうござる。ささ、飲んで下され」

松浦党の若いのが大徳利を抱えて伊勢の盃になみなみとついだ。そして、

「ぶっちゃけた話、おどんらは、坂東者の下風に付きたくはなか。奴らとはどうも馬が合わぬごたる」

「判官殿を戴いて、鎮西にもう一つ幕府を開いてはいかがなものかと」

と言うのは、緒方惟義。

「どのみち、判官殿と鎌倉殿は一つにはなれんのではないかの」

と、長老格の菊池隆直も言う。

「とりあえずは、範頼軍を急襲し、戦初めの血祭としよう。さすれば四国も防長・安芸・備前・備中・備後の主だった者は、当方に付く。瀬戸内の連中はみな、坂東の夷《えびす》共の下風には付きたくはなかごわす」

「坂東者、坂東者というが、俺だってれっきとした坂東者だ」

伊勢が盃をぐっと干して言った。

「伊勢殿は、坂東の臭いが薄い。ちょっと違うばい」

松浦党の若いのがなれなれしく言って、また、酒をついだ。

「そうだ、伊勢殿は、むかし、山賊をしていたとか。こっちとらも、海賊のような者だし、どこか相通ずるところがあるばい」

「そう簡単にお前らと一緒にするな」

そうは言ったが、三郎の心は相当に動いていた。このまま鎌倉にいても、うちの大将はいずれはじき出される。ここまで華々しくやってしまっては、もう独立するしかない。だが、あの馬鹿、いつまでたってもそこのところがわからねえ。

「どうばい。判官殿を説得してみて下され」

今まで、黙っていた原田種直がゆっくりと言った。さすが、九州一の豪族、その風格で言われると、お茶を濁したようなことは言えなかった。

「本気なんだろうな。担ぎ出しておいて、突然梯子を外すようなことはないだろうな。天下の判官義経公を戴こうというのであれば、それなりの覚悟のほどを見せてもらわねばならぬ」

「判官殿が、その気になって下されるのならば、我らは、起請文であれ血書であれ、はたまた妻でも子でも差し出す覚悟は出来ておるばってん」

まとめ役の菊池隆直が、覚悟のほどを示した。

「お前らの覚悟のほどは解った。が、うちの大将が、やすやすと動くかどうか」

と、原田種直。

「判官殿ならば、今が如何に好機かは、充分ご理解いただけましょう」

伊勢は、しばし考えていたが、

「うーん、大将の胸をたたいてみるか。……ま、明日また此処で」

と明日を約して、先に洞窟を出た。が、果たしてあの馬鹿がうんと言うだろうか。なんとしても「うん」と言わせねばならぬ。伊勢の気持ちは、次第に昂《たか》ぶっていった。

さっそく九郎を説得しようと勢い込んで寺に戻ったが、九郎の姿はなかった。

「忠信、忠信、殿はどこじゃ」

まだ酔いが醒めぬのか足元はいい加減ふらついている。三郎の声に忠信がどこからか出てきて、

「建礼門院様の御加減が悪いとかで、見舞いに行かれた」

「すぐに呼んでこい！」

「わしが？　自分で行けよ」

立ち去ろうとする忠信に、

「つれないこと言うな。ところで、忠信殿におかれてもご一緒に話にお加わり願いたい。殿の部屋でお待ち下され」

などと必要以上に敬語を使って、自ら九郎を呼びに行った。

寺のすぐ下にある長者の家が、女性《にょしょう》たちの家に宛がわれていた。数人の小者が世話をしているが、入って行くとむっと女の匂と病臭で、三郎はむせ返りそうになった。水没の後、体調を崩した者が多く、潮に浸かった衣服をそのまま着て、櫛とてないので長い髪も乱れたままに横たわっている。あちらでもこちらでもすすり泣きをしている。狂った者もいるのか、ときに奇声を発する者がいる。「吾子《あこ》よ！　吾子を返してたも！」「どうぞ、殺してたも。わが君の元へ行きとうご

ざいます。どうぞ、お武家様、お願いです、殺してたも」「帝はどこへ行かれたのでしょう。建礼門院様はご一緒でしょうか。お武家様教えて下され」「どうか着替えを下され。髪も梳きとうございます。ああ、痒い、痒い、ここは地獄じゃ。なんで助けられたのであろ。憎い、憎い源氏の荒武者ども、ああ、死んでしまいたい」

九郎はと見ると、部屋の中ほどに突っ立って女性たちの哀訴を呆然と聞いている。

「また、不器用なんだから。こんなところに自ら足を踏み入れる奴があるか！」

と舌打ちして、

「殿！　急用です。急ぎお戻り下さい」

大声で怒鳴った。

九郎はその声に救われたように振り向いて、女たちの手を振り払いながら泳ぐように抜け出してきた。闇い渚に打ちよせる波の音が妙に不安をそそる。

本陣に戻ると、伊勢三郎は九郎の部屋に入り込んで戸という戸を皆閉めて回り、護衛の兵士に、

「暫く、ここへは人を通すな。殿はお疲れでもう休まれた。用のある者は明朝来いとな」

と、言い含めた。

「三郎、いったいなにがあったのだ」

九郎は不審げに訊《たず》ねた。

「殿、範頼軍を討ちましょう」

三郎は、単刀直入に言った。

「どういうことだ」

九郎の目が、キッと尖った。

「殿、お聴き下さい。これだけ華々しく勝ってしまっては、鎌倉に殿の居場所はない。範頼殿は、はや、なにやら蠢《うごめ》いています」

「なにがどう蠢いているというのだ」

「幸い、瀬戸内の海族衆が殿を担ごうと言っています。ここ九州に新たな幕府を打ち立てる。それしか殿の生きていく道はない。どうぞ、お考え下さい。瀬戸内の衆は本気です。奴らは、坂東の下風に付くことを潔しとしていない。今は最大の機会です」

「わしは、これ以上戦はせぬ。よけいなことはいたすな」

九郎は叱りつけるように言った。

「まだそんなことを言っている。今や鎌倉は殿の敵ばかりだ。北条殿しかり、参河殿しかり、なにより頼朝公が殿を最も脅威と感じている。どんなに低姿勢を示しても、殿の底力を見てしまった頼朝公は、殿を警戒する。殿は、親分になるしかないんだ。人に仕えるには不向きな性なのだ」

「ならば、わしは身を引いて百姓でもする。天下はやっと統一されかけている。これを後戻りさせてはいかん。わしが今反旗を翻せば、春秋戦国時代のようになる。それだけは避けねばならぬ」

「なぜ、それを厭うのだ。武士は戦が仕事だ。天下国家の為など誰も考えていない。みんな自分が天下を我がものにしようと奔走しているんだ」

「だからこそ、自重せねばならぬ。此度の凄惨、そちは懲りぬのか。もう、わしは、金輪際こんなものは、見たくはない。瀬戸内の奴らにはっきり断ってこい」

「殿がいくら平和を願っても、世の中は、そうは回らない。殿が身を引いても誰かがやる。なら、いっそ自分が天下の大将になって、思い通りな世をつくればよい。西に九郎義経、東に鎌倉、北に奥州藤原氏、そして中央に後白河法皇。まずは奥州と手を組み鎌倉を挟み撃ちにする。鎌倉が滅んだところで、奥州を傘下に収める。そして後白河法皇を棚に上げて天下統一と」

「兄上の理想とわしの理想はほぼ同じだ。ならば、兄上の方が政の才はおありだ。わしがへこんで、兄上が天下を差配すればよい。少なくとも戦国の世にするよりはよい」

「殿を信じてついてきた者はどうする。一緒にへこむのか」

「……」

「忠信、お前もなんか言え」

「殿、わしも三郎と同じ考えだ。殿こそ天下をとるにふさわしい。親父もそう思っている。源九郎義経君こそ天下人にふさわしいと」

「元治殿はそのようには思ってはいない。そちは、父の心を理解していない。あのお方は『孫子』の神髄を理解しておられた。とにかく、わしは瀬戸内勢の話に乗る気はない。きっぱり断ってこい。そして、明後日ここを発つ。準備万端整えておけ」

そう言うと、九郎は席を立ってしまった。

「相変わらず頑固な野郎だ。百姓になるだと。あの馬鹿が！」

三郎は、近くにあった盃を床に叩きつけた。

「もっとも、あの頑固に惚れて、叩き切るところを思わず助けちまったんだ。あの時は絶対に山賊にはならねえと命を張りやがった。半殺しの憂き目に合わせたんだが、『母上に逢えなくなる』と、言って遂に肯《がえ》んじなかったなあ」

「親父は、殿が天下人になるのを夢見ていたはずだ。殿は何を言っているのだ。『孫子』の神髄だと。そんなもの知るか。鎌倉に馳せ参じるとき親父は兄貴とわしに言った。『源家の為でもなく、藤原家の為でもなく、ただ、九郎君を天下の名将にするために、そなたらは、あのお方に仕えよ。稀代の素質をお持ちじゃ。わしの育てた弟子、その弟子が天下の名将として成長してくれたら、わしの本望じゃ。わしは今まで藤原家に忠誠をつくし、佐藤家の跡継ぎとして佐藤家を守ることにひたすら命を捧げてきた。九郎君を天下の名将にお育てすることは、誰れの為でもない唯一わしの師匠魂だ』と言っていた。藤原家の為でもなく、鎌倉の為でもなく殿が天下をとられることを親父は望んでいる」

「忠信、親父殿の意志は、殿の解釈の方が正しいんじゃないか。野心を持てとは言っていないようだな。天下国家の為なら、自らが身を引くってか。言い出したら聞かねえかもな。くだらねえ信念持ちやがって。だが、俺は天下国家を盗む方が面白れえや」

「いっそ、殿を直接奴らに会わせたらどうだ」

「そうだな。忠信、何か理由をつけて殿を連れ出してくれんか」

「わしが?」

「そのぐらい協力しろよ。俺は九州勢に対応するからよ」

「わかったよ」

翌日の暮れ方、忠信は「平家の残党が隠れて居たらしき小屋が見つかりました。ちょっと見ていただけませんか」などと言って、九郎をとある破れ家に連れ出した。九郎が小屋に一歩踏み入れると、九州の菊池他五人ほどの者が平伏して迎えた。中央に伊勢三郎の姿があった。

「伊勢！　これは何事だ。昨日のことならはっきり断ったはずだ」

「それで諦めるほど、おいらの覚悟は軟ではござりませぬ」

菊池隆直が顔を上げて、九郎の目を捉えて言った。

「どうぞ、おどんらの盟主となり、この九州にもう一つ幕府を開いて下さりまっせ」

九郎は、しばらく突っ立ったまま、隆直の目を見ていた。隆直らの請いを断り、鎌倉に忠誠を誓うつもりなら、この場で五人を殺害するべきなのかもしれない。兄なら表情一つ変えずにそうするだろう。両者の間には、緊張が走ったが、九郎は遂に刀が抜けなかった。そして、

「この話、一切聞かなかったことにする」

と、強い調子で宣言すると、

「忠信、帰るぞ。ついて来い」

と言うなり、踵を返して、どん、どんと小屋から遠ざかった。その勢いに忠信は、伊勢らに加勢することも忘れ思わず九郎の後を追った。

緒方惟義が、腰を浮かせて刀に手をかけた。彼らと同列に並んでいた伊勢三郎が大手を広げて

彼らの前に立ちはだかった。

「てめえら、卑怯だろう。わが殿は『聞かなかったことにする』と、てめえらの行為を不問に付したのに、後ろから斬りつけるのか」

「悪企みに誘って、断わられたら、亡き者にするのは常套手段ばい。伊勢殿とてお帰しするわけにはまいらんばい」

「わが殿が、てめえらの企みを鎌倉に報告するとでも思っているのか。判官義経が、聞かなかったことにすると言ったら、絶対に聞かなかったことになるんだ。その言葉を信用できぬというのか。第一俺を帰さなかったら、凱旋前にお前らを叩き潰すだろうよ。まあ、諦めて殿の好意にすがって鎌倉傘下で出世争いでもするんだな」

「緒方殿、伊勢殿の言われるとおりだ。源九郎義経という天才的な大将なしには我らの夢は実現せんばい。ただ、お目にかかってお願いばすれば、必ず賛同していただけると思ったおどんらの見込みは、だいぶ甘かったばい。なかなか信念のお方のようでごわす」

菊池隆直が、緒方を制して言った。

「皆の衆、九州に我らの幕府をの夢はついえ申した。短い夢であったが、一刻胸がときめいただけ良かこつだったということで、解散といたしますばい」

こう、隆直は締めくくった。壇ノ浦戦後の燻りは、判官義経の強い態度で消えた。中国・四国・九州はすべて鎌倉の傘下に入った。

翌日、早朝に凱旋軍の船が幾艘となく、朝日に向かって壇ノ浦を出港して行った。

二六◑◐悪夢

　四月十一日、暑い盛りであった。その日、鎌倉では、頼朝の父故左馬頭義朝の霊を弔うための寺、勝長寿院の上棟の儀が行われていた。昨冬に行われた地鎮祭には、九郎も京都から駆け付けて参列していたのだった。

　その日式も終わりに近づいた未の刻（午後二時）、義経が鎮西から走らせた飛脚が、上棟式の場に平家殲滅《せんめつ》の報をもたらした。

　頼朝は、その報に一瞬頭の中が白くなった。そして、三脚からすっくと立ち上がると、南の鶴岡八幡宮に向かって大地に座り直し、深々と一礼した。そして、おもむろに立ち上がって、会場の参列者の方を見渡していたが、何も言わなかった。いや、感動のあまり声が出なかったのである。

　二十六年前、縄を打たれて平清盛の前に引き据えられた時の悔しさ、惨めさがどっと押し寄せるように蘇った。あれから二十余年、鬱屈する青春を無理やり写経の中に閉じ込めてきた。しかし、治承四年四月二十七日、時到って、平家を追討せよとの以仁王《もちひとおう》の令旨を受けて、わずか数十騎で伊豆の目代山木判官兼隆を攻めてより今日までの五年余、平家を滅ぼさんと戦いに明け暮れてきた。その平家が、海中に滅んだ。二十余年来の悲願が達成されたというのだ。

この朗報は、自ずと参列者に伝わったのであろう、会場から大きな万歳の声が湧き起こった。奇しくも前《さきの》棟梁故左馬頭義朝の霊廟建設の最中に届いた朗報であった。頼朝は父の加護を強く感じた。

翌日、頼朝は早速主だった者たちを集め戦後のことを協議して、範頼は鎮西に残り戦後処理をするよう、義経は生捕りを連れて上洛するよう決めると、範頼・義経の許に飛脚を走らせた。

そして、三日後の四月十四日、頼朝は後白河法皇の使者として下向した大蔵卿泰経を迎えた。思えば、朝廷は自分より七日も早くこの勝利の報を受け取っていたのだ。距離の問題で致し方のないことなのだが、頼朝にはなにか釈然としないものが残った。院の御言葉は「追討が速やかに成就したのは、ひとえに兵法の功である」と、暗に義経の功をたたえるものであった。

勅使泰経を送り出してほっとする間もなく、頼朝は一ノ谷合戦の後の義経への賞賛の嵐を蘇らせていた。弟義経の功を称える御家人どもの祝辞を嫌というほど聞かされた。あれには全く辟易した。しかし、この度は、平家をちょっと追い払ったのではない。完全に消滅させたのだ。鎌倉八幡宮への大道を得意満面に凱旋してくる義経の姿が想像された。沿道には、多くの御家人が出迎え、庶民がやんやと囃し立て、鎌倉の主が誰なのか判らなくなるような始末ではあるまいか。義経が鎌倉を闊歩する巨大な天狗のように思えてきた。『あいつを、ふわふわと鎌倉に迎え入れてはならぬ。あいつは必ず鎌倉の癌になる。癌は宿主の体内で次第に大きくなり、やがて宿主を食いつぶすのだ。今のうちに叩き潰さねばならぬ』頼朝は強くそう思った。

その時、御簾がわずかに動く気配がして、近侍が御簾の外に畏まった。

「申し上げます。鎮西の梶原景時殿より文が届きました」

と、告げた。

「おう、よこせ」

頼朝は、待っていたとばかりに文を受け取りすぐに読み始めた。義経の文はいつも簡単明瞭で何の色もないが、梶原の文はこまめで、情報満載だ。遠くで待つ身にとっては些細な情報でも欲しいものだ。文は、

「西海御合戦の間、吉瑞多し……」とはじまり戦の前にさまざまな吉瑞があり、この勝利は、まさに神の意志でありご加護の賜物であることをるると述べて、暗に一大将の功績ではないことをほのめかしていた。次に大将義経の振る舞いについて述べていた。頼朝は引き込まれるように読み始めた。

「判官殿は君の御代官として、君より御家人を添えられて合戦を遂げられたのであります。であるのに、まるで、御自身一人の功と思っておられるようで、その振る舞いは王者の如くです。御家人の大多数は、判官殿を思わず、志を君に奉るが故に、君を思って勲功に励んだのであります。判官殿の御為ではありません。士卒はみんな薄氷を踏む思いで従っておりますが、心から判官殿に従っている者はおりません。私は御目付として、判官殿に鎌倉殿の御気色に違うのではないかと御諫め申すのですが、かえってお叱りを蒙り、ややもすれば刑罰を与えられかねない有様です。合戦の終わった今は、早く帰参したく存じます」

頼朝は、梶原の文にほっとする自分を見ていた。義経に対する不満が軍中に満ちているというのだ。九郎は御家人どもに嫌われている。それは、頼朝には限りなく小気味よく感じられた。ならば、義経を叩いてしまおう。都に戻って来た御家人を至急鎌倉に引き上げて義経から引き離し、都に孤立させよう。鎮西には範頼軍がいる。腫瘍は小さいうちに切り取らねばならぬ。頼朝は汗を拭きながら思わず唇をきっと閉じた。

四月十九日、夏の長い日も暮れかけたころ、明石の浜に幾艘もの凱旋軍の船が潮風に押されるように入ってきた。すでに先触れがあったのであろう、里長たちが浜に出迎えていた。湾内の寺や神社、里々の大家《おおいえ》が開放され凱旋の武者たちを受け入れた。浜には篝火がたかれ、里人の用意した酒肴が振る舞われ、武者たちは、戦場でおりのようにたまったあれこれの思いを発散させた。

「こんなに早く帰れるとは思わなかったなあ」

「早く、女房の顔が見てえ」

「判官さまさまだな。若いのに大したもんだ。なんでも、九州勢の寝返りは、宋の商人が関わっていたとか」

「参州殿とは目の付け所が違う。宇治川では水連の者、一ノ谷は崖、屋島は嵐、最後は宋人と。凡人にはとても思いつかぬ目の付け所だ」

「これからは判官殿の天下か。判官殿の下で働けたのはわしにも運が向いてきたということか」

「犠牲も少なかったしな。わしも五体満足で戻れた」

九郎も、やっと此処までたどり着いて、今宵ばかりは心ゆくまで飲み明かした。
虜の平家の人々も久々に下船した。明石の浜は、都に在りし時には、華やかに遊び集まった場所だったが、今は、白い浄衣を着せられて、はだしで浜辺を歩かされ村の破れ寺や漁師小屋などに押し込められた。その夜は、月が海に冴えわたって、往時を思い起こすには、悲しすぎる夜であった。九郎は宴席をそっと脱け出して、平家の人々を見舞った。彼らはそれぞれの民屋や寺々の端近くに寄り添って、月を眺めては涙し合っていた。やつれた身に浄衣を纏った姿が青い月に映しだされて、昔の華やぎを思い起こすすべさえなかった。九郎が入って行くと、やつれた瞳が一斉に九郎にそそがれた。その時、平大納言時忠の北の方帥典侍《そちのすけ》が、つと前に進み出て、

雲の上に見しに変わらぬ月影の澄むにつけても物ぞかなしき

と、昔宮中で見た月と変わらぬ月が、この明石の浜にも澄み渡るのを観るとそぞろに悲しいことですと詠んで短冊をそっと差し出した。その傍らにうなだれていたうら若い女性が短冊を追うようにふと目をあげた。憂いをたたえた知的な目が九郎の目と逢った。美しい人だ。九郎は思わず見つめた。九郎の視線を受けて、彼女は慌てて目を伏せてしまった。帥典侍が義経の心を見抜いたのか、短冊を今一度ささげた。あとを付けて下さいということだろうか。

都にて見しに変わらぬ月影の明石の浦に旅寝をぞする

昔、宮中でご覧になったのと変わらない月を、今は旅の空にご覧になるのですね。お気持ちお察し申し上げますと返したが、気持ちは美しい女性《にょしょう》に向けられていた。そして、ひどく後ろ髪を引かれる思いで、この溜を立ち去った。

四月二十五日、三種の神器をお迎えするために下った勅使を迎えて、判官義経の一隊は神器を護衛しながら、多くの捕虜を従えて都に戻った。沿道には、どこから湧いてきたかと思われるほど貴賤を問わず老若男女がひしめいて、凱旋軍を歓呼で迎えた。九郎は馬上から、我知らず母や静・安子の姿を探していた。三人の姿は見つからなかったが、良成が人垣をかき分けるように大手を振って異父兄《あに》を迎えていた。それを見て、九郎は皆無事であることを悟った。

ふと、気づくと歓呼の群れの外側に人目を忍ぶように後方の生捕りの車に瞳を注ぐ老若男女がいるのに気づいた。九郎は佐藤忠信を呼んで、後方の生捕りの車の速度を落とすよう指示した。

この日、洛中を引き回された平家の主だった人々は、総大将前内大臣平宗盛とその嫡子清宗、平大納言時忠以下二十人余り。みな浄衣姿で一人ずつ小八葉の車に乗せられた。車の物見も御簾も上げられその姿をあらわにしていた。つい二年ほど前までは、錦の衣装を身に纏い、檳榔毛車《びんろうげのくるま》や唐車《からくるま》・絲毛車《いとげのくるま》など華やかに飾って洛中を行き来していた貴人がと、沿道の人々の感慨を誘った。ただし、建礼門院はじめ女房車はこの列にはなかった。さすがに彼女たちは、間道を密かに渡された。

この凱旋の儀式は、洛中の人々に支配者の交代を強く印象付けた。この日、生捕りの人々は、六条堀川の義経の館に据え置かれた。

打ち水も涼しげに夕顔のつたう網代垣の内に九郎がようようたどり着いたのは、都に戻って四日後のことであった。歓呼の声よりも、祝いの言葉よりも早く静の元に寛ぎたかった。阿鼻叫喚の中で血に汚れた心身を洗い清めたかった。

馬の嘶く声を聞きつけたのか、静が館の内からまろびでてきた。思わず二人は抱きついていた。そして、磯の禅尼も交えて夕餉を共にして、生きていることの喜びを満喫した。

翌朝、二人は思わず朝寝坊をしてしまった。

「至急御裁可を仰ぎたき儀出来《しゅったい》。急ぎお戻りいただきたし」

との伊勢の使いにせっかくの朝は破られてしまった。九郎は大きなため息をついてしぶしぶ六条堀川の館に戻った。

待っていたのは、下総三崎荘の荘司片岡常春だった。摂津の湾内の警護を命じておいた者だ。そして、呼んでもいないのに河越重頼を始め、伊勢・佐藤・亀井・弁慶など主だった家臣たちがずらりと顔を揃えていた。

「いったい、なにごとぞ」

九郎は、不審顔をそのままに上座に胡坐した。すると、伊勢が一通の書を、開いたまま九郎に突きつけるように差し出して言った。

「鎌倉からの雑色《ぞうしき》が片岡常春の元に、昨夕、このような文を置いて行った由にございます」

「鎌倉の雑色?」

九郎は、文を受け取って読み始めた。

下《くだす》　御家人衆中

源廷尉九郎義経は関東の御使いとして、御家人を相添え、西国に遣わしたる者だが、鎌倉の意向を無視し、恣《ほしいまま》に振る舞っていると伝え聞く。御家人達は、皆鎌倉に奉仕している者達であるが、何を勘違いしているのか御家人達を我が家臣の如くに従わせている。よって、御家人達は、私に使われているという思いが強く、廷尉を恨みに思っている者が多いと聞く。今後に於いては、鎌倉に忠を尽くしたいと思う輩は、廷尉に相随うべからず。

元暦二年四月二十日

右兵衛佐源頼朝朝臣

九郎は、文に首を突っ込むようにして、何度も読み返した。

「常春、いったいどういうことだ」

「はっ、われらにもわかりませぬ。雑色によれば、鎮西の参河殿の元まで下知書を届けに行くとのことでございましたが、この者ばかりでなく、鎌倉から多くの雑色が各地に下知書を持って派遣されたということでございます。摂津の警備に当たっている御家人はみな驚いて、去就に迷っておりますが、早くも鎌倉に帰参し始めた者達もおります。殿のいち早い御決断が必要かと」

九郎には、何としても納得のいかない事態であった。しばし、あれやこれや考えていたが、次第に心臓の鼓動が激しくなり、疑問がいいようのない怒りへと変わっていった。私は、あなたをこれほど大事にしてきたのにこの仕打ちはひどすぎる。

「だから、わしは前から言っているだろう、鎌倉には所詮、殿の居場所はないんだ。鎌倉とは対決するしかない」

伊勢が、「それみろ」とばかりに噛みついた。

「都近辺に展開している御家人の内、当方に反旗を翻す者は、至急成敗する必要がございますな。鎌倉に引き上げさせてはなりません」

河越重頼が落ち着いた声音で、九郎の決断を促した。他の者たちも九郎の次の言葉を固唾を飲んで待ち構えた。しかし、九郎はしばらくは応えられなかった。必死で胸の鼓動を抑えていたのだ。冷静にならねばとあせるが、不信感やら、怒りやら、なさけなさの感情がごちゃまぜになって治まらない。思わず立ち上がると渡りに出て、行きつ戻りつしていた。やがて、庭に下り立って、長いこと遣水《やりみず》の流れを見つめていた。

ふと、脈絡もなく屋島に向かう大坂越えの途中で、講中の斎《とき》の膳を奪って貪り食った日、境内の森陰から、じっとこちらを見つめていた童の恨めし気な目が浮かんだ。あいつらはよっぽど恨めしかったに違いない。あの時はさほど気にしなかったものが、今、唐突に九郎の脳裏に現われた。あの時は戦だった。そう言い訳をしてみたが、その眼は去ろうとしない。そこへ、重なるようにつたの顔が浮かんだ。つたは、戸口に立って息子藤太の帰りを待っていた。やっと頼れる大人になったのに、戦にかり出されて行った。つたがいくら待っていても藤太は、もう戻らない。昔助けた童が大人になって藤太を殺したのだ。九郎は思わず目を閉じた。この世が恐ろしかった。

「殿！　御決断を！」

伊勢のいらだつ声に我に返った。渡りの端までみなが九郎を追いかけて来ていた。九郎は振返って家臣たちを見渡した。みな、拳を膝にして、今にも飛びかからんばかりの形相をしていた。彼らの怒りの形相を目の前にして、九郎自身の怒りの気持ちが、なぜか冷えていくのを不思議な気持ちで眺めている自分がいた。『殿方は、いつもそのようにおっしゃる。でも、ほんとうにそうなのでしょうか。戦にしない努力をしておられるのでしょうか』、母に詰め寄られて返す言葉が無かった。あの童が、また浮かんで恨めしそうに九郎を見ている。『お前は、戦をするのか。それは百姓の為になる戦なのか』、なんと少年のころに飽間の開墾地で出会った孫七まで出てきた。そして、極め付きは安倍清泰の静かな説得であった。『これからあなたが戦おうとしている戦は、兄上との権力争いです。上層部の権力争いは、当人たち以上に民を不幸にします。これまでの戦いは、現体制の中でたまりにたまった矛盾を一掃し、あらたな体制をつくるための必要悪と言えるものだったかも知れませんが……』『平家を一掃して、新しい体制作りがしやすくなった今、以後の体制は平家討伐の原動力となった武士たちの望む世の中が作られていくでしょう。あなたの兄上は、武士の望みを受け入れなければ、権力の維持は難しいでしょう。例えば、あなたが兄上にとって代わって、天下人となったとしても武士に担ぎ上げられての天下人であれば、武士の望む世の中しか作れない。後白河法皇をはじめとする朝廷権力を後ろ盾に戦えば、彼らの望む世しか作れないでしょう。民百姓の住みよい世をと思うなら彼らと共に戦わなければ実現しないでしょう。しかし彼らの力はまだ育っていない。いつか、そのような世も創られるかもしれませんが、まだ、時が至っていないような気がします』

今、自分がしなければならないことはなんだろう。わしは何がしたいのだ。わしが天下を取っても兄上とさして違わぬ世しか作れないなら、天下をとっても意味がない。ましてや朝廷の後ろ盾で天下を取れば、せっかくの改革を逆戻りさせることになる。……今、わしがすべきことは、せめて戦にしないことか。無益な犠牲者を出さないことか。継信、お前はどう思う。継信！　応えてくれ。そうだ、お前を奪ったのは戦だ。わしの足元でどれほどの者たちが矢に当たり、刀傷を負って殺されただろう。どれほどの父親や頼もしげな息子を女たちから奪っただろう。喜三太を片輪にしたのは誰だ！

「捨て置け」

九郎は、低くきっぱりと言い放った。人々は耳を疑った。「捨て置け」とは？　このような仕打ちに対しては、素早く、反旗を翻す者を切り捨て、鎌倉に向かって高々と挑戦の旗を掲げて敵の機先を制しなければならないところである。

「わしは、兄上と覇を競うつもりはない。あくまで鎌倉の傘下で生きるつもりだ。兄上には意を尽くして身の潔白を信じて頂けるよう努力しよう。わしはこれまで、一日も早く戦を終わらせたくて、無理な作戦をも皆に強いてきた。一ノ谷の崖下りも、嵐の船出も、食わず寝ずの屋島への急行も、ひたすら早く戦を終わらせたかったからだ。民家の焼き討ちもし、民まで犠牲にした。

この作戦で犠牲になった者は多い。だが、全体からみれば犠牲者を少なく出来たと自信を持っている。犠牲になった者たちのためにもやっと到来した平和を壊したくはない。兄の挑戦を受けての戦は、あくまで私闘だ。私を思ってくれる皆の忠節は嬉しい。だが、どうか怒りを鎮めて欲しい」

九郎は一気に思いを吐露した。集まった人々は、皆しんとしてしまった。それまで、交戦派とは距離を置いて、隅の方に居た弁慶が姿勢を正して聞き入っていた。しばらくして、

「鎌倉が殿の気持ちを理解して受け入れるだろうか」

伊勢がぽつりと言った。

「そうですな。殿のお気持ちは正しいと思いますが、頼朝公は、殿のようにはお考えにはなりますまい」

重頼も言い添えた。

「難しいかもしれぬ。だからといって、無益な戦に乗るわけにはいかぬ。戦にしない努力を惜しんではならぬ。そうだ、まずは起請文を提出して、反発する気のないことを示しておこう。そして、鎌倉に下って兄上に直接お目にかかって、私の気持ちを伝えよう」

「わしは、伊勢の考えに賛成だ。殿が天下を仕切れば、殿の理想の世界を創れましょう。なにも自らがへこんで天下の安泰をはかることはありませぬ。頼朝公が殿の理想と同じ国づくりをしてくれるとは思えませぬ。わしは殿が天下の主になられる日をずっと夢見てきた。むこうから挑発するのに受けて立つなら、こちらに義がある。天下を望むによき機会です」

忠信も叫んだ。

「私も判官殿が天下を統べて下さることを望んでいます。頼朝公の治世は冷徹すぎます。殿、天下を目指して下さいませ」

片岡常春も与力することを表明した。彼は千葉常胤の一族だが、かつて佐竹討伐の折、佐竹に与力して千葉氏との関係を悪化させて困り果てていた。そのとき、義経の仲介で関係を修復できたことを今でも徳としているらしく九郎には礼節を尽くしている。片岡常春のきっぱりした表明は、交戦派にとって力強いものであった。御家人としては、大きな勢力ではないが、九郎の直臣と違って立派に一家を背負う者である。力を得た家臣たちは、それぞれに九郎の奮起を促して止まなかった。

そこへ喜三太がびっこを引きながら渡りをやって来て、

「鎌倉からの飛脚が、これを」

と、九郎に手渡した。

「なに、鎌倉からだと?」

九郎は、気ぜわしげに文を開いた。平家の生捕りを護送して鎌倉に下るように。また、一条能保がこの度、鎌倉に下向するので、その護衛も兼ねて共に鎌倉に来るようにとの下知書であった。

「おお、生捕りを引き具して、一条能保殿と共に下向せよとのことだ。皆の心配するようなことではなさそうだ、鶴岡八幡宮の上棟の時と同様、兄上の奢るなというご忠告であろう」

「そんな素直に受け止めていいのかな。殿を鎌倉に引き寄せて、上総介広常殿のように頼朝公と対面中に後ろからぐさりとやられかねませぬ」

「まさか、それは考え過ぎであろう」

「いや、伊勢殿の言われるとおりです。上総殿に謀反の気持ちなど無かった。疑われていることすら知らずに、頼朝公に呼ばれるまま御所に上がったのです。そして、頼朝公と歓談の最中、頼朝公の目の前で後ろからぐさりと刺されたのです。上総殿のお力が、他の御家人と比べて特に傑出していたことが、頼朝公を恐れさせたのです。いまや、殿は頼朝公を恐れさせるに十分すぎる存在になられた。十分にお気をつけなされませ。頼朝公は冷徹なお方だ」

　重頼の重厚な物言いは、説得力がある。九郎は自分を励ますように言った。

「そういうこともあるかも知れん。しかし、戦をさけると決めたら、その努力をしなければならない。その努力のかいなく命を落とすこともあろう。だが、戦を選んでも戦死するやもしれぬ。どちらにしても死の危険は五分五分だ。ならば、わしは、命を懸けて戦にせぬ努力をしてみたい」

　九郎の言葉を人々は理解できずに、しばし沈黙が走った。九郎の家臣たちは、九郎に賭けて出世を夢見てきたのだ。今、まさにその夢が叶おうとしている矢先に、出世争いから降りると言われても受け入れられるわけがない。河越重頼とて、頼朝の仲人で娘安子を嫁がせたことは、以後の立ち位置に大きな期待を寄せたことだろう。武蔵国を二分して来た畠山との競争に優位に立つことができたと。片岡常春とて、頼朝、義経の争いには、義経に賭けたからこそ、ご注進に及んだのだ。

　しばらくして、

「いつまでたっても、青二才なんだから」

伊勢が吐き捨てるように言った。

「わしは、殿のお考えについて行く。戦は、もうこりごりだ」

後ろの方で、弁慶がいつにも似合わず断固として言った。

「では、亀井六郎、そなたこれより直ちに鎌倉に下れ。謀反の意志など全くないことを起請文にしたためる故、それを持って鎌倉に披露せよ。それで許されるとは思えぬが、わしも、兄上の命に従って生捕りを引き具して一条殿とともに下向する。その折、御目通りを願って釈明をさせていただこう」

弁慶の賛意を機に九郎はすかさず亀井に鎌倉下向を命じた。そして、「起請文をしたためてくる」と、さっと立ち上がると別室に姿を消した。

「伊勢、あれでよいのか」

重頼は、伊勢に詰め寄った。

「殿は頑固だからな。気持ちを翻させるのは容易じゃないぞ」

不思議な光景を見ているように重頼は「ふーん」と唸った。そこへまた喜三太が足を引きずりながらがやって来て、

「河越重頼殿、片岡常春殿、殿がお呼びです」

二人は何事かと喜三太の後について行った。ついて行った別室には断固たる姿勢で二人を待つ源九郎義経の姿があった。

「常春、今日はよくぞ知らせてくれた。だが、わしの気持ちは今言ったとおりだ。そなた、鎌倉に疑われぬうちに急ぎ国へ戻れ。そして、鎌倉の傘下で生きて行け。よいな。分かったら、人目につかぬようこの館から立ち去れ」

「しかし」

「よいから早くしろ！　わしは戦はせぬ。早く！」

「はは」

常春は、思わず平伏した。有無を言わせぬ迫力であった。

「御意志は変わりませんか」

「当然だ。早く失せろ！」

その勢いに常春は、今一度九郎の表情を窺うと、後ずさりして出て行った。

常春が立ち去るのを見届けると、重頼に対座して、

「舅殿、私の気持ちは今言ったとおりです。舅殿の御不満は重々承知しております。ただ、兄とうまく和解が出来ればよいが、それが出来なかった時には、舅殿に多大な迷惑をかけることになる。安子にも辛い思いをさせることになろう。どうであろう、安子を連れて国に戻って下され。……離縁ということで……」

「……」

しばらくして、

「それほどまでに御決心は固いのですか」

重頼は、つぶやくように言った。

「うむ」

九郎の頷きには、断固たる響きが感じられた。

「では、いたしかたございませぬ。恐れながら、安子をお返しいただいて、急ぎ帰参仕ります。御幸運を祈っておりまする」

重頼も立ち去った。九郎はあらためて、非戦への道を覚悟した。

そして、五月七日、真夏の太陽がぎらつく中、二十数台の虜囚車を引き具して鎌倉へと旅立った。どこか冴えない一行の中で、弁慶がいつになくかいがいしく働く姿が、仲間の目を引いていた。

五月十七日昼ごろ、一行は鎌倉郊外の腰越に到着し、旧知の満福寺を宿とした。ここから、到着の旨を報せる使いを鎌倉御所に走らせた。

夕方になって、北条時政が数十騎の武者を従えて仰々しくやって来た。そして、九郎に面会していうことには、

「この度は、生捕りの護送、御苦労でございました。ここにて、生捕を御引渡しいただきまして、ここからは、私が護送の任を仕ります」

時政は慇懃に挨拶した。しらじらしい物言いに九郎は思わず時政にきつい目を向けていた。

「して、わしらは何時鎌倉に入ればよろしいかな」

「はっ、しばし、この地にて沙汰を待つべしとのお言葉でございます」

「ほう、そちらと共に参るわけにはゆかぬのか」

「はっ、此処にて沙汰を待つべし、とのことでございます。では」

時政の表情は一度も崩れることなく、事務的に立ち去って行った。九郎はあっけにとられて、しばしぽつねんとしていた。そのうち、外がざわついて、なにやらもめている様子であったが、ぼんやりとそれを聞いていた。

「殿、生捕りを時政殿に引き渡してよろしいのですか」

と、忠信が聞いてきた。外の騒ぎは、「わが殿の指示があるまでは、生捕りは渡せぬ」と、家臣共が拒んだためにもめていたのだ。九郎は我に返って、

「引き渡せ」

と、短く命じた。忠信は、九郎の様子が気がかりなのか何度も振り返りながら出て行った。

頼朝からの沙汰は、翌日も、その翌日もなかった。家臣たちがまた、不平不満を口にし始めたので、九郎は一同を集めて言った。

「先にも申した通り、わしは無抵抗に徹することに決めた。満福寺で謹慎してじっと待つ。だから、その方たちも騒ぎを厳に慎んでほしい。小者どもが退屈して宿々で喧嘩沙汰など起こさぬようそれぞれしっかり監督せよ。漁民から船でも借りて、魚釣りでもさせておけ。その方らも辛かろうが堪えて欲しい」

九郎は、思わず頭を下げていた。忠信や亀井などは納得しかねる様子であったが、

「了解、忠信、亀井なんだその不服顔は。殿の決心がまだわからんのか」

伊勢が二人をどやした。伊勢は決して主の決断に同意したわけではないが、武装もせずに鎌倉の足元で鎌倉を刺激することなどできないと思っているだけである。

こうして、満福寺で謹慎している間に、頼朝は近藤七国平なる御家人に、義経が持っていた畿内の領地争いなどの裁判権や徴兵の権限を与えて都に差し向けていた。義経からそれらの権限をはく奪したのである。さらに義経が国守を務める伊予に頼朝の息のかかった地頭を差し向け、徴税の業務を行わせ、頼朝に直接税を納付させるようにした。したがって名ばかりの守となってしまっていた。悪い報せばかりが届く中で、九郎はじっと耐えていた。

「判官様、先ほど浜の者たちが、『判官様へ』と捕りたての魚を持ってまいりました。早速料理しましたので、今宵は一献いかがですかな」

と、満福寺の和尚が入って来た。

「おお、これは」

九郎は文机に向かって、なにやら書き物をしていたが、筆をおいて和尚の方へ向きを変えた。

「此処の浜の者は、お武家様の逗留には慣れてはおりますが、それでも長のご逗留となれば、緊張いたします。この度もみな緊張しておったようですが、皆様方みな紳士的なお振舞でほっと致しております。感謝の気持ちなのでしょうか、判官様御一行に召し上がっていただきたいと、先ほど海の幸を届けてまいりました。御家中の方々にも召し上がっていただけるよう用意いたしましたので、浜の者の気持ちを召し上がって下さいませ」

と言って和尚は、鯵やら鰹などを煮たり焼いたりした御馳走を薦めた。浜の者たちの御馳走と聞いて、胸の熱くなるものがあった。家臣たちもこの難局を耐えてくれているのだと。

「浜には判官様の御曹司時代を知っておる者も多いようで」

「そう、この辺りではよく馬を走らせてもらった。また、漁船にも乗せてもらって、釣りもした。そう、漁師の登季太・鯖丸・弥佐麻呂などが良く相手をしてくれたものだ」

「そうでございましたか。今日届けに来たのは彼らでございます」

「そうか、憶えてくれていたか」

「判官様を忘れるわけはございません。それより判官様が彼らを憶えていて下さったことの方が、彼らを感激させるでしょう」

「今のわしには、なによりもうれしいことじゃ。逢いたいと思うが、彼らにどんな災難が降りかかるかもしれん。これ以上近づかぬよう和尚よりよしなに伝えて下され」

「彼らへのお心配り痛み入ります。わたしから判官様の御気持ちよく伝えておきます。この度の御堪忍、庶民にとっては有難いことでございますが、あなた様の今後をみな心配しております」

「わしの堪忍は、浜の者たちに喜ばれているのか。和尚、まことにそうか」

「判官様の犠牲を喜ぶのは不謹慎でございますが、庶民にとって戦は不幸の元でございますれば」

「いや、犠牲などとは少しも思っていない。ただ、わしに繋がる者たちのことを思うと迷いが出る。忠義を尽くしてくれた家臣や縁戚の者たちのことを思うと。だから、戦を避けることで、民草が安堵してくれるという確信を持ちたいのだ」

「これほど有難いことはございません」

「そうか」

九郎の表情が穏やかにゆるんだ。そこへ、小僧が渡りにひざまずいて伝えた。

「駿河次郎なる者が、これを判官様にと」

「なに、駿河次郎が来ておるのか。すぐにここへ」

九郎は、久々に心弾む思いで、次郎の入来を待った。次郎は相変わらず日焼けした顔をにこりともさせずにずんぐりと入って来た。

「次郎か」

九郎の方から声をかけた。

「やあ、こんなところに大人しくしてるのか」

「まあな」

「やるつもりはねえんですかい」

「うん」

「それは、また奇特な話だ」

「奇特か」

「そりゃあ、奇特だ。さすが天下の判官義経だ」

「皮肉か」

「村の衆が喜んでいた。俺も奇特な野郎が好きだ」

「……」

「酒と美味いもんをたんまり持ってきた」

「それは有難いな」

「うん、ま、俺の必要な時は何時でも言ってくれ」

それだけ言うと、次郎は、こういう畏まったところは場違いだとばかりに出て行ってしまった。


一か月もたとうとしている六月八日、宗盛以下の囚人が義経の許に戻された。彼らを引き具して上洛せよとのことであった。宗盛父子は打ち首、時忠以下八名が配流と都を発つ前に院宣が下って、刑はすでに決まっていたので、この度の下向は、頼朝が囚人を覧《み》るためであった。彼らの都への帰還に当たっては、頼朝から十数人の護衛の武士がつけられてきた。そして、宗盛父子については、帰路の途中で処刑するよう指示があった。

頼朝は、遂に義経が鎌倉に入ることを許さなかった。一か月もの間頼朝は、義経を試していたのだろうか。あるいは、鎌倉に引付けておいて、義経が反旗を翻す時を奪ったのだろうか。

六月九日、早朝、葬列のような一行が都へ旅立って行った。沿道には、噂を聞きつけた近辺の村人が駆けつけて、かつての九郎御曹司を見送った。

二七◑◐非戦の決意

都の晩夏は、やたらにミンミンゼミが鳴いていつまでも蒸し暑い。後白河法皇は肩肌脱ぎになって北向きの局に大蔵卿泰経を召していた。傍らでは侍女が、法皇の背に扇で風を送っていた。

「泰経、そちは、鎌倉で頼朝に何と申してきたのじゃ。ちと、薬が効きすぎたのではないか」

脇息に身をゆだねて法皇は可笑しそうに言った。泰経は深く背を屈して、おもむろに面を上げると、頬を緩めて、

「はあ、『追討が速やかに行われたのは、ひとえに兵法の功である。法皇のご叡感まことに深くあらせられる』と」

「ほう、九郎を褒めたのじゃな。して、頼朝はどんな顔をいたした」

「はあ、『ありがたきお言葉』と、深く頭を垂れておりましたが、面を上げた瞬間、目の奥に勝気な色がきらりと」

「そうか、頼朝への薬はだいぶ効いたようだが、九郎が動かぬの。あいつは何を考えておるのじゃ。鎌倉へ下っても、ひどくしおらしく戻って来たし、あらゆる権利を取り上げられても動かぬ」

「あの者のこと、完全勝利の道を探っているのかもしれませんが、それにしても戦支度をしてい

る様子は見られませぬ」

「頼朝の思考回路より、九郎の回路の方がわかりにくいかの」

「そのようでございますな」

「では、九郎を煽れ、そうだ、あの行家を使え。戦は下手な奴だが、ちょろまかさせるには使い勝手が良い。そうだ、九郎を朕の御厩の司にしてやろう。さすれば、九郎は、しょっちゅう朕の元に出仕せねばならぬ。わしに直かに仕えることになる」

「頼朝は怒りましょうな。ホホホホ。さりながら九郎は受けますでしょうか」

泰経は扇を口元に当てて楽しげに笑った。

「今となっては、受けるしかあるまい。このままでは、家の子郎党すら養えまい」

ゆったりと柔らかな体躯を脇息から起こして、寵愛の泰経の手を両手に挟みこんで、

「そなたの手は柔らかいのう」

と、愛撫した。


九郎は、六月二十二日には都に戻っていた。翌日は、院宣により内府宗盛父子を近江篠原宿で処刑した。宗盛は、たとえ鬼界ガ島でも蝦夷島でもよいから、遠島にして一命だけは助けて欲しいと命乞いをしてきた。幼いもののように泣いて九郎に取り縋った。しかし、鎌倉とこじれてしまった九郎に宗盛を助ける力はなかった。せめてもと大原の湛豪上人という善知識を招いて、懇々と諭してもらったが、一向に悟れぬ宗盛であった。ために殊の外辛い処刑となった。鉛のよ

うな疲労感を引きづって、六条堀川の自亭に戻ってみると安子が出迎えた。

「安子、まだおったのか。なぜ国へ帰らぬ」

「わたしは、あなた様に嫁いでまいりました。どうぞ、お側において下さいませ。どうぞお願いいたします」

「それは嬉しいが、そなたの父の身が危険じゃ。父を救うと思って戻れ」

すると、傍らにいた中原信康が恐る恐る文を差し出した。不吉な予感がしたのか、九郎は信康から文をひったくるようにして目を通すと、文を破り捨てる手が激しく震え、顔色はみるみる蒼白になっていった。そして、無言のまま安子をきつく抱きしめた。

先日、国へ返したばかりの安子の父河越重頼が、鎌倉の襲撃にあって斬殺されたというのだ。かろうじて襲撃から逃れた安子の次兄重時からの報らせであった。

信康はなすすべもなく、そっと九郎の肩に手を添えて、涙するばかりであった。供の者の中から弁慶が、そっと九郎に近づいて、

「殿、ここではなんでござる。奥へ」

といざなうと九郎は、きっと顔を上げて、

「安子をわしに娶せたのは、兄上ではないか。重頼に罪はない！」

激しく言い放った。家臣の前で、兄を非難したのは初めてであった。その場に居合わせた者たちは皆、遂に戦になるかと緊張した。

その日、九郎は安子の局で一日を過ごした。安子が可愛相で仕方がなかった。鎌倉の都合で坂

東の田舎から、遠い都に嫁いできて、十六歳の田舎娘は戸惑うばかりであった。その上、憧れの夫には愛する人がいた。見目美しい舞姫は、聡明で世慣れていて、安子には抗しがたい存在であった。それでも安子は、不足も言わず一生懸命仕えていた。

「すまなかった。もう田舎には帰らずとも好い。ずーとわしの可愛い妻じゃ。ただ、そなたを幸せにしてやれぬかもしれぬ」

「殿のお側にさえ置いていただければ、安子は幸せです。今日は安子にとって一番幸せな日になりました」

九郎は今日初めて安子の存在を意識した。

その日も暮れかけたころ、伊勢三郎を訪ねて九郎の叔父行家がやって来た。

「伊勢よ、そちは、何をもたもたしている。お前の主は、何を考えておるのじゃ」

「わが主は、戦はせぬそうでございます」

「そんなこと言っているのか。法皇様は九郎が可哀相だと同情して下さっている。どうだ、九郎に取り次いでくれぬか。わしから良く話して聞かせるほどに」

伊勢は、主筋の長老を無遠慮に見つめていたが、

「法皇様が我が主に協力して下さると？」

と、念を押した。

「そうだ。頼朝め、挑発してきよったのだ。受けて立つのじゃ。当方に義はある」

伊勢はちょっと考えていたが、

「取り次いだとて、行家様には会いますまい。わしについてきて下され」

二人は、渡りを安子の局へと進んで行った。そして、居室の前で、

「伊勢にござります。お話しいたしたき儀がございます。よろしゅうございますか」

と、せっかくの九郎の癒しの時を奪った。

「なんだ。急ぎか」

中からは不機嫌な声が返ってきた。

「はっ」

「安子、しばし座をはずせ」

と言う九郎の声の後、衣擦れの音がして安子の立ち去る気配がした。

許しが出ると、伊勢は行家に目配せして、二人一緒にずいっと室内に身を押し込んだ。

「入れ」

「なんだ、連れがいるのか。誰だ」

とたんに九郎の鋭い声が返ってきた。

「そなたの叔父の行家じゃ。久しいのう。そなたにはすっかり嫌われたからのう。こうでもせねば、会えぬと思ってな。今日は、後白河法皇の御内意を携えてきた」

そう言うと、硬い表情を崩さない九郎に座を替れと目で合図した。九郎は仕方なく座を下りて、行家を上座に迎えた。行家はどかっと座ると、勅使としての威儀など何処へやら、脇息を前に引

き寄せて前かがみになると、

「九郎よ。そなた、何を考えておるんじゃ。頼朝にこれだけなぶられて黙っておるのか。法皇様は、痛く心配しておられる。『九郎は、何の実入りもなくなったのではないか。家の子をどうやって養っていくつもりじゃ』と」

「洛中の平家の跡地と、荘園一か所の地頭職が、まだ私の物でございますので、食わせるだけはなんとかやっております」

「食わせるだけでは人はついてこまい。法皇様は、『この度のことは九郎に義がありそうじゃ』と仰せられている。法皇様に泣き付いてみよ。御相談に乗って下さるはずじゃ。及ばずながらわしが仲介の労を取ろうほどに」

「有難きお言葉。されど、この度のことは兄と私の私的な争いでございます。法皇様に肩入れしていただくは畏れ多いことでございます」

「なにも表立ってそなたに肩入れするとかいうことではない。この度の最大の功労者を大切にしなければばと思っておられるのだ。頼朝のやり方があまりにひどいとも思っておられる」

「……」

「なぜ、せっかくのお気持ちを素直に受け取れぬ」

「法皇様におすがりすれば、戦は私闘では済まなくなります。国対国賊の戦いになってしまいます」

「だから、法皇様は表には立たれぬ。ただ、お気持ちはそなたにあるというだけのことじゃ。戦もせずに今後どうするつもりじゃ」

「……」

「私闘と申すが、頼朝のやり方は冷酷すぎる。そなたが天下を取れば、もっと、優しい政が出来ようぞ。法皇様におすがりすれば、場合によっては頼朝追討の院宣とて発してくださる」

「政には、冷酷は時に必要なものでございます。私にはそれができませぬ。政はやはり兄上の方が向いております」

「戦だとて冷酷ではないか」

「はい、だからしたくはありませぬ」

「彼奴目が攻めてきたらどうする」

「逃げようと思いまする。法皇様に叔父上からよしなにお伝え下さいませ。兄との戦は極力避ける所存でございますので」

「そなたは、それでよいかもしれぬが、そなたに付いてきた者や家の子たちは憂き目を見ることになる。主というものには、そういう者たちを満足させる義務がある」

「すまぬと思っています。私の生き方に賛同できぬ者たちには別の道を歩んでもらいます」

「家臣を捨てて、独りになるということか」

「はい」

「話にならん」

行家は大きなため息をついた。九郎の硬い表情を不思議なものを見るようにつくづくと眺めて

いたが、

「まったく話にならん。それがそなたの本心とは思えぬ。また、本心だとしても、それが通用するとは思えぬ」

と、吐き捨てるように言った。

「……」

「今まで、そなたの家臣たちはどれほど貧乏に耐えて、そなたに尽くしてきたことか。その者たちの行く末を考えてやらなくてどうする」

「……」

「生きるということは、きれいごとではすまんのだ。みんな仲良く手をつなぎましょうなどと言ってはいられぬ。需要と供給が不均衡なのだ。奪い取らねば生きてはいけぬ」

「戦をすれば、耕地は荒らされ、働き手は減り不均衡は益々助長されます。悦ぶのは一握りの勝者だけです」

「だから、淘汰しなければ生きて行けんと言っておろう。そなたは、勝者にならねばならん。武器を取れ。法皇様におすがりせよ」

「……」

「……」

行家は、硬い表情を崩さぬ九郎を異なものをみるように見つめていたが、言葉が見つからぬのか、

「ま、良く考えるんだな。また出直してくるわ。法皇様の御気持ちは真《まこと》のものぞ。こんなありがたいことはないに、よくよく考えよ」

今日はとても無理と思ったのか、再来を念押しして行家は出て行った。

「伊勢！　かってに人を通すな」

九郎はいらいらと伊勢を怒鳴りつけた。

「よう、機嫌が悪いなあ」

伊勢の代わりに姿を見せたのは、俊章であった。行家が退散するのを隣の局で待っていたらしい。

「なんだ、俊章か。今日は何の用だ」

「これはまた御挨拶だのう。親友の危機に知らぬ顔もできまい」

「慰めに来てくれたのか」

「慰めだと？　行家殿と同じ扇動に来たのじゃ」

と、相変わらず傍若無人に言って、九郎の横にドサッと座った。

「どうして、世間はそんなにわしに武器を持たせたいのだ」

「それは、頼朝一人に天下を牛耳られてはたまらんと思っているからだ。頼朝は、清盛以上に朝廷の権力を削ごうとしている。それに寺院の武力を奪おうとしている。その先に我ら寺院の荘園をも奪うつもりであろう。坊主は大人しく経でも読んでいろとばかりに」

「それは、わしとて同じ思いだ」

「ならば、尚のこと俺たちがお前を担ごう。さすれば、お前は寺院の武力を排除できなくなる」

「だから、お前たちに担がれる気はない」

「そうは言っても、このままではお前の居場所はあるまい。鎌倉からは、もはや丸裸にされているのだろう。噂では、九州でまたとない機会があったのに蹴飛ばしてきたとか。だが、お前が我ら寺院勢力と手を組んで旗を揚げれば、彼らは戻って来よう。九州には比叡山の荘園が多い。特に薩摩は六割がた比叡山の荘園だ。それに、法皇様の荘園がひしめいておろう。どうだ、協力するから天下を目指せ」

「戦をしてまで天下を欲しいとは思わぬ」

「遮那、お前急にどうしたんだ。何があったんだ」

「何があっただと！　戦ほどの修羅場が他にあると思うか。どれほどな者が死んだと思う。生きて帰った者も、世間から厄介者と言われて、死んだ方がましだったと片輪の身をもてあましている。気楽に戦、戦と旗振りをする奴は、この世の悪魔だ！」

「しかし、お前、頼朝の政が全て良いと思っているのか。平家から取り上げた国々も荘園も、平家がやってきたと同じく皆独り占めにしている。いや、それ以上だ」

「兄、個人が独り占めにしようとしているわけではない。鎌倉が得た領地や権利は一旦鎌倉に担保して、新しい制度を作って、それに応じて分配するおつもりだ。荘園という形を徐々に打ち壊し、開発者と鎌倉を直結して、中間搾取を減らそうというものだ」

「それだけはっきりした理想を持っているなら、お前自身の手でそれを実現したらよかろう」

「もう、武力で叩かねばならぬ邪魔者は排除した。これからは、政の世界だ。わしは、政は苦手だ。戦なれば、ひとりでに頭は回転するのだが、政となると、思考が停止してしまって、どうすればよいか立ち往生してしまう。これからは兄のような思考回路の持ち主が必要だ」

「やってみなければわかるまい。要するに政が嫌いだということか。しかし、遮那を必要とする者たちが多数いるとすれば、お前には努力の義務がある」

「それぞれの権力欲がわしを必要としているだけだ。権力亡者たちに利用されるなどまっぴらだ」

予想外に感情的な九郎の反応に、俊章はまじまじと九郎の目を覗き込んだ。取り付く島もない硬い表情だ。頼朝との感情的なねじれは思ったより深刻なのか。それとも、先客の行家に感情を害しているのか。いや、本命はおれか？　こいつ、もしかすると本気で戦を避けるつもりでいるのか。結構理想主義者だからな。とすると、一度や二度の説得では無理かもしれぬ。

「こりゃあ、ご機嫌斜めで話にならぬ。また来るわ。頭を冷やして考えておけ。そうそう、承意殿から土産を預かってきた。山栗に山芋、それに里芋の煮っころがし、茸だ。みな承意殿の丹精のものだ。お前を心配しておったぞ。一度此処を訪ねたようだが、警備が厳重で、恐ろしくなって声もかけずに帰ってしまったそうだ。相変わらず優しいお人よ」

そう言って俊章も退散した。九郎は承意の心づくしを膝に乗せて、しばらく眺めていた。鞍馬が懐かしかった。承意様は何と言われるだろう。あの方だけは、この決意をわかって下さるはずだ。ここのところ、食欲の減退しがちだった九郎の胃の腑に里芋がとけるようにおちていった。

その翌日、九郎は法皇のお召しをうけて院参した。院御厩司《いんのおうまやのつかさ》に任ずるということであった。

院御厩司というのは、院が所有する馬を管理する役職の長官である。法皇の私的な資産のうち馬の管理をしている部署で、院の公的な立場に仕えるというより、院の家政に仕えるもので、世間からは院の近臣とみなされる。九郎は、鎌倉の一員として法皇にあまりに近づくことを避けてきたが、頼朝から此処まで排斥されると、経済的には院を頼るしかない。九郎は背に腹は替えられぬ思いでお受けした。

その夜、俊章は弁慶を誘って、琴音姐さんの飲み屋にしけ込んだ。

「あれあれ、珍しい顔が現われたね。九郎の殿は、だいぶ苛められているようだけど、お元気かい」

琴音が愛嬌たっぷりに二人を迎えた。

「よう、大分景気がよさそうだな」

「まあ、平家や木曽の頃より判官様になって、ずいぶん良くなったんだったけどね」

「武者の数が増えたからな」

「判官様が、御守護だった間は、お武家様の統制が良く取れていたから、わたしらを泣かせることは無かったけど、判官様に代わって今度入ってきた近藤何とやらいう鎌倉の御守護になってからは、もう、お武家様はやりたい放題。こんな吹けば飛ぶよなわたしらのとこで、酒代踏み倒すんだよ。それに、袖の下が無いと何にも動いてくれないんだって、訴訟はえこひいきが強いって、みんな愚痴ってる」

「うーん。坂東者には虫唾《むしず》が走るよな。奴ら変に仲間意識が強いくせに、内々《うちうち》では足の引っ張り合い。言うことはいつも喧嘩腰で自意識過剰。何とか遮那を焚き付けて坂東者を追い出さなければだめだ」

俊章が、拾い集めた板を組みあわせたばかりの椅子を引き寄せながら吠えた。

「弁慶さん、九郎の殿様は鎌倉まで行って、大人しく戻ってこられたようだけど、どうなさるおつもりかね。静ちゃんも心配してる」

「うん、きっと、あんたらには、迷惑が掛からんように考えて下さるはずだ」

「都では戦はなさらぬと」

「わしは、よくわからんがな。わが殿がそう思っても、周りで騒ぐ奴らがいるからな」

「弁慶、なにを言ってるんだ。琴音姐さんを助けるためにも、遮那に立ち上がってもらって坂東者を都から追い出さねばならん。しっかり、遮那の尻を叩け」

俊章は弁慶の背中を勢いよく叩いて、盃をぐっと飲みほした。すると、

「俊章様、せっかくの御言葉なれど、わたしは、戦はもうこりごりだよ。もうひと戦あったら、こんな店ふっとんじまうよ。戦で死ぬのは、大方庶民だからね。坊様は、困っている者の味方かと思っていたが、近ごろの坊様は、戦好きばっかりで、これじゃわたしらの味方はどこにもいないよ」

と、琴音が口を挟んだ。

「いやー、嫌われてるな。仏の世界も当今のように乱れて来ると、如来様や菩薩様のようにやさ

しく手を差し伸べるだけではとても救えぬ。不動明王や毘沙門天のように武器を持って恐い顔をして悪い奴らと戦わねば、とても救えない。わしら仏教界が武器を持つのは、不動明王や毘沙門天の役割を担おうとしているからだ」

俊章がこじつけよろしく反論した。

「よく言うは」

琴音は、皿を拭きながら俊章を睨んだ。若い頃は、さぞ可愛い人だったんだろうと思えた。

「ところで、あの野郎は本気で戦はせぬと考えてんのかな。このまま、鎌倉をのさばらせたら大変なことになるぞ。法皇様にとってはなおさらだ。二大勢力が拮抗して法皇様は初めて御安泰にならられるわけだから」

「権力争いに終《しま》いはないいんですかね」

小皿につまみの炒り豆をのせながら、琴音がため息をついた。

「そうさな。上層部に身を置くということは、そういうことだ。それがいやなら山奥に引っこんで隠者になるしかない」

「だから、偉い人には、いい人がいないんだね。弁慶さん、静ちゃんは九郎の殿にぞっこん惚れてるから、九郎の殿にどんなことがあっても、操を尽くす気だからよろしく面倒見てあげとくれ」

「ああ、およばずながらお守りする」

「弁慶、お前、遮那がこのまま隠者になるか、いや、それより殺される方が先だな。それでもいいのか。遮那の言うがままについて行くのか」

弁慶は、しばし頭を抱え込んでいた。

「頼朝という男、やりはじめたらとことんやるぞ。遮那が逃げたとてどこまでも追いかけて来るに違いない。反撃するしかないはずだ。弁慶、そのことをよーく肝に銘じておけよ。お前の主を守るためにはな」

「うーん」

弁慶は唸るばかりで、すぐには答えが出てこないようだ。

「ま、また、突きに来るさ」

俊章はそう言って、店を出て行った。

「弁慶さん、ほんとのところ、判官様はどうなさるおつもりなんだえ」

「戦にはしたくないと必死に闘っておられるようだが、伊勢を始めみな反対だし、殿のお気持ちを有難いと思っているのはわしだけだし、鎌倉はグイグイ挑発してくる。なんとか口実を作って戦にして叩き潰そうとしている。お偉方は欲の塊だ。……それにしても、わしの親父とお袋は欲がなかったな。無欲なれば、やさしく生きて行けるのになあ」

「そうだね。あんたの親は、生きるのに精いっぱいで、欲をかく隙間すらなかったんだよ」

「あらためて、あのお方を心から尊敬できるようになったのだが、どうすれば、あのお方をお守りできるのかわからん。襲いかかる敵を、ばったばったとなぎ倒すのであれば話は分かりやすいが、それをしてはならぬとあらば、姐さん、わしはどうすればいいんだ」

「そうだねえ、難しいね」

「うん……」

「そう、安全な逃げ道を探して差し上げることじゃない。ここは情報の溜り場だ。そうだ、わたしらが危険を察知したら、いち早く弁慶さんに知らせるから、のらりくらりと逃げ回ればよい。静ちゃんの仲間だって、みんな情報通だから。わたしら都者はみんな判官様の味方だから、元気づけて差し上げておくれ」

「うれしいな、姐さんにそう言ってもらえると。なんだか元気が出てきたよ。そうだ。こんなところにしけ込んでいないで、お側に居て万一の時に備えなければな。伊勢など強硬派も説得しなければならん。姐さんよろしくたのむ」

弁慶は、ぐっと立ち上がって、なにやら胸を張って出て行った。


鎌倉と判官義経の間に立ち昇るきな臭さをかぎつけて、鎌倉に乗り遅れた者や不満分子がやたらに九郎の元を訪ねてくるようになった。九郎はみな追い返していたが、伊勢や忠信などは、彼らと密かに連絡を取り合っているようであった。

そんな中、六条堀川の義経亭に押し込められている時忠が、九郎に会いたいと懇願してきた。三種の神器確保のために時忠と壇ノ浦で取り交わした約定がまだ果たされていなかった。それどころか、「宗盛はともかく嫡男の清宗ばかりは何とか助けて欲しい。細々でも平家を残して欲しい」との願いはかなえることが出来なかった。時忠は、そのことを責めたいのだろう。時忠本人も近々能登の配流先に送り出さなければならない。辛い面会だが、一度は会って、釈明もしなければなるまい。

その日も暮れかかった頃、奥の一室に時忠を密かに招いた。部屋の回りには警固の武士を三人ほど立たせていた。九郎が入っていくと、時忠は、ひげも髪も伸び放題だったが、縄をうたれたまま背筋を伸ばし、真っ直ぐに正面を睨んでいた。九郎は時忠の縛めを解くように警護の者に命じた。時忠は自由になった腕をしばし動かしていたが、

「御配慮かたじけない」

と言って、九郎の目を見た。

「貴殿には、一度会って、話さなければならぬと思いつつ、果たせずにいた。今日は良い機会、貴殿の方の言い分も聞かせていただこう」

九郎は、率直に時忠に対した。

「負け犬の遠吠えで、言うても詮ないことだが、聞けば、内府の嫡男清宗も先日誅伐されたとか。お約束が違うのではないか」

言葉こそ穏やかであったが、無精ひげの間から双眸が強い光を放って九郎を威圧した。

「そのことについては、お詫び申し上げるほかない。鎌倉との間がこじれておって、あの時のお約束は何一つ果たせぬかもしれぬ。心からお詫び申し上げる」

九郎は頭を下げたが、しばらくは顔が挙げられなかった。約束を守れなかった悔恨の思いではなかった。その時、九郎の胸にむらりと湧いてきたのは、時忠をはじめとする平家の人々を解き放って、共に鎌倉を攻撃するという思いであった。時忠は平家きっての政治家であった。九州で

最高の機会を逃したとはいえ、時忠と組めば勝機はまだ、いくらでもある。理性は平和を求めても、武将としての血が騒ぐことがある。武将としての才能が無性に騒ぐのである。そんな迷いを押さえ込んで、ようよう顔を上げると、

「判官殿、済んでしまったことを負け犬が愚痴っても詮ないこと。如何であろう、わしら夫婦が能登に下ってしまうと、わしらには、まだ嫁に行かぬ娘がおりましてな、その娘が独り路頭に迷います。せめて、その娘を判官殿の閨《ねや》に迎えてはいただけませぬかのう」

かつて、平家きっての実力者と言われたその人の口をついて出たのは、親の煩悩であった。九郎の燃えかかった闘志に水がかけられた感じであった。

「時忠卿の姫様をですか」

九郎は、明石で会った美しく知的な姫を思い浮かべた。

「あの娘ばかりが心残りで。戦のどさくさで、つい嫁がせてやることもできずに来てしまい、不憫でならぬ」

「姫様は、わたしなどでよろしいのですか」

「それはもう、判官殿に心ときめかぬ娘はおらぬ」

「……」

「……」

「お察しでしょうが、私の立場は、今非常に不安定な状況にあります。姫様を幸せにできる保証は全くございません」

「判官殿が、頼朝公の不興をかって苦境に立っておられるということは漏れ聞いております。だが、武士なれば、そのようなことも日常茶飯事のこと。わが娘も平家という武門に身を置いてきた者でござる。覚悟は持っておりまする。なにより娘はあなたに惚れております」

あの美しい姫をわが室に迎えることができるなど、九郎は胸がときめくのを抑えることが出来なかった。しばらく、考える振りをしていたが、

「このような始末で、姫様をお守りできるか不安ですが、頂戴いたします」

慇懃に応えた九郎に、

「純情であられるな。我らは敗者、勝者のあなたは、姫の一人や二人いか様にもできるものを」

と、安堵の色を浮かべて言った。そして、

「今にして思えば、わが生涯で今が一番穏やかで心豊かな日々を過ごせているような気がいたす。遅まきながら、全てを失って初めて得た境地でござる。このような親馬鹿も、素直にお願いすることができる。気張らぬということは、人らしく生きられます。判官殿は、まだお若い。波乱はまだいくつも越えねばなりますまい。だが、世間にはおぞましいことも多いが、それに負けぬくらい人の情もあふれております。あなたが他者を思って行動される限り、世間の情があなたを包んで守ってくれるでしょう」

「『平家に非ずんば人に非ず』と豪語された平大納言時忠卿から、そのような励ましのお言葉をいただくとは思ってもみませんでした」

「大変な茨の道を選ばれたのかもしれんが、案外その先に、自由の天地が広がっているかもしれ

ぬ。こうと決めたら自信をもってお進みなされ。いや、わが生涯の最後に、すばらしい若者に巡り会えた。未来は明るい。これで、いつでも安心して配所に赴ける。娘のことよろしくお頼み申す。では」

時忠は、自分の方から話を打ち切り、ひょうひょうと牢舎に戻って行った。

その夜、九郎は熱く姫を抱いた。

秋色の濃くなった七月九日昼ごろ、突然台地が揺れた。九条兼実はこの日の様子を日記に、「古来大地が動くことはあったが、未だ人家を破壊したという例を聞いたことが無い。それなのに館は忽ちに壊れ崩れようとする。余は女房などを車に乗せ、庭の中央に置かしめた。館は棟が折れ、壁が壊れた。築垣は一本も残らず倒れた。伝え聞くところによれば、京中の人家は多く顚倒したという。法勝寺の九重の塔は心柱こそ倒れなかったが、瓦以下みな揺れ落ちてしまったと。大地は所々破裂して、水が噴き出しているという。法皇は院の御所におられたが、庭に下りられて樹の下に避難されたとのことである。女院は車に乗車され、庭に車を立たせられておられるという。御所は破損が殊に甚だしく、寝殿は傾いてしまった。……」などと、未曾有の大地震であったことを記している。

そんな中、六条堀川の判官義経亭は、ほとんど損傷がなかった。この屋敷をわが屋敷と決めた時、丁寧な補修をしておいたことが幸いしたのかもしれない。しかし、鎌倉では「周りの屋敷が皆倒壊したのに判官殿の屋敷ばかりは、門垣といい、家屋といい、いささかも崩れ傾かなかった。

不思議なことだ」と、風聞を不気味にとらえていた。

鎌倉から領地も役職もみな取り上げられてしまったが、九郎にはまだ、法皇から任じられた検非違使としての役割は残されていた。地震のどさくさに紛れての悪さが横行し、忙しい日々を過ごしていたが、地震の後始末もようよう落ち着きを見せたころ、九郎は松尾の最福寺に延朗を訪ねた。地震の騒ぎで、頼朝と対決させようとする法皇側からの挑発は、しばし止んでいたが、またぞろ動き始めていた。頼朝からと法皇からの挑発に九郎は疲れ切っていた。そんな時、ふと、延朗を思い出した。良い方向を指し示して下さるのではないかと。

延朗は、九郎の訪ないを聞くと、自ら式台に出てきて、

「九郎殿、よう来られた。よう来られた。そうだ、ちょっと見て下され」

と言うと、自ら式台を下りて、境内にいざなった。最福寺は少し高台にあるが、東のはずれに九郎を連れて行き、村の方を指さして、

「ご覧なされ、この黄金色《こがねいろ》の田を」

異相の僧侶が、相好をくずして九郎に言った。言われて、眼下の村を見渡すと、見事な実りが広がっていた。

「おお！　見事に豊作でございますな」

思わず九郎は深呼吸をした。

「みんな、そなたのお蔭じゃ」

「私の？」

「壇ノ浦以来、戦が無かったからのう。百姓どもが戻って来て、丹精したから良く実った。九郎殿の堪忍の賜物じゃ」

「……」

九郎は返す言葉もなく、黄金色に広がる田を眺めていた。巨漢の延朗が、そっと九郎の肩に手を置いて、

「さて、茶でも一服進ぜよう」

と言うと、九郎を庫裡へといざなった。

「これは、寺下の領民に栽培させた茶で、なかなか良い茶でござるぞ。茶は五臓六腑を整え、心を鎮める妙薬じゃ」

延朗自らが茶を煎じて土師器の碗に注いで、九郎に勧めた。

「これは、これは貴重なものを。頂戴いたします」

九郎は、碗を両手に温めて茶のおっとりとした香りに、しばし身を浸した。『延朗上人は私を理解して下さっている』と思えて、ふと熱いものが胸を締め付けた。半刻ほど別世界に身をゆだねて最福寺を辞去した。

二八◑◐挑発

都が紅葉に染まった八月、叔父の前備前守源行家《さきのびぜんのかみみなもとのゆきいえ》が紀州で反頼朝の旗を掲げて立ち上がった。頼朝に対決姿勢を取れない義経に、業を煮やした法皇が行家を扇動したと九郎には思えた。だが、九郎は素知らぬ顔をして、周りの圧力に耐えていた。

頼朝はすぐに佐々木定綱に兵をつけて、行家追討のため紀州に向かわせたが、行家は定綱を熊野の懐深く誘い込んでおいて、自分たちはさっさと逃げ散ってしまった。そして、行家本人は再び法皇の袖の陰に隠れ込んで、法皇の碁のお相手に明け暮れていた。と、思うとまた、紀州に戻って、鎌倉派の御家人を襲っては鎌倉の神経を逆なでするような行動をとっていた。義経を巡って、法皇と頼朝との駆け引きが続く中、当の義経は、ここのところ食欲もなく、気が抜けたように館に籠りがちになっていた。

そんなある日、梶原景時の嫡男源太景季が義勝房成尋《ぎしょうぼうじょうじゅん》なる僧を伴って六条堀川の義経の亭に訪ねてきた。景季と言えば、一ノ谷の合戦の折、腰の箙《えびら》に梅の一枝を指して奮戦したことで、東国勢の中にも風流を知る者がいると話題になった若者だ。今更、景時の息子が何しにという思いもあったし、気分も優れなかったので面会を断ったが、日をおいて二度ばかり訪ねてきたので、これ以上断るのも潔くないかと、奥の局に通した。ちょうど安子に灸を据えさせていたところであったが、ままよとそのまま面会した。

渡りを案内されてきた景季は、御簾の向こうに肩肌脱ぎになって、灸を据える源九郎義経の薄い胸を見て愕然とした。

「景季か。構わぬ入れ」

「よろしゅうございますか」

と、応えたものの、やはり入るのはためらわれた。

「構わぬ、入れ、ちと風邪ぎみでの。二度ほど訪ねてくれたそうだが、無駄足をさせてすまなかった」

景季は家臣を侍らせ、儀礼的な対面をするだろうと、身構えてきたのだが、久々に旧知を迎えるような気やすさであった。機先を制されたようで、どう話を切り出したものか戸惑ってしまった。

「かえって、御休みの所をお騒がせ致して申し訳ございませせぬ」

灸も済んだのか、九郎は肩肌になった衣を整えて、座りなおした。

「今日はまた、勘当の身に如何なる用あっての参上じゃ」

「はっ」

景季は、思わず平伏してしまった。こんなことでは、鎌倉の使いが果たせぬと気を引き締めるが、景季の気持ちの底に義経への同情と言うか、頼朝のやり方への釈然としない思い、それに、父が讒言したとの噂が立っていることへの負い目などがあって、気持ちが揺れてしまう。

「この度の上洛は」

まごまごしている景季に代わって、義勝房成尋が話し出した。

「勝長寿院落慶供養のための仏具やら荘厳の具などの調達のため、鎌倉殿より遣わされたものであります。上洛いたしましたからには、都の御守護の判官殿に御挨拶申し上げるのが筋かと参上仕ったものでございます」

成尋は五十前後であろうか、さすが世慣れた物言いで、若い景季を補った。

「勝長寿院は完成したのか。それは、ご苦労なことだ。梅箙《うめえびら》の若武者が仏具の買い出しとは。わしは、父の供養にも招待してもらえぬ勘当の身、上洛の挨拶なれば近藤七の所へ行くのが筋であろうが。勘当のわしに挨拶したいことはなんじゃ」

景季は、また平伏した。九郎は思わず口元を緩めて、

「そなたは、よほど親に似ぬ子よのう。いずれ、わしにとっては、ありがたくないことを言に来たのであろうが、遠慮せずに申せ」

と、景季を促した。促されて景季は、やおら顔を上げると思い切ったように、

「はっ、では、忌憚なく申し上げます」

そして、ぐっと背筋を伸ばすと、

「鎌倉殿は、判官殿のお計らいにいくつか疑念をお持ちでございます。その一つは、前平大納言《さきのへいだいなごん》時忠卿の配流が決定しているのに未だ実施されずにいること、これは当お館がお庇《かば》いあるためで

はないかと。一つ、さらに時忠卿の姫を閨に迎えられたと、もっぱらの噂でございますが、これはいかに。一つ、前備前守源行家殿ご謀反につき、当お館においては、内々御同意あるのではないかと。最近とみに御昵懇との風聞が鎌倉にも漂っております。以上三点に付き明快なご回答を頂きたく存じます」

と、一気に申し述べた。九郎は、脇息をぐっと前に引き寄せて景季の口元を睨むように聞いていた。三点の糾弾事項を聞き終わると投げやりとも見える笑みを浮かべて、

「時忠卿の配流の件は、法皇様の命でわが屋敷にお預かりはしているが、そもそもこれは鎌倉殿がお決めになられたことで、わしには何の権限も与えられてはいない。法皇様と鎌倉殿がお決めになられたこと。わしのせいにされるは心外だ」

「ですが、姫様を閨に迎えられたからには、姫様の睦言をお聞き入れあってと世間は思いましょう」

「三種の神器の二品までを無事確保出来たは、ひとえに時忠卿のお力。戦場での約定は鎌倉殿によって完全に無視された。わしの面子は丸つぶれだ。せめて、姫様の身をお預かりするぐらいは認めていただきたいものだ」

言質を取られぬよう抑えに抑えて発言しているが、姫のことまで言い出されて、時忠に対する面子を丸つぶれにされた怒りが、今更ながら腹の中で煮えたぎった。面子をつぶされたのは時忠ばかりではない。仲介の労を取ってもらった前左大臣《さきのさだいじん》花山院《かざんいん》実雅《さねまさ》からもことあるごとに嫌味を言われている。そもそも、三種の神器のことなどは、現場に任せるのではなく、上で政治的に決着

を図るべき事柄である。それを現場に押し付けて、いちいちに指示を仰がなかったと、すべてわしに責任を押し付けるなど、あまりに勝手だ。思いはじめると不満はいくらでも膨れ上がっていく。しかし、ここで怒りをぶつけては、これまでの忍従が水の泡だ。頼朝に大軍を発するよき口実を与えてしまう。『これも戦ぞ。怒り狂ってはいかん。冷静になれ。お前は戦を避けると決めたのだ。そのためにはどうすればよいかを考えよ』、九郎は思わず肩で息を吸い込んだ。

「では、前備前守行家殿の謀反については、いかようなお立場でありましょうぞ」

「最近、院の御厩司を承り、院に赴くことも増えた。自然顔を合わせることは増えはしたが、それだけのことじゃ。全くの濡れ衣だ」

「されば行家殿を討伐してみせよ、とのご下命ですが」

「はっ」

「行家殿を討伐せよとか。さすれば勘当をとくとでも？」

「佐々木定綱が承っておるのではないのか」

「はい、されど未だ討ち果たせておりません。ここは、判官殿に御出馬いただくのが確実かとの鎌倉殿の御判断かと」

「……」

九郎の鋭い目は、景季の口元を捉えて離さない。ややあって、ふっと皮肉な笑みを浮かべて言った。

「相解った。されど、今はこの体たらく。行家殿は、我らが叔父上であり、れっきとした源氏の御一族。家臣ばかりをやるというわけにも参らぬ。しばらく病を養って、わし自身討伐に向かう。しばらくのご猶予を頂きたいとお伝えせよ」

「はっ、早速のご承引、上様にもお喜びになられましょう。しっかりご養生あって、できるだけ早いご討伐を」

「鎌倉殿へはよしなに言上せよ」

「はっ」と畏まって、義経を見るとひどく疲れた様子であった。常に軍の先頭をきって走る超人的な人という印象が強いだけに、景季は見るに堪えない気持ちで、

「では、これで退散仕ります。お加減のお悪い折御無礼仕りました」

と、慌ただしく出ていった。

「殿、行家殿を討つおつもりか」

景季と入れ替わりに伊勢・佐藤・亀井などが飛び込んできた。彼らは、隣の局に潜んで様子をうかがっていたようだ。客を送り出してほっとして、おもわず身を横たえようとしたときであった。九郎はあえぐように身を起して、不機嫌に人々を一瞥すると、

「そんなつもりはない！　いいか、勝手な行動はするな。いつも通り振る舞え。鎌倉は、わしを討つ口実が欲しいのだ。口実を与えるわけにはいかぬ。軽挙妄動はくれぐれも慎むように。いいな」

と、強い口調で申し渡すと、

「わしも床上げしよう。安子に衣服を持ってこさせよ」

と命じた。

「では、密やかに戦準備を始めます」

伊勢が言った。

「誰がそのようなこと命じた。戦はせぬ」


温暖な鎌倉とはいえ、十月に入るとめっきり寒くなる。頼朝は火桶を抱えて、景季から京都の報告を聞いていた。

「なんと、九郎は臥せっていたと？　珍しいこともあるものよ」

「すっかり面やつれされて、御気の毒なくらいでございました」

景季が言うのに、横から親の景時が口添えした。

「二度も、面会をお断りになられ、やっと三度目に面会が許されたということです。仮病ではございますまいか。二、三日飲まず食わずでいれば、憔悴の体裁はつくれましょう」

「うん……」

「前備前守様をお討ちになるお気持ちがないので、その場を言い逃れるための苦しい演技ではございますまいか」

景時は、息子の景季を差し置いて、自身の憶測を述べた。

「うん。相解った。遠路ご苦労であった」

頼朝はあっさりと二人を下がらせた。

「ふん、仮病か。広元、どう思う」

傍らに侍《はべ》っていた大江広元に意見を求めた。

「案外、本当に御病気だったかも知れませんぞ。非常にまじめなお方のようですから、この度のお仕打ちには相当悩んでおられるのではありますまいか。まあ、できることなら、判官様の方から拳を上げていただきとうございますな。あのお方は、都では人気が高うございます。こちらから討伐ということになりますと、苦労して懐柔した都近辺の御家人どもも、判官殿に加勢しかねません」

「では、どうするのじゃ」

「そうですな。……暗殺隊でも送り込んでは」

「暗殺するのか」

「暗殺されるようなお方でもありますまい。しかし、人は直接攻められれば、反撃したくなるものです。それこそ、行家殿が、この時とばかり判官殿を突いて共に鎌倉追討の院宣を後白河法皇に強要されるでしょう。そして後白河法皇を戴いて戦闘態勢を敷かれる。戦を仕掛けるのは判官殿の方です。当方は受けて立つ側です」

「後白河法皇は、九郎が担ぐことになるのだな」

「たぶん、そうなるでしょう」

「難しい後白河法皇を九郎もろとも葬り去ればよいのだな。そして当方は幼い後鳥羽天皇を戴けばよいか。うん、一石二鳥よの」

頼朝は火桶の火をみつめながら言った。

翌日、頼朝は御家人たちを大倉御所に集めた。そして、

「わが弟ながら、源廷尉判官義経は、前備前守源行家討伐を命じた所、病を装って鎌倉の命を拒んだ。これは行家と結託してわが鎌倉に謀反を企てているに相違いない。判官義経を誅伐せんと思う。誰ぞ進んで討伐に向かわんとする者はいないか。百騎ほどで良い」

と、集まった二千人ほどの御家人を見渡して希望者を募った。しかし、しーんとして手を挙げる者はいなかった。百騎程ということは、堂々の討伐ということではない。いわば暗殺隊のようなものである。「口実を作るための捨石」と御家人たちには映った。そんな役割はくわばら、くわばらである。

その時、土佐房昌俊なる僧が手を挙げた。この男はもと興福寺の僧兵で、平家全盛のころ興福寺の荘園騒動に巻き込まれ、土肥実平に預けられた。それが縁で関東に下り、頼朝の旗揚げには、土肥実平に従って参戦して鎌倉の御家人となった。御家人としては頼朝との縁も遠く最弱小の者で、日々の暮らしにも困っていた。頼朝は喜んで土佐房昌俊に義経討伐を命じた。土佐房は出発に際して頼朝に懇願した。

「たって、お願いがございます。この度のお役目は生きて帰れぬお役めと心得ております。つきましては下野に遺しおきます老母と幼い子らの将来が心配でなりません。願わくばこれら家族のことをくれぐれもよろしくお願い申し上げます」

頼朝は、しばらく平伏する土佐房の背中を上座から眺めていたが、さすがの頼朝も哀れに思っ

たのか、

「相解った。さすれば、下野国中泉荘を与えよう」

と、慣例に反して手柄をたてる前に褒美を与えた。土佐房は、さらに体をひらたくして、

「有難き幸せにござります。これで、心置きなく出発できます」

と、言って立ち去った。

そして、十月九日、土佐房は八十三騎の軍勢を率いて鎌倉を発った。彼が集められた軍勢は、これがやっとであった。当代随一の名将を襲うには心もとない軍勢であった。


都の冬は、鎌倉に比べると底冷えがしてひどく切ない。寒々とした宮中の御庭で、九郎はいつもの如く衛府の役人に洛中警護の指示を与えていた。その時、衛府の役人が「お館から、只今、この文が届けられました。大至急お渡し願いたいとのことでした」と結び文を九郎に渡した。みれば、静からである。静が職場まで文をよこす緊急事態とはなんであろう。胸騒ぎを覚えながら文を開いた。

「とりいそぎ申し上げそうろう。近藤七国平の配下の者たちの話によりますと、鎌倉から殿に討手が放なたれました由。数日中には都に入るのではとのこと。くわしくはご帰還ののちに　しずか」

と走り書きされていた。梶原景季が何をどう報告したか知らぬが、いずれ何か仕掛けてくるだろうことは予想された。九郎は衛府の役人へ、一通り指示を与えるとその日は早めに静の館に帰

館した。静が不安げな瞳をあげて、九郎の帰りを今や遅しと待っていた。

「今日は、良く知らせてくれた。だが、そのように心配いたさずとも好い」

「でも、近藤七国平の手の者たちが話していたのだそうでございます。居酒屋を営む知り合いのお姐さんが知らせてくれたのです。伊勢殿や弁慶さんも親しくしている人です」

「信用できないと言っているのではない。覚悟は出来ていると申しているのだ。そなたを幸せにしてやれぬかもしれぬ」

「いいえ、わたしは充分幸せです。それより、殿様は、私が戦を嫌うので、それで兄上からの仕打ちにじっと堪えておられるのですか」

「わしとて、戦は嫌いだ。大嫌いだ！」

　感情をむき出しにした九郎の答えが返ってきた。

「だが戦を始めようとするとき、わしの頭の中は、急回転し始めて次々と作戦が湧いてくる。それは楽しいくらいだ。だから闘志も湧いてくる。意気揚々と戦の中に飛び込んでいく。しかし、敵に遭遇し戦が始まると、そこはとたんに地獄と化す。絶叫と、血の臭い、天高く上がる馬たちの悲鳴、太刀打の金属音、それらをつんざくようにビューン　ビューンと飛ぶ弓弦《ゆみづる》の音。この弓の唸る音ほど恐ろしいものはない。人は恐怖の中で興奮し、狂気のように人を殺す。殺したことでさらに興奮し、勇み立って人を殺す。戦が終わり我に返ってみれば、死体の海に呆然とするばかりだ。さっきまで傍らにいた者が、叫び声もあげず、苦しがりもせず、笑いもせずもう動かない。決して戻っては来ない。死体は大きな穴を掘って葬り去るのだ。何千もの死体をだ。時には、まだ呻き声を発している者まで投げ込まれてしまうことがある。あらんかぎりの力を振り絞って這い上がって来ようとするのを、容赦なく新たな死体を投げ込んでその下に閉じ込めてしまう。戦は人を狂わせる」

「……」

「そんな戦は、そなたに言われなくても金輪際したくはない」

吐き捨てるように言って、やにわに静を押し倒すと、激しく乳房をまさぐった。驚いたのか、一瞬身を起こしかけたが、静は苦悩する人をやわらかく抱きとめいつまでもひとつになっていた。

その日、九郎は静の元には泊まらずに六条堀川の館に戻って、家臣を一堂に集めた。軍対軍の戦いなら、もう少し理性的でいられたろうが、直接自分を殺しに来るとなると、さすがの九郎も穏やかではいられなかった。

「土佐房昌俊なる坊主が、二、三日中にわしを殺しに来るそうな。手勢はわずかに八十騎ほどか。こんな者にわが命、呉れてやるわけにはいかぬ。準備万端整えておけ」

と、号令をかけた。

「おー、殿がやっと反撃する気になって下されたぞ！　至急戦闘準備だ」

伊勢が叫ぶと、柵から放たれた悍馬《かんば》のように人々は散って行った。後には弁慶が一人ぽつんと残っていた。

「弁慶、なにか申したい議でもあるのか」

気が付いて九郎は弁慶に尋ねた。弁慶は慌てて、

「いえ、殿のお辛いお立場、お察しするばかりで、なんのお役にも立てず不甲斐ない自分が責められます」

「そちだけが、わしの真意をわかってくれているようだ。一人でも見方が居てくれると思うと心強い。どうしてこうも皆戦がしたいのだろう。戦をしてもしなくても、生き延びられる確率は五分五分なのに」

「権力が欲しいのでございましょう。人は、命を賭《と》してでも威張りたいのです」

「人とは厄介なものよ。さて、弁慶、洛中は、木曽や平家の浪人であふれかえっているようだ。わしら兄弟の戦を目当にあわよくば家臣に抱えられたいと集まってきたのだろう。奴らが洛中で悪さをせぬよう、戦はないと追い返してくれ。朝廷も勝手に煽っておいて、上を下への大騒ぎのようだ。妻子を避難させるわ、鎌倉におべんちゃらを言いに行くわ。わしはこれから法皇様に願って、九州に権利を頂いて、都を離れようと思う。伊勢らは反対するだろうが、今更鎌倉と対決しても勝利は覚束《おぼつか》ない。一地方官として落ち着ければよいが、多分それも許されないだろう。が、都での戦は避けられるし、時間稼ぎをしているうちにまた、良い方策もあるかもしれない」

「あ、それがよろしいかもしれませぬ。どこまでも御供仕ります。では、浪人共を鎮めてまいります」

弁慶も仕事を得て、外に飛び出して行った。

その夜、九郎は後白河法皇に謁見した。

「鎌倉が、私に刺客を放ったとの風聞しきりです。実際に土佐房昌俊なる坊主が百騎足らずで都に向かっております。つきましては九州に下りたく思いますので九州の総地頭職を賜りたく、伏してお願い申し上げます」

「ほう、そちが都を出たら、誰が都を守るのじゃ」

「私がここに居ては、都が戦場になりかねません。それぱかりは避けたく存じます」

「ほう、それも困ったことよの。されど、行家はすでに頼朝に反旗を翻して居る。なんとか行家をなだめよ」

「はっ、自信はありませんが努力してみます。されど、総地頭の件は、できるだけ早い御裁可を。鎌倉はすでに動いております」

「まことに困ったことじゃ。そちは、なぜ、さほどに頼朝に疎まれたのじゃ」

「私には、思い当たる節がございません。法皇様から鎌倉をなだめていただけましたら有難き幸せでございます」

白々しいことを仰せになる。我ら兄弟仲を裂くように仕向けられたのは、法皇様ではなかったか。それに気づかないでもなかったが、まんまと嵌められた自分が悪いのだが、やはり、恨めしくもあり腹立たしい。

「そうよの。ま、考えておこう」

九郎は、ナマズにものを申しているような気分で御所を退出した。

頼朝追討の院宣については、「仕方なく発給した」という形になさりたいだけで、必ず発給して下さる自信はあった。法皇様のお立場からすれば、自分を頼朝から独立させ、互角な立場に置いて法皇様が二人を操る構図が望ましいとお考えで、頼朝の独り勝ちは絶対に許せないとお思いに違いない。九郎が九州行きを願って出たのは、願ってもないこととお思いだろう。我ら兄弟を戦わせ、双方が疲れた頃合いを見て仲介の労をとり、二人を法皇の許に従わせる。そんなことをお考えかもしれない。法皇様にとって今はそのうってつけの機会のはずだ。それにしても、自分の初志はどうなってしまったのだろう。すっかり道に迷って、朝廷を崩壊させようなど夢の夢だ。逆に法皇様に翻弄されている。目先の事に振り回され立待月の面々とも会う暇さえない。彼らは、このざまをどう思っているのだろう。中原信康は、おろおろするばかりでさっぱり役に立たない。

その二日後の十月十七日の夜半、九郎義経の六条堀川の館は、武者の雄叫びと太刀打の音に騒然としていた。土佐房昌俊率いる八十騎余が夜陰に紛れて襲撃して来たのだ。九郎の館は、朝から家臣たちが出払っていた。留守居の二十人足らずの家臣が必死で応戦していた。九郎も鎧兜に身を包み自ら門扉を開き襲撃して来た敵を迎え撃った。喜三太も足を引きずりながら義経の脇にぴたりと付いて太刀を振り回した。喜三太には大事な御主人の最大の危機と映ったのだ。

この日、土佐房一行が都に入ったという風聞に静は心配でいたたまれずに六条室町の館に来ていた。こんな風聞の最中に、この館の武者達は忠信ばかりを残してみんな出払ってしまった。やきもきしていたところに案の定この騒ぎだ。わが殿はと見れば、一人で四、五人の敵を相手に奮戦している。鷲尾三郎や喜三太のような小者まで戦っている。厳しい戦況に彼女たち館の女たちもたすき掛けで、長刀を構えるほど戦況はひっ迫した。そんな女房達の先頭に立っていたのは、やはり坂東武者の娘安子だった。そして、清子も静も安子を補佐して、雄雄しく戦っていた。

その時だった。外から応援部隊が駆け付けてきた。館は応援隊によってぐるりと取り巻かれ、館の内に不用意になだれ込んだ土佐房達は袋の鼠となった。この応援隊は、伊勢や弁慶・亀井達だった。土佐房を館内に誘い込むためにわざと館内を無人にしていたのだ。土佐房はまんまと作戦に引っかかったのだ。そこへ叔父の行家も駆けつけて来た。ほぼ、決着が付きかけた頃、有綱も五十騎程を引き連れて駆けつけてきた。そのなかに一条良成が武装して立ちまじっていた。

「兄上、お怪我はありませんか」

良成が興奮気味に九郎の許にやって来た。

「なんだ、良成ではないか。甲冑など着込んで！　いい加減にせい。武者でもないのに。良成には母上をお守りする大事な役目があるはず。また、一条家の当主としての立場があるはずだ。軽々に義経派だなどと噂されぬようにせい」

九郎は、怒気を含んで叱責した。

「いえ、一条家はれっきとした義経派です。これは当主である私が決めたことです」

「有難いことだが、この度は中立を保て」

反論しようとする良成に、

「今は戦の最中、この話は後で。とりあえずすぐ戻れ。公家の弟まで頼ったとあっては、世の笑い者になる。第一、戦はもう済んだ。誰ぞ良成を一条まで送り届けよ」

良成は九郎の家臣に無理やり引きずられて、一条に送り返された。

そして、九郎は、

「土佐房はどうした。討取ったか」

と大声で叫んでいた。

「それが、土佐房ばかりが見当たりません。逃げたかも知れません」

「追え！」

何時になくきつい調子で命じた。

深夜の暗殺隊は、半時ほどで退けた。庭には篝がたかれ、遺体の片づけが始まっていた。

「当方に死傷者はいるか」

傍らにいた弁慶が答えた。

「幸い、全員無事のようです。鎌倉の奴原は、土佐房他数人は逃げたようですが、おおむねその辺りに転がっています」

九郎は、篝を頼りに遺体を確認すると、見知った顔がいくつもあった。情けをかけたつもりの者の遺体もあった。

その時、表門の辺りが騒がしくなって「土佐房を捕えましたぞ！」と、伊勢たちがどやどやと入って来た。坊主頭の土佐房が後ろ手に縛られて、追っ立てられて来た。

「鞍馬か比叡山にでも逃げ込むつもりだったのか、下賀茂神社の辺りでひっ捕らえました。いかがいたしましょう」

と、伊勢が伺いを立てると、

「そこへ据えろ」

何時になく九郎の命には怒気が含まれていた。そして、つかつかと傍らによると無言のまま自ら首をはねた。頭の落ちた首から鮮血が噴水のように吹き上がった。

「哀れよの。兄上は無残なことをなさる」

真冬の深夜、氷のような月が地上の惨劇を見下ろしていた。激闘の後の肉体は、まだ熱かったが、心の芯に木枯らしが吹きつのっていた。

「判官、無事だったか」

振り向くと叔父の行家が、鞭を片手にすたすたとやってきた。

「これで、そなたも決心がついたろう。鎌倉は、決して手は緩めぬ。頼朝追討の院宣を得て、堂々と対決するしかない。この襲撃の顚末も御報告申し上げねばならぬし、同道で院御所に参ろう」

九郎は、思わず天を仰いだ。

その時、九郎の耳に届いたのは館の外のざわめきだった。耳を澄ますと、

「鎌倉を倒せ！」「判官、やれ、やれ！」「頼朝を誅伐せよ！」「泣き寝入りはするな！」などと叫んでいる。

「あれは？」

「この騒ぎを聞きつけて、洛中の浪人共が、判官、そなたを励ましに来ているんじゃ。鎌倉から放り出された者やら木曽や平家の残党だ。彼らはみな、そなたの味方だ。元気を出せ、以前の源

九郎義経らしく。さあ、行こう御所へ」

こうゆう不平不満分子の上に祭り上げられるのだろうか。確かに鎌倉が磐石になるに反比例して不平分子も増えてきている。これらを上手く糾合すれば勝利も可能かもしれぬ。しかし、それこそ乱世の到来だ。自分は、それを避けたいため、これまで堪えて来たのではないか。

「九郎、何を迷っておる。来い」

行家が、手を引いてでも連れて行きそうな勢いを見せた。

「殿、これが最後の機会です。行家様と手を結んで、頼朝討伐を」

いつの間にか、伊勢や忠信、亀井などが九郎を取り巻いていた。内も外も頼朝追討に盛り上がっている。

法皇様とて、内心わしに鎌倉を叩かせたいと思っておいでのはず。これを鎮めるには、どうすればよいのだ。思案に暮れて辺りを見回すと、さらに人垣が増えて「打倒鎌倉!」などと叫ぶ声が大きくなっている。近藤七の部下がこの騒ぎを見逃すはずはない。「判官は屋敷に浪人共を集めて打倒鎌倉を叫んでいる」と、早速ご注進に及んでいるに違いない。否も応もなく対決せざるを得ないのか。

家臣に押し出されるように行家の後に従って、さして遠くもない同じ六条の西洞院御所に向かった。

近隣の騒ぎに、御所は衛士が篝を炊いて、厳重に警戒していた。二人が法皇への面会を求めると、すぐには門内には入れられず、門の外に待たされた。騒ぎの当事者の院参で、役人たちも、あちらに聞き合わせこちらに尋ねて、法皇に会わせるべきか判断しかねて慌てふためいているのだろう。

「叔父上、お寒くはありませぬか」

「うん、汗が冷えてきたのう。まったく役人どもはびくびくしおって。法皇様は今宵の結果を早くお知りになりたいはずなのに」

寒さしのぎにやたらに足踏みを始めた。四半刻（約三十分）近くにもなろうかと思う頃、ようよう法皇の私室の御庭に額ずくことができた。

「御耳障りな騒ぎに、お心を煩わせましたことをお詫び申し上げます」

行家がお詫びの言葉を述べて、二人共に御前にひれ伏した。大蔵卿泰経が二人の言葉を取り次ぐと、

「なにがあったのじゃ」

との問いが返ってきた。行家に尻を突かれて、九郎はやっと答えた。

「一刻ほど前に、鎌倉からの刺客が百騎足らずで我が館を襲ってまいりました。これに応戦いたしましてこの騒ぎとなりました。夜分、御宸襟《しんきん》を煩わせましたこと深くお詫び申し上げます。されど、首魁土佐房昌俊以下悉く討ち捕り、事なきを得ました」

法皇の姿は御簾の陰であったが、しばらくは無言であった。ようよう発せられた言葉は、

「そうか」

と、のみであった。行家が身を進めるようにして、

「法皇様の近臣を法皇様の御許しもなく誅伐するなどもっての外でございます。最近の鎌倉の横暴は目に余るものがございます。つきましては頼朝追討の院宣をお下しくださいますよう。伏してお願い申し上げます」

「……」

御簾の内は鎮まったままだ。行家が「そなたからも奏上せよ」と九郎の尻を突いた。

「深夜、時ならぬ騒ぎを招きましたこと深くお詫び申し上げます。鎌倉は理由も明らかにせず私を誅伐せんとしていることは、今宵の襲撃ではっきり致しました」

「……」

「鎌倉は、必ず都に攻め上ってまいります。そのとき、もしも、我らが破れますと、鎌倉を抑える者は誰もいなくなります。次に頼朝が狙うのは、朝廷の権限をじわじわと犯すことでございましょう。幼い後鳥羽天皇を取り込み、清盛の如く」

行家は、ここで、言葉を切って、

「畏れながら、法皇様を幽閉したり、あるいは島流しなどにもいたしかねません。今のうちに鎌倉を叩き潰さなければ、大変なことになりましょう」

行家も必死であった。やっとのことで、義経を自分の陣営に引き込んだのだ。今、対決しなくてどうしよう。このまま鎌倉をのさばらせることは、行家にとって死を意味していた。

「九郎はどうなのじゃ。先ほどから行家の声ばかりが聞こえるが」

と、法皇は義経に問われた。それを泰経が取り次いだ。九郎は畏まって、

「これまで、極力戦にせぬよう努力してまいりましたが、事、ここに至りましては対決せざるを得ません。よって前備前守殿に同意仕りました。つきましては、頼朝追討の院宣を賜りたくお願い申し上げます」

九郎は、ついに頼朝追討の院宣を口にした。しかし、法皇の答えはなかった。

「畏れながら、頼朝追討の院宣を我ら両名にお下しくださいませ。必ずや頼朝の首を取り、お心を安んじ奉ります」

行家が、膝を心持ち前に進めて、法皇に迫った。

なお、御簾の向こうは無音であった。

「もし、勅許を頂けぬ場合は、鎮西に下る所存。その時は、主上・法皇様以下臣下の方々すべて御同道賜りたく存じます」

行家の声色に凄味が加わった。法皇を脅したのだ。

「九郎、そなたはどうなのじゃ」

法皇が、良く通る声で九郎に尋ねられた。泰経の取次など全く無用なつやのある声が院庭にひびいた。行家の陰に隠れて積極的な姿勢の見えない義経がどう考えているのかはっきりさせたい。自身の運命を託すのである。戦べたな行家に託すわけにはいかない。

「はっ、勅許を頂けぬ場合は、やはり前備前守殿に同意して九州に下る所存です」

「朕を同道するつもりか」

「はっ、畏れながら」

九郎は、行家に同意の姿勢をとったが、内心では法皇を同道するつもりは毛頭なかった。院宣は九州への通行手形の役を果たしてくれればよい。九州に下って新しい政権など打ち立てるつもりはない。都にとどまっていれば、都が戦場になるから、なるべく遠くへ逃げようと思っているだけだ。だが、院宣は、法皇を脅してでも欲しかった。院宣なしには九州までたどり着けない可能性がある。

「九郎、そちまで朕を拉致するつもりか」

「院宣さえ賜れば、決してそのようなことはいたしません。院宣なしには九州までたどり着けますかどうか。官軍の旗印のない源九郎義経は一介の浪人同然。下向途中の私に沿道の武士はみな弓矢を向けて来るでしょう。何としても無事九州にたどり着き、あちらで力を養い法皇様をお守りしたく存じます。何卒院宣を賜りますよう」

九郎は懇願した。

二九◐◐零落す

十月十八日、遂に「頼朝追討」の院宣が下った。

「文治元年十月十八日宣旨

従二位源頼朝卿偏《ひとえ》に武威を耀かし、已《すで》に朝憲（朝廷で立てた法規）を忽諸《こつしょ》（おろそかにする）す。

宜しく前備前守源朝臣行家、左衛門少尉同朝臣義経等かの卿を追討すべし。

蔵人頭《くろうどのとう》右大弁兼皇后宮亮《すけ》藤原光雅奉る」

この報は、都を恐怖に陥れた。再び戦が始まる。市井の人々の中には早々と家財道具をまとめて田舎や山野に避難する姿が見られた。公家たちも妻子を嵯峨野や洛北に避難させ始めた。入れ替わりに浪人たちがまたぞろ義経や行家の館に集まり始め、出て行く者、入って来る者でごった返した。

しかし、義経・行家が発した軍勢催促に応じて来る御家人級の武士は、予想以上に少なかった。

近江や伊勢の武士には大いに期待していたが、誰もやって来なかった。九郎は内心ほっとしていた。血気に逸《はや》る家臣たちを宥めて穏やかに九州へ下向できると。が、伊勢三郎、佐藤忠信、亀井六郎等は、上洛中の西国の武士の間を回って、人集めに躍起となっていた。伊勢などは、墨俣辺りまで出張って、攻めて来る鎌倉軍を迎え撃とうと考えていた。そこで鎌倉を撃退できれば、西は自ずとついてくるだろうと。

「伊勢殿よ、判官殿は本気で戦う気がおありなのか。今更誘われてもなあ。壇ノ浦の後はいい機会だったのに」

「判官殿の口から直《じか》に『是非に』というなら考えなくもないが、ご本人に熱気が感じられんもんなあ」

など九州勢には、さんざんに言われた。緒方惟義は、

「菊池隆直を殺《や》ってくれたら加勢してもいい。菊池がいなくなれば、九州は俺が牛耳れる。その時は、九州勢を俺が取りまとめて一丸となって判官殿に加勢する」

と、条件を付けてきた。

「菊池を殺れってか。ようし、やってやるが起請文を書け。菊池を誅伐した暁には誓って、九州勢を纏めて与力すると」

「菊池を殺ってくれるなら、いくらでも書くさ」

伊勢は、九郎の許可も得ずに独断で、洛内の菊池隆直の屋敷を急襲して、隆直を殺害した。後に噂に聞いて九郎は伊勢に糺しはしたが、なにも言わなかった。九郎と家臣の考えが乖離《かいり》して、

九郎の威令はいきわたらなくなっていた。好戦的な伊勢に家臣たちはなびいていた。九州に下るための船を調達しようとした九郎の郎党が、摂津の太田何某に殺害された。わずか一艘か二艘の船すらようよう調達できなかった。人々は大将源九郎義経の熱意のなさを敏感に感じ取っていた。

「よう、忠信元気か」

忠信が、渡辺党に与力を頼みに行こうと厩から馬を引き出していると、背中をポンと叩かれた。

「やあ、吉次ではないか。しばらく姿を見せなかったが何処をほっつき歩いてたんだ」

「大和は狭くてな、宋の国をほっつき歩いていたさ。ところで大将はいるか」

「大将はいるが、戦はしないとさ。そうだ、吉次、大将を説得してくれ。大将がはっきりしないから、人が集まらなくて戦にならぬわ。全く頑固なんだから。大将の考えは、俺には理解できん。武者というのは戦が仕事じゃないのか」

「やらねえと言っているのか。院宣は、法皇から強奪したのではないのか。やらなきゃ、居場所はなかろうに。何のつもりで院宣を強要したんだ。どれ、久々にお目通りしてくるか」

吉次は、案内も請わずにずかずかと九郎の居室に通ると、

「なんだ、すこしやつれたようだな。ほれ、宋の土産だ。胡麻の菓子で美味いぞ。砂糖も使ってある。砂糖は疲労回復にもってこいだ」

判官義経は、都落ちするに当たって、帝はじめ法皇・公卿他百官を引き具して行くのではないか。また平家の如く都を火の海にしていくのではないか。また、木曽の如く大小を問わず家とい

う家から略奪をほしいままにするのではないか。などと朝廷内も市井の人々も戦々恐々としているという。摂政基通などは早々と吉野に逃げ込んだと噂されているし、上下貴賤を問わず熱湯をひっくり返したような騒ぎになっていた。九郎は安心してもらおうと『自身一人で都を退去するつもりであって、帝以下の御同行を求めるつもりはない』と起請文を認めていたところだった。

そんな折の懐かしい声に九郎はふと顔を上げた。

「よう、吉次か。壇ノ浦ではご苦労だった。また、宋に行っていたのか」

「うん、お陰で宋にだいぶ伝手が出来て、儲けさせてもらっている。ところで、鎌倉と上手くいっていないそうじゃないか。しかも、しっぽまいて逃げて行くとやら」

「ああ」

「うーん。勝ち目がないのか」

九郎は土産の菓子を食べながら、

「やる意味がない」

と、ぽそりと応えた。

「戦は、意味が無ければやらんのか。喧嘩なんて、だいたい意味なんかあるものか。かかって来られたらやり返すもんだ」

「……」

「奥州の秀衡公に与力を頼めば、立ち上がって下さろうに」

「みなそう言うが、せっかく穏やかに暮らしている奥州を戦乱に巻き込みたくはない。やあ、この菓子は甘くて美味い！　女どもにも食べさせてやろう。もっとないか」

「甘いものがそんなに旨いのは、疲れてる証拠だな。土産はこれだけだ」

「荷の中にはないのか。とみに苦労を掛けている郎党たちにもたまには食わせてやろう」

「それでも苦労を掛けているとは思っているのか」

「わしとて、徒《あだ》や酔狂で頑固を貫いているわけではない」

「武具よりは甘いものを買おうってか」

「そうだ」

「だが、菓子を食って喜んでいれば、鎌倉は、それでよしとするだろうか。そんな甘くはないだろう。お前に与力している者はどうなる。地獄に道連れにする気か」

「戦をしても負ければ地獄だ。しかし、戦を避けるという選択は、彼らに自由を与える。したい奴は鎌倉へでも何処へでも行けばよい」

「その信念を貫きとおすつもりか」

九郎は、吉次の目を睨むように見て、

「ああ」

と、低く強く応えた。

「そんな選択をした者を、わしは今まで見たこともない。ふん、やれるものならやってみろ。じっくり拝見させてもらおう。多くの者から見限られて、泣きっ面など絶対見せるなよ」

「覚悟はしている」

ちょっと気弱な笑みを湛えて九郎は応えた。吉次には力強い応えより、なぜか底知れぬ強い覚悟を感じた。

「ふん、頑固者が。好きにすればいいさ。九州にも居場所がなくなったら宋に亡命したらいい。お前の一人や二人頼んでやれる伝手は出来た。宋はでかくて混沌としているが、それが案外生きやすい。困ったら何時でも頼ってこい」

「宋か。そうだ宋へ行こう。宋で天体の観測をしよう。宋の天文学は大和より遥かに進んでいると聞く。まず、九州へ行ったら、天文観測所を作ることを陰陽寮の連中に約束している。九州に落ち着ければ、まず観測所を建てて、そして、宋へ行こう」

九郎は、菓子をほおばりながら子供のように語りだした。

『ああ、こいつは学者なんだ。平家との戦いは、突然戦をしなければならなくなった学者が、緻密な計算をして得た勝利だったんだ。だから、無駄のない理に叶った芸かとも思える戦になったんだ。こいつは武将として優秀だったのではない。第三者からはもてはやされても、配下の武将たちには思いのほか不人気だったのも、この辺りにあるのかもしれん』

吉次は、今更ながら源九郎義経の本質を理解した気がした。

「あ、そうだ、吉次、船を都合してくれぬか」

「船だと？　調達できんのか」

「ああ、落ち目となると冷たいもんだ」

「戦はしないと決めた時、そのくらいの覚悟はしなかったのか」

「勿論したが、現実となると寂しいもんだ」

「わしは、今、忠信から殿を鎌倉追討に駆り立ててくれと頼まれてきたんだが。逃げる船ではなく戦闘用の船を集めた方がいいんじゃないか」

「もう、遅いさ。戦は勢いが大切だ。間が抜けたころやっぱりやるかと言っても泡の如くいったん溶けはじめたらもう戻らない」

「それはそうだ。そこまで頑固を決め込んだのなら、門外漢が何をか言わんやだ」

「……」

「ま、船は集められるだけ集めておくさ。じゃ、次は九州で」

「あ、吉次、もう一つ頼みがある」

「まだあるのか」

「ほれ、壇ノ浦の折に九州勢を動かしてくれた宋の商人張と誼を通じておいてくれ。これから九州にわしが入っても、鎌倉の御家人どもがはびこっていてどうにもならぬ。鎌倉の御家人と戦をせずに九州を我が物にするには、張の力を借りるのが一番かと」

「なるほど。わかった。すぐに九州に戻って下地を作っておく。そうか、まだ心底腐ったわけでもなかったようだな」

　吉次は、そう言って、九郎の許を立ち去った。

　しかし、九郎が張を頼むのは、九州には九郎の居場所はないと思うからだ。自分はこの国から消えるのが一番だと思うからだ。

吉次が義経の許を辞して、門を出ようとしたところで、外から帰って来た伊勢三郎に出くわした。

「よう、珍しい顔が来てるな。呆れてもう寄り付かぬつもりかと思ったよ」

「それが、案に相違して、まだ見捨てかねている。それどころか船の調達までさせられることになった」

「調達してくれるのか。そりゃー、地獄で仏だな。だが、俺はこれであいつとはおさらばだ」

「おさらば?」

「ああ、あいつにはもう付いていけねえや。天下国家の為自らが身を引くだと? 俺は天下国家の為なんかに生きて来た覚えはねえ。いつだって俺は俺様の為に生きて来た。やられたらやり返す、それが俺の主義だ。天下国家を乗っ取る気はあっても、身を引く気なんざ、爪の垢ほども持ち合わせてはいねえ。天下国家の為に身を引くくらいなら山賊の方がよっぽどおもしれえや」

「もともと常識的な奴だとは思っていなかったが、これほど純粋な奴だとは思わなかった。だが、ここまでおかしいと、もう一丁賭けてみるかってな気にもなろうというもんだ」

「まあ、いろいろな見方はあるだろうが、俺は板鼻宿に戻るから。いよいよ山賊世界で天下を取って見せるぜ。また寄ってくれ。お宝をたんまり用意して待ってるぜ」

「そうか、期待しているぜ。ところで、他の郎党共はどうだ。ずっとついて行く奴はいるのか」

「出て行くのは俺だけだろう。勿論今日や昨日部下になった奴らは別だが。忠信は『俺の使命はあのお方をお守りすることと親父から固く言われているから。兄貴の分も働かなければならんし、俺、けっこう殿が好きだし』と、決意は不動だ。弁慶は都落ちを決めた時から、異常なくらい忠勤を励んでいる。あいつは、庶民派で戦嫌いだからな。亀井六郎も嬉野五郎も鷲尾三郎も喜三太も俺とは違って、みんな素直さ」

「そうか、それで安心したが、お前が欠けると部下の統率の面で少々不安だな。忠信ではな」

「おいおい、引き止めにかかるつもりか。大将の決心も硬かろうが、俺の決心も硬いからな」

「引き止めたりはせんさ」

「まあ、大将御一行様が船に乗って漕ぎだすまでは、働いていくさ」

「巡りあわせも奇縁だったが、こんな結末が待っているとは思わなかったな」

「どうせ、俺とお前の仕掛けた巡りあわせだ。まともなはずはねえや。だが、思いもよらず表の世界を、それも大威張りで体験できたのは面白かったな」

「そうだな。お前が一番面白い思いをしたようだな。さて、あいつの船でも探しに行くか。またな」

「今度は板鼻でな」

吉次が出て行くと入れ違いに駿河の次郎がやって来た。

「大将、船が集まらなくて困ってるんだって」

相変わらず短い首にくしゃくしゃな顔をのせて、もっそりと現われた。

「よう、いいところへ来てくれたな。今、吉次が多少都合を付けてくれたが足りそうもない。出してくれると有難いな」

「わかった。できるだけ集めて来る。何処へ回せばいいんだ」

「渡辺の津だ」

「大将は元気にしてるのか」

「元気っていうわけにはいかねえが、戦はやらねえと頑固に突っ張ってるさ」

「うーん。さすが見上げたもんだ」

「おい、褒めるのかよ」

「俺は、門外漢だから言えるのかもしれんが、戦をしねえと突っ張るのは生易しいことではあるまい。あらためて惚れ直したさ」

「居るから、会っていったらどうだ」

「いや、伝えてくれればいいさ。船は最低十艘くらいは回せると思うと」

「や、喜ぶだろうよ。一廉《ひとかど》のお武家様方からは、みんな断られたからな。断るだけならまだしも、弓を引いてきやがる。落ちぶれたら最後みな寄り付かぬ。最後に手を差し伸べてくれるのは、さしたる利害関係もなかった市井の者達だな」

「そんなもんさ。困ったらいつでも来てくれ」

「おれは、ここで大将を見捨てることにしたぜ」

「ふーん、お前らしいや。じゃあな」

駿河次郎は、すたすたと帰って行った。

十月二十四日、鎌倉は、風も凪いで海の遠くまで晴れ渡っていた。この日、故左馬頭源義朝のために建立した長勝寿院の落慶供養が盛大に執り行われた。施主である源頼朝をはじめ参河守源範頼など源氏の一族他五位以上の殿上人三十二人が束帯姿の正装で参列した。また、畠山重忠率いる隋兵《ずいひょう》十四人および下河辺行平率いる隋兵十六人が門外の東西に整列して警護にあたっていた。導師は園城寺の僧正公顕で伴僧二十人を伴って参堂し、おごそかに読経を奉納した。落慶供養の後には義朝の霊が遷されるはずである。

この儀式には、全成、範頼、一条能保室朝子も顔を揃えていたが、義朝の息子の一人であるはずの九郎の姿は勿論なかった。

昼頃落慶供養が終了すると、頼朝は直ちに「源廷尉判官義経追討の為、明朝上洛」と、告げ渡した。まるで長勝寿院落慶供養が、義経追討の戦勝祈願だったのではと思えるような宣言であった。二人の父である義朝が弟義経を討つことを認めたと人々に思わせるような出動であった。まず、先発隊として小山朝政・結城朝光が選ばれて、翌早朝には鎌倉を発して都に向かった。

頼朝本人は四日後の二十九日鎌倉を発った。先陣土肥実平、後陣千葉常胤。途中近辺の御家人を糾合して、翌十一月一日、黄瀬川に着いた。そして、都の情勢を見るためしばらく逗留すると発表した。その勢二万と高唱された。

頼朝軍、上洛のため鎌倉を発向すの報は、直ちに都にもたらされた。

「九郎は、この度、九州の総地頭職を拝命し、九州に下ることにあいなりそうろう。母上様への孝養は未だ何一つ果たせぬまま、またも親不孝をいたしますことを心からお詫び申し上げそうろう。この親不孝者の事は以後どうぞご放念下されそうろうて、良成の許で、心穏やかに過ごされますよう、ただ、ただ念じるばかりにそうろう。どうぞ、どうぞお健やかにお過ごし下されそうろう。どうぞ、どうぞ親不孝をお許し下されそうろう。

九郎義経

母上様」


常盤は、九郎からの文を読み終えると、文をくしゃくしゃに抱きしめて、空を睨んだ。

「頼朝め！　そなたを呪ってやる。呪い殺してやる。私への面当てを私の息子にするのは卑怯だ」

と、口走って、体をわなわなと震わせた。その異様な叫びに良成が駆けつけて来た。

「母上、いかがなされました」

見たこともない母の様子に慌てた良成は、ただ背を優しくさするばかりであった。

「義朝様が、頼朝、そなたの母より私を愛おしくして下されたのは、そなたの母自身がそうさせたのじゃ。賢いお方かも知れぬが、冷ややかで誇り高いばかりで義朝様を癒して差し上げなかったからじゃ。それを私が奪い取ったようにいって、私は事ごとに苛められた。頼朝よ、そなたの母が亡くなると、今度は、そなた自身が私に辛く当たった。そして、今また、吾子を亡き者にしようというのか。九郎がそなたに何をしたというのだ。そなたに大きな利益をもたらしたというのに、九郎からすべてを取り上げ、遂には命まで奪おうというのか。そうはさせぬ。私がきっと呪い殺してやる」

良成がこんなに取り乱した母を見るのは初めてだった。頼朝母子と母の間になにがあったのだろう。余程のことがあったに違いないが、母はそれをずっと心の奥に押し込めておられたのか。常盤は、しばらく興奮を鎮めようと喘いでいたが、優しく肩に置いた息子の手に自らの手を重ねて、

「すっかり取り乱して、良成許しておくれ。でも、頼朝の九郎への仕打ちは何としても許せませぬ。それなのに九郎は、黙って遠い国へ落ちていくという。義円のこともそうでした。義円が愚かだったから仕方がなかったのですが、碌な兵力もつけず捨て駒のように扱われた。九郎は、義円が立派に戦ったなどと慰みを報告してくれたが、私は知っています。それもこれもみんな私へのあてつけです。あたら私の子に産まれたばっかりにこのような仕打ちにあわされて、九郎に申し訳がない」

「母上、それはお考え過ぎです。これは、兄上と頼朝と二人の間の問題です」

「いいえ、頼朝の意識の中には、私への恨みがしっかり潜んでいます。あの者は、私があの者の母を殺したように思っている。頼朝よ、お前の母が、義朝様を芯から愛さなかったから、私に心を移されたのじゃ。それを逆恨みして、嫉妬に狂って、狂い死にしたのじゃ」

「母上、母上、どうかお鎮まり下さい」

良成は、興奮する母をどうしてよいかわからず、ひたすら母の背をさすった。母の背は大きく喘いでなかなか治まらない。

「では、母上、私が兄上の許に加勢に参ります。兵の集まりも悪いようですから。私は武者ではありませんが、弓術は多少嗜んできました。是非行かせて下さい」

「でも、あなたは一条家の人間です。源家の争いに巻き込むわけにはまいりませぬ」

「私は一条家の人間として、また、義経派として動いてきた徳大寺流藤原家の一人として加勢するのです。決して源家の縁者として応援するのではありません。兄上が九州で、しっかり地盤を築かれたらすぐに都に戻ります」

常磐は、うつむいてしばらく何も言わなかった。が、決意したようにきっと顔を上げると、

「感謝します。九郎を助けてやって下さい」

と、良成の許にひれ伏すように泣き崩れた。

「でも、兄上は私の加勢はお許しにはならないでしょう。義兄有綱殿の隊に紛れ込ませてもらいましょう」

「そうですね。有綱殿とご一緒なら、私も安心です。なにしろあなたは武家の作法もわきまえず、戦場も初めてなのですから」

「では、母上早速準備を」

と、良成が立ちかけると、

「でも、やっぱりあなたには無理です。少しばかり弓道の心得があるくらいでは。あなたの領地から武士を狩りだして、九郎に援護して下されば、そなた自身が行かなくても、それで十分です」

「兵の数だけの問題ではなく、兄上擁護派が一人でも多いことが大切です」

「でも、あなたにもしものことがあったら亡き長成殿に申し訳が立ちません。一条家も滅びます」
「母上、落ち着いて下さい。では、今宵までに結論を出しましょう。兄上の御出立は明朝ですから」

良成は、激昂する母を宥めて、そっと部屋を出た。良成は武士の世界に憧れるいたって元気の良い若者で、数日前から妹婿の有綱に頼み込んで出陣の準備をしていた。甲冑は有綱の物を貰い受けたりしていた。

吉次と駿河次郎の与力でやっと船が整って、九郎は明朝都を出ることに決めた。その夜、九郎と共に都を出て九州に向かおうとする者たちを館の広間に集めた。集まったのは、源右衛門尉有綱が七十騎弱・片岡常春が三十騎弱の軍勢を引き連れてきた他、緒方惟義が五十騎、その他は五、六騎での参加であった。時忠の息、前中将時実は、配所を脱走しての参加。時実は、平家再興を願っての参加であろう。それに佐藤忠信、亀井六郎、弁慶、鷲尾三郎、嬉野五郎、祐筆の中原信康、そして喜三太など九郎自身の郎党をあわせても二百騎弱である。中原信康には昨夜、安倍清泰の遺作を護って都に残るよう説得したが、清泰の遺作は既に立待月の会の安倍泰明に託したからと。また、九州で観測所を建設するには私の力が必要でございましょうと言い張ってついてくることになった。ここで、決別を宣言した伊勢三郎もまだ居た。

燭がゆらめくなか、室内には鬱々とした空気が流れていた。そんな空気を押しのけるように九郎は背筋を伸ばして、力強い足取りで入室すると、みんなに相対してどっかと着座した。そして、

ゆっくりと人々の方を見渡して、

「わしは、わしなりの考えで、今日まで、鎌倉との対決を避けて来た。その結果が都落ちということになり、皆には納得のいかぬ不本意なことだと思う。不本意ながらも今宵ここに集まってくれたことに心から感謝する。この度のことは、わしと兄の私闘であり、権力争いだ。権力争いほど不毛なことはないとわしは思っている。わしが平家追討の戦に参戦しようと思ったのは、公地公民の制度の中で、どんどん私有地が拡大している現実が矛盾に満ちていて、私腹を肥やす温床となっていると感じたからだ。旧体制を打ち壊し、領地の私有を公認する制度が必要だと感じたからだ。とりあえず旧体制の警護役を担った平家を討ち倒したが、本丸はまだ健在だ。今、内輪もめをしている時ではないと思う。鎌倉とわしの考えが同じであるならば、新しい世の基盤を固めつつある鎌倉に理想の達成をゆだねる方が、ずっと効率よく新しい時代を切り開くことができるだろう。ならば、わしが身を引くのが戦を最小限に抑えるもっともよい方法だと。これまで、わしと共に理想の達成に向かって粉骨砕身頑張って来た皆に、碌に相談もせずに勝手に降りてしまうのは、誠に申し訳ないことだと思っている。しかし、戦は、みなもよく解かっている通り地獄だ。わしは、ここ二年ほど戦場に身を置いて、その悲惨さが身に染みた。権力争いのために、戦をするなどとんでもないことだ、と、わしは思う。

よって、わしは明朝、都を去って九州に身を引く。院より九州の総地頭職を頂いたが、九州には既に鎌倉が地頭を配して、すんなりわしが職務を全うすることが出来なくなっている。向こうへ渡っても新たな困難が待っているが、都を戦場にしなくて済むことと、九州には、まだ、我らの生きる余地があるはずだ」

九郎は一呼吸おいて、人々を見渡した。そして、言葉を続けた。

「我らは、木曽討伐のため入洛した折には、市井の人々を傷つけることなく入城することができた。市井の人々からは大変感謝され、以後何かと協力を得て来た。今、我らが都を退去するのは、戦をして市井の人々に迷惑をかけたくないという思いが強い。よって、入城の時と同様都を騒がすことなく粛々と退京したいと思う。せめて、それが、ただ追われて都を出ていくのではないという我らの矜持だ。明朝は、名誉ある撤退と心得て粛々と都を後にしようではないか」

会場のあちこちから嗚咽が聞かれた。悔し涙、納得の涙、諦めの涙、人それぞれの嗚咽であったが、その底に人としての良心を貫こうとする九郎の意志の固さに対する感動のような感情が流れていた。

「今日は、館の内も掃き清めた。あとはそれぞれの別れを惜しんでほしい。最後に今日までの忠誠と、さらに明日からの困難を共にしてくれる皆の気持ちに心から感謝したい」

九郎は、深いまなざしを人々の上に注ぐと「では、また明朝」と言って部屋を出た。

九郎は、妻の安子を始め静、清子を伴うつもりはなかった。実家を失った安子は、安子の母の里比企の尼様に託そう。尼様は頼朝が最も大事にしている乳母なので、その袖にすがれば、頼朝も安子に辛くはあたるまい。静は都に残っても舞で生きていけるだろう。清子は時忠の配所に送り届けよう。

だが、三人とも九郎の説得に応じようとはしなかった。普段は別の館に暮らしていたが、六条堀川の本館で、三人が身を寄せて旅支度に余念がなかった。

「町の人たちが、判官様にと、ほれ、こんなにいろいろなものを届けてくれましたよ」

静が長持を開けて安子と清子に見せた。

「まあ、これは！　お弁当ですね」

「ええ、これは飲み屋の琴音姐さん、炒り豆にお酒。これは印地の親方、稗に粟。これは私の同僚たち、腰ひもを端切れで縫ってくれたの。ほかにも山芋・里芋などみんな少しずつだけど、お守りがわりにって。お守りを受けてきてくれた人もあるわ。それから、この山芋と里芋と山菜は、鞍馬の承意さま。承意さまは『この度の御決断を庶民は深く深く感謝しています。なかなか出来ぬ御決断をよくなさいました。無事に海を渡り安住の地を得られますよう』とのお文を添えてね」

そこへ九郎が、九州下向を思いとどまらせようと、さらなる説得にやって来たが、三人が結束して抵抗したのでついには折れてみんな一緒に行くことになった。

公家百官は、九郎義経は退京に際し、狼と豹変して乱暴狼藉をほしいままにして立ち退くのではないかと、妻子を洛外に疎開させ、自らのみ後白河法皇の仙洞御所や後鳥羽天皇の御所に集まり身を寄せ合って固唾を飲んでいた。

「法皇様、御身を叡山にでも御隠しにならなくてよろしゅうございますか」

泰経が恐る恐る申し上げた。

「いや、九郎がわが身を同道することはないと申しておるのじゃ。あの者の言葉は信じてよかろう。逃げ隠れする必要はない」

「さようでございましょうか。平家の都落ちには、たった御一人で比叡山へお隠れあそばしましたのに。摂政基通殿は、すでに吉野にお隠れになったと、人々が申しております」

「そちは、人を見る目が無いのう。それより、九郎が都を去るとなると、都に入って来る鎌倉の方が恐ろしいぞ。『頼朝追討』の院宣を出してしまったからのう」

泰経は、はや、義経なき後のことを考えておられる法皇の豪胆さに驚きながら、

「は、まことに」

「泰経、そちはこれより鎌倉に使いせよ。『頼朝追討の院宣は、義経、行家が幾たびも朕の許へ押しかけて、院宣を出さなければ、目の前で自害するなどと申して朕から強奪していったのだ。頼朝追討は、決して朕の本心ではない。頼朝、そちが一日も早く入洛して、朕を守ってくれることを心待ちにしておる』と、よくよく頼朝に釈明して来よ」

「はっ、法皇様の仰せのとおり、頼朝の方が恐ろしゅうございますな。では、早速に旅の支度を」

泰経がそそくさと立ちかけると、

「そちが発つ前に一刻も早く頼朝の許に飛脚を走らせよ。よくよくわしの立場を言い訳しての。そちの足では、鎌倉にいつ到着するかわからんからな」

と、仰せられた。言われてみれば、泰経は、義経が隆盛の時はもっとも義経に近づいて法皇との仲を取り持ってきた。自らの立場が、法皇以上に頼朝に睨まれていると気づいて震えんばかり

に法皇の御座を飛び出して、その日のうちに鎌倉へと旅立って行った。

十一月三日、真冬の空がようよう白み始めたころ、判官義経を先頭に約二百騎程が六条堀川亭を出て仙洞御所に向かった。良く晴れて殊の外寒い朝であった。辺りの大家《おおいえ》も小家《こいえ》も息をつめて静まり返っていた。そう遠くもない同じ六条の西洞院御所まで一列に進んだ一行は、御所前で三十列ほどの塊になって一斉に下馬した。続いて四条坊門の方角から前備前守行家の一行が入って来て、その横にひと塊となって整列した。九郎が佐藤忠信に小さく合図を送ると、忠信が一歩前に出て、懐から畳紙《たとうかみ》に包んだ文を取り出し、門の外から大音声で読み上げた。

「源廷尉判官義経・前備前守源行家謹んで申し上げます」

忠信の声が、朝の冷気をつんざくように院中に響き渡った。院内に身を潜めた人々は一瞬ピクリと身を固くした。忠信の読み上げる判官義経の別れの言葉は続いた。

「鎌倉の譴責を遁れるため、本日只今鎮西および四国に零落いたします。都の守護にありながら任を全うせず落ち行くことをお詫び申し上げます。最後に参拝してお別れを申し上げるべきところですが、甲冑を付け異様な出で立ちでありますので、御門前にて御挨拶申し上げますことをお許しください。恐惶謹言」

読み上げ終ると、文をたたみ畳紙に包んで門衛に手渡した。そして、忠信が元の位置に戻ると一斉に騎乗して一行は羅城門へと向かった。義経は、赤地錦の直垂に萌黄おどしの鎧を付け愛馬青海波に跨っての旅立ちであった。また、安子をはじめ静、清子の妻室は、付き従う下部《しもべ》などを含め二十人ほどの一団をなしていたが、前後を武者に護られて最後尾に付いて行った。

明け染めた都大路には全く人の姿は見えず、義経・行家の一団だけが粛々と行進して行った。その背中を朝日ばかりがひそと送り出した。

一行が、羅城門をでると、どこから湧き出たのか市井の人々がどっとあふれだし、一行を見送った。この時初めて市井の人々は、源九郎判官義経が、平家の如く都に火を放つこともなく、木曽の如く、飢えた狼と化すこともない、良識の人であったことを知ったのだ。それは、これまで見たこともない美しき敗者の姿だった。背筋こそ伸ばしているもののどこか寂しい一団が朝日に押されるように霜のかなたに消えていくのを呆然と見送った。それらの中には陰陽寮の人々がいた。琴音姐さんと舞姫たちが袖を濡らして立っていた。木曽討伐に活躍した印地共がいた。武具や甲冑を納めて大儲けした商人たちの姿もあった。伊勢三郎にこっぴどく仕置きされていた盗人やら町の悪童たちもいた。

承意は、道の端の方でひたすら数珠をもんで祈っていた。自分の弟のように思ってきた遮那王の災難に涙するしかない自分が悔しくてならなかった。市井の人々に迷惑はかけられぬと、身を引くという一番難しい、しかし、もっとも御仏の道に叶った決断をしたというのに、身を引いた先の無事を祈るしかできない自分がもどかしかった。

「よう、承意殿ではないか」

後ろから肩を叩かれて、びくりとして振り返ると、巨漢の傻章が立っていた。そして、

「まったく、馬鹿な奴だ。わしにはあいつの気持ちがわからんよ。承意殿にはわかるみたいだな。

なんだ、泣いておられたのか、目が真っ赤ではないか」

「そう言う俊章殿の目も赤く見えますが」

承意が不器用に切り返すと俊章は、おおげさに「ワッハハ」と笑った。

「摂津までたどり着ければよいが。沿道沿いの多田行綱・豊島冠者らが鎌倉におもねって判官義経のお首頂戴とばかりに手ぐすねを引いて待ち構えているようだ。後を追って、通路の掃除でも手伝って餞別とするか。平家追討戦の折には、みんな遮那におべんちゃら言ってすり寄って来たくせに、えげつねえ奴らだ」

そう言うと近くに繋いであった馬にまたがり長刀を小脇に抱え裹頭頭巾《かとうずきん》をふっ立てて走り去った。

承意には、俊章の姿が頼もしく思えた。自分は、武器を持って戦うことを拒んできた。御仏の道にはずれると。だが、祈るばかりでは遮那さんを助けることは出来ない。やはり、武器を持たなければだめなのだろうか。遮那さんだとて武器を捨てずに、鎌倉と戦い天下を取れば、遮那さんの理想の世を実現することが出来るのではないか。頼朝の治世より遥かに穏やかな世が実現できるかもしれない。

でも、遮那さんは言う。『大切なのは、一人の英雄ではなく仕組みです。どんな英雄でもその治世は三十年ほどでしょう。次世代が凡庸でも続けられる仕組みが大切だと私は思います。今出来つつある鎌倉の仕組みは、時宜に適《かな》ったものだと思っています。鎌倉の初期の創案には私自身も参画していますし、兄は時宜に適った仕組みづくりの達人だと尊敬しています。だったら、私が身を引くのが戦を一つ減す手っ取り早い方法です』と。しかし、頼朝が遮那さんのように庶民にまで目を向けた優しい政を実施するだろうか。それに対して遮那さんは言ったものである。『ある英雄が天下を取ったとしても、英雄の思いのままになるものではありません。英雄を支えた人々の意志を尊重しなければ天下は治まりません。結局は英雄を支えあげた人々の意志で新しい世の形は決まります。兄頼朝は、彼を支えた開墾地主層の意志を尊重せざるを得ません。頼朝個人の理想を押し通すことなどできません。言い換えれば、その時代、最も力を付けた階層に支えられた者が天下をものにできるのだと思います。もし、私が庶民に優しい世をと思うなら、庶民に支えられて戦わなければ実現しないでしょう。しかし、庶民の力は貧しくばらばらで、まとめあげるのは容易なことではありません。私は、わずか二年ほどの経験でしかありませんが、どんな強力な人にも思い通りに世を動かすことなど出来ない、世の中は結局天の意志で動いていると、そのように感じさせられました。ですから、兄に代って天下を取るにしても、今の時代、自ら土地を開墾した地方の武士を味方に頼んで戦うでしょうから、彼らの意に添う政しかできますまい。結局どちらが天下を取っても、大して変わらぬ政になるでしょう』と。

だとしても、彼の不幸を見過ごしてよいのだろうか。私は、何よりも遮那さんの友ではないか。今現在、遮那さんが必要としているのは、執拗に遮那さんを追う鎌倉武士を追い払うことだ。祈りでは追い払えない。俊章のように武器を以て加勢しなければ追い払えない。この世を救うのはやはり御仏ではなく武器なのだろうか。朝靄の彼方に点のように小さくなって消えていく義経一行を承意は混沌たる迷いの中で見送った。

三〇◑◐陸奥《みちのく》の空

河原を赤い着物の裾をからげた二歳ばかりの女の子が、走って行く。おかっぱの髪をなびかせて、両手をあげて、キャッキャと歓声を上げながら。この世のすべてが新鮮で珍しく幼子は体中で歓び走る。

「姫、姫そんなに走ると転ぶぞ」

九郎は、笹舟をいくつも流しながら、走る吾子に見惚れていた。この世に生を受けて僅かに二年、自ら走れるようになってまだ、数か月。この子は何を見ても、何をしても嬉しくてしようがないのだ。「父様《ととさま》」もようよう言えぬ片言で、

「ととま、おふね、もっと　もっと」

笹舟が流れ去ってしまうと、父の袴を引いて一生懸命せがむ。九郎が大きめの笹の葉を摘んで舟に編んでいると、その手元を覗き込んで足踏みをして父をせかす。編み上げた笹舟をそっと水に浮かすと、「ウワー」と、両手をあげて舟と走り出す。河原に小さな足跡を残して。そんなことを繰り返しているうちに疲れてしまったのか、父の裾にすがって、今度は「だっこ、だっこ」とせがんだ。

「くたびれたか」

と言うと、九郎は「ほーれ、たかい！　たかいだ！」と、姫を高々と抱き上げて肩車をした。姫は、父のつむりに両手をまわして、お尻をゆらしてキャキャと悦んだ。

それから、九郎は樹齢七、八十年にもなろうかと思われる桜の木陰に入って、姫を胸の上に載せてごろりと横になった。すると、すぐに姫の小さな寝息が、九郎の胸に伝わって来た。裾をからげてむき出しになった小さなふくらはぎが、柔らかい。

「愛おしい！」

九郎は、思わず姫を抱きしめた。この子を抱いて、何処までも、どこまでも逃げて行きたい。地の果てでもよい。親子三人で生きていたい。

だが、この姫の母は、もう逃げるのは嫌だという。この世はこりごり。あの世とやらで、三人で暮らしましょうと。時忠の娘清子にとっては、あの世の方が親しき者たちが多い。つい先ごろは、能登の配所で父時忠も亡くなった。幼い頃こそ幸せだったが、平家一門が都落ちしてから海上に漂う日々。船中での日常は、女たちにとっては残酷だった。そして敗者となって生け捕られた日々の屈辱は忘れられない。辛うじて義経の情けを得て幸せを得たかに見えたが、たちまち義経の不幸によって逃亡流浪の日々が続いた。人も通わぬ蝦夷とやらの北の果てまで逃げて行く勇気はもうない。姫にもこんなみじめな思いはさせたくない。ともにあの世へ移り住みたい。あの世には、母様も婆様もおられる。みんな姫を可愛がって下さる。あの世には敵も味方もないはず。わが九郎の君をもやさしく迎えて下さるに違いないと。

自分は、罪深い人間だ。幾万という親子を引き裂いた。自分には家族の幸せを得る資格など無い。たとえあの世でも許されないかもしれない。わが子を得てから九郎は自分の罪深さを思い知らされた。子が親を思う以上な親の思いを知った。そして、父義朝の思いを想像して初めて、真から父を慕う気持ちになれた。姫の髪は柔らかい。いつまでも、いつまでもその髪にふれていたい。


「あ、殿、ここに居られましたか」

弁慶が、そっと近づいてきた。

「なんだ」

九郎は、振り向きもせず、不機嫌に答えた。

「忠衡殿がお越しになられました」

弁慶は、ひどくすまなそうに言った。

「見つからなかったと言っておけ」

「わかりました」

そう答えて、戻りかけたが、

「お逃げになりませんか。姫様と」

と、言って脇に片膝をついた。九郎は弁慶の顔を見上げていたが、おもむろに起き上がると、

「弁慶、もうよい。今や、わしの存在は何処に行こうとも戦の才を期待され利用される。わしの存在そのものが乱を呼ぶ」

「……」

「過日、国衡殿と忠衡殿には、暗に伝えておいた。『わしは、逃げも隠れもしないから、吾首を藤原家の為に存分にご活用下され』と」

「……」

「権力の中心が都に在ったときは、此処は、都から遠い地の果てであったが、権力が鎌倉に移っては、此処は権力の中枢に隣接する国になった。もう、放っておいてはくれまい。藤原家が生き残るには、鎌倉の傘下に入るか、鎌倉を倒して、天下に君臨するかだ。鎌倉との共存など夢の夢だ。国衡殿・忠衡殿は、わしを将軍に雇って天下を取りたいと思っておられるのだろうが」

「嫡子の泰衡殿はともかく、国衡・忠衡の御兄弟は、殿にこの奥州に君臨してもらって、鎌倉と対決しようとのお考えのようです」

「天下を取るつもりなら、壇ノ浦の凱旋直後に対決していた。戦を避けたいと自他の誘惑に耐えて来たのに、今更初志を変えるなどもっての外だ。弁慶、そちだけは解っていると思っていたのに」

「そうでした。申し訳ありませぬ」

弁慶は、うつむいて謝った。主の心は理解しているつもりだったが、姫の愛くるしさに思わず口走ってしまった。自分でさえ、小さな命の絶たれることにこれほど切ない思いをするのに、当の本人の思いはいかほどかと、迂闊な言葉を発した自分が悔やまれた。

「この子が男であれば、そちに託してでも生かしてやりたいが、姫ではの。見知らぬ男どもにいたぶられるのではと思うと……耐えられぬ」

少し間をおいて発した「耐えられぬ」に肺腑をえぐられるような苦渋の響きがあった。思わず弁慶は首を垂れた。

三年前の文治二年の冬、鎌倉に追われて九州に船出したあの日、天は、あくまでも源九郎義経には味方しなかった。漆黒の海に突然嵐が湧き起こり、波が踊り狂った。平家の怨霊かと思えるおどろおどろしい高波が襲い掛かり、船は夜の海に木端微塵に打ち砕かれた。阿鼻叫喚の後に、それでも大半の者は浜に打ち上げられた。十一月、真冬の海は冷たかった。あの時、海の藻屑と消えていれば何のことは無かった。幾たびそう思ったことか。難破したことで『軍』としての形は既に雲散霧消していた。無残な状況の中で、九郎は何処かほっとしていた。引き連れた二百数十人に対する責任から解放された気がしたのだ。そして、生き延びた者たちに解散を宣言した。安子は、比企の尼の許に身を寄せるよう説得して次兄の河越重時に託した。頼朝の乳母比企の尼は、安子の祖母に当たるが、頼朝の信頼第一の人だ。あの人の袖の下に隠れていれば頼朝も手出しは出来まい。清子は時忠の居る能登の配所に身を寄せるよう時実に託した。静には、琴音姐さんの許に身を隠すよう諭して、再会を約して別れた。

そして、九郎は、佐藤忠信・弁慶・飯坂三郎・亀井六郎・喜三太・鷲尾三郎を引き連れ、吉野山の大衆を頼って山に分け入った。山に入って間もなく静が密かに後からついて来るのに気づいた。追い返すもならず、彼女も同行することになった。しかし、吉野山の大衆は、女人である静を受け入れなかった。あの時、静を受け入れてくれる別の場所を探すという選択をせず、静を都に返す選択をした。それが静の為になると思ったのだが、付けてやった家臣たちは、静に持たせた路銀その他を取り上げて、静を山中に捨てて逃げてしまった。そして、静は雪深い吉野山中で捕えられ、母磯の禅尼と共に鎌倉に連れて行かれた。鎌倉では頼朝の要望で、八幡宮の舞台で舞を披露させられたという。でも、静は夫を恋い慕う歌を詠じて凛と舞い納めた。凛と振る舞ってくれればくれるほど、静を敵の手に渡してしまった不手際が悔やまれた。何としてでも静を取り戻したかった。それは、男の名誉にかかわることでもあった。九郎は、かつて九州にも身の置き所が無い場合は、宋へ行こう。宋の天文を学ぼうと夢見ていたことがあった。遭難して、逃亡の身となってからは、より具体的に宋への渡航を考えたが、静が鎌倉に捕えられたことで、静奪還が最優先課題となった。しかし、静の懐妊が発覚し、厳重に鎌倉に囲い込まれてしまった。都近辺にとどまって、あらゆる伝手を頼っては、静の解放を画策したが成功しなかった。そうこうしているうちに静は男子を出産した。そして、その子は、義経の子という理由で母の乳も飲まずに海中に捨てられた。

これを風のたよりに聞き知った時、九郎は心底兄を憎んだ。それまで九郎は、兄は天下統一のため、弟を泣いて馬謖を斬ったのだと信じようとしてきた。だが、このことで、たとえようもない憎悪に変わった。あれほど自制して来た心は、打倒鎌倉に覆われてしまった。あの時は、承意の庵に潜んでいた頃で、俊章を呼んで、

「気持ちが変わった。鎌倉を討つ。手を貸してくれ」

と、猛々しく宣言した。俊章は、

「やっと、その気になったか。解った！　準備は任せろ」

と、すっかり盛り上がった。その時だった。二人に背を向けて写経に余念のなかった承意が、二人の方に向き直り、

「それはいけませぬ」

静かだが有無を言わせぬ響きがあった。二人は思わず承意の顔を見た。

「己の恨みや憎しみでする戦はなりません。静様を取り戻すなら、遮那さん自身が頼朝の許に忍び込んで奪還していらっしゃいませ」

九郎は衝撃を受けた。承意の言う通りだと思った。自分は血迷っている。

「実際に戦をするときは、そんなことを旗印にするわけではない。大儀名分は別だ。承意様御心配召さるな」

俊章が苦々しげに言った。やっと、遮那がその気になったのに水を注さんでくれと言いたげに。

「いや、承意様の仰せの通りです。自分で参ります」

「おいおい、何を言い出すんだ。待てよ」

俊章は、慌てた。

「遮那さん、私が参りましょう。ここは私のような名もない坊主の方がよいでしょう。是非やらせて下さい」

また、承意が決然と言った。

「承意様、本気ですか」

と、俊章が呆れ顔に言ったが、あの時は承意の決意に押し切られて、彼に託すことになった。

だが、承意が鎌倉に到着した時には、静は既に鎌倉から解き放たれて行方が分からなくなっていた。「老婆に支えられた狂女が一人、鎌倉の海岸を何処かへ消えて行った」との噂を耳にしたばかりだった。

九郎は、承意からの便りを能登の時忠の配所で受け取った。出産後の女性というのは非常に過敏で壊れやすいと聞いたことがある。静はどれほど辛かっただろう。敵陣で、たった独りで出産したのだ。わしは、そんな静の、手すら握ってやれなかった。何もしてやれなかった。九郎は人目もはばからず慟哭した。

ちょうどその頃は、散り散りになった親族や家臣たちが次々に鎌倉に捕えられ悲惨な最期を遂げていた頃だった。

六月には、母と妹佳也が九郎の所在を明かすよう責め立てられていた。また、有綱が大和宇陀郡に隠れ住んで居たところを鎌倉に襲われて討ち死にした。佳也は未亡人になってしまった。大和宇陀郡は母常磐の出処《でど》で、母が匿っていたのだろう。九郎も一時潜んでいたことがあった。九月には、九郎の家臣でもない堀弥太郎が捕えられた。弥太郎は吉次の手代だ。十五で吉次に連れられて鞍馬を脱け出して以来、弥太郎にはどれほど世話になったことか。まことに優しい奴だった。いずれ激しい拷問を受けたに違いあるまい。幸い、吉次があらゆるところに手をまわして助け出したというが辛い思いをさせた。そして、何よりも辛かったのは、佐藤忠信が鎌倉勢に隠れ家を襲われて自刃したことだ。忠信とは、吉野の山中で大衆に襲われたとき散り散りになってしまった。忠信がしんがりを務めてくれたのである。そして、都の女の許に隠れていたところを追手に襲われて、忠信は自害して果てた。継信を屋島の戦場で、そして、忠信もまた自分の身代わりとなって討たれた。最も古い幼友達のような家臣だった。親代わりのように慈しんでくれた元治殿になんと報告すればよいのだろう。同じ頃、九郎の許を去って行った伊勢三郎も九郎に加勢するつもりだったのか伊勢の守護所を襲うという暴挙に出た。しかし、多勢に無勢、よく戦ったが敗れて、その場で自害して果てたという。最もつらい時期であった。

いつ自害するかわからぬ風情だった九郎を支えたのが清子だった。

「静様を探し出して差し上げねばなりますまいに。静様は、どこかで殿さまの助けを待っておられます。お気弱になっている暇はございませぬ」と。

そんな時だった、吉次が姿を見せたのは。「是非、奥州に戻ってくるように」との秀衡の言葉を伝えに来たのだった。疲れ切っていた九郎は、秀衡の懐に飛び込めば、再び戦にかり出されることは重々解っていながら、自らを誤魔化して、秀衡の情けに身をゆだねた。秀衡が九郎の身を引き受けようというのは、いずれ避けられぬであろう鎌倉との対決に備えるためであることは明らかだ。都落ちした時の非戦の決意はどうなるというのだ。九郎は、それらのことは、みな頭の奥深くに押し込めてしまって、吸い込まれるように秀衡の胸に飛び込んでしまった。懐妊していた清子を伴って。

久々に戻った奥州は、相変わらずのどかでおおらかだった。秀衡は、年は取ったが、風格が衰えることは無かった。「目立つわけにも参るまい。当分は北のはずれの八戸にでも身を潜めていなされ」といって、八戸に領地を与えてくれた。いざという時には、奥から平泉を助けに来いと。そして、八戸と平泉を行き来する日々が続いた。久々に訪れた穏やかな日々だった。

しかし、陸奥にきて、半年ほど経った十月、秀衡は病を得てあっけなく逝ってしまった。しかも『以後、判官殿を御大将と仰ぎ、兄弟力を合わせ判官殿に従う様に』などと遺言して逝ったのであった。秀衡は、泰衡以下の息子たちの能力に不安を抱いていたのだ。後を継いだのは正妻の子泰衡であった。泰衡の下には忠衡と高衡の他二人の弟がおり、さらに泰衡の上に側室の子国衡がいる。これら兄弟の束ねを託されたのである。余計な遺言をしてくれたと九郎は内心苦り切っていた。

あの日、九郎は葬儀にも参列せず八戸に戻ってしまった。それは、泰衡兄弟の上に立つ気のないことを表明するためであったが、それ以上に平泉の一〇万とも二〇万ともいわれる軍隊を手にしたとき、自分が冷静でいられるか全く自信が持てなかったのだ。九郎の理性は、平泉は、出来るだけ鎌倉から有利な条件を引き出して鎌倉の傘下に入ることだと考えている。しかし、自分が軍隊を手にしたとき、鎌倉への私的な怨み、怒りを抑えられるだろうか。わが息子を海中に捨て、静を狂女にした頼朝への怒り怨みを。その時、自分は勝敗も世の趨勢も全く考慮せずに怒りに任せて鎌倉へ侵攻してしまうのではないか。只々頼朝憎さに。それは、乱世の扉を開くことになろう。

それに、自分が表に立てば、鎌倉は即、戦闘態勢を敷くだろう。九郎が陸奥を託されても、内部を掌握するまでには多少の時間が必要だ。それを見越して鎌倉は迅速に攻め込んでくるに違いない。小が大を叩くには先手を打つ必要があるのに、当方はどうしても出遅れるであろう。自分はあくまでも影の存在であるべきだと、そんなこんなを思って、九郎はさっさと八戸に身を引いたのである。

一方、頼朝は後白河法皇に迫って、泰衡に対して『義経を追討し、速やかに差し出すべし』との院宣を獲得した。自分は手を下さずに泰衡に義経を討たせようというのだ。泰衡は秀衡には似ず気の弱い男だった。弟たちには源九郎義経を戴いて天下を目指そうと突かれるし、当の義経はさっぱりその気力を見せてくれないし、泰衡は途方に暮れていた。

四月の初め八戸に居た九郎の許に、泰衡から便りが届いた。「御相談したき議あり。平泉にお越しいただきたい」と。

九郎は、泰衡に討たれるだろうことを覚悟して、妻子も伴って平泉に出てきていたのである。

高舘とか判官の御舘《みたち》と呼ばれる平泉における義経の館は、桜川（北上川）を眼下にする小高い丘の上にあった。その日は夏の初めのからりとした太陽が桜川に降り注いで、子どもたちの泳ぐ姿が楽しげであった。九郎は川に面した渡りから子供たちを見下ろしていた。十年ほど前には、自分も継信や忠信たちとなんの屈託もなく川と戯れていた。思えば、二歳で絶たれるはずだった命をここまで繋いできた。存分に生きた。この国の北の果てから南の果てまで見聞した。各地の美味いものも食した。孤独もひとしお味わったが、人の情けもあふれるほどに受けた。無常や残酷もいやというほど見聞きしたが、勝利の快感も味わった。三十年の人生は、五十年、六十年生きたと同じくらい密度の濃いものであった。自分は果報者だ。ただひとつ静を探し出すことが出来なかったことが心残りだ。もしかすると彼岸の地で自分を待っているかもしれない。

「殿、ちょっと、よろしゅうございますか」

と、弁慶が、いつの間にか傍らに跪いていた。

「弁慶か。何事ぞ」

「は、只今、鷲尾三郎が使いから戻ってまいりまして申しますには、街はいつになくざわめいていて、近在から男どもが伽羅御所に集められている様子とか。いよいよ、当御館を攻めるつもりではありますまいか」

「そうか。そうかもしれんな」

九郎は、淡々と応えた。

「数日前に泰衡殿の舅である基成殿にわが意を伝え、鎌倉との交渉については、基成殿からご指南下さるよう頼んでおいたのだが、すっかり鎌倉の脅しに怖気づいた泰衡殿には聞き入れられなかったものと見ゆる」

とつぶやいた。そして、

「わしの首を秀衡様への恩返しにと思ったが、そうはならぬかもしれぬ」

「今、攻めてこられるということは、鎌倉との取引が出来ているようには思えませぬな。秀衡様が後を心配されたのがわかるような気がします」

「わしの首を頼朝に差し出すからには、鎌倉から奥州に有利な条件を出来るだけ多く引き出さねばなるまいに。あんなにおどおどしていては引き出せるものも引き出せないばかりか、馬鹿にされて奥州まで盗られてしまうぞ。忠衡殿にはよくよく言っておいたのだが、……無駄死になるかも知れぬな」

「奥州への御恩返しという意味ではそうかもしれませんが、殿のご主張である大和の統一という意味では、下手に有能であるよりは良いのではありますまいか」

「そうよの。わが首一つで、鎌倉との大戦が避けられるなら本望だ」

九郎の瞳の奥に、河原を走る姫の小さな姿があった。わが首一つではない。妻と姫と三つの首だ。どんなことがあっても、鎌倉との大戦は回避してもらわねばならぬ。高舘だけの小さな戦で終わらせねばならぬ。九郎は心の内でこの目論見の成功を祈らずにはいられなかった。

「さて、弁慶、みなを一堂に集めてくれ」

と、深い眼差しを弁慶に送った。弁慶は、九郎の眼差しを全身で受け止めると、「はっ」と一礼して引き下がって行った。

弁慶の立ち去る姿を追って、ふと桜川に目を移すと川遊びの子供たちの姿はもう無くなっていた。そして陽が西に傾ぶき始めて、川の流れに束稲山の影が覆い始めていた。

そう、今頃の時間だった。高館橋を渡って向こう岸の清泰様の庵にいそいそと走って行ったのは。あのお方の庵にはおかしなものが備えてあった。底に放射状に糸を張った盥。棒の先に細く裂いた短冊状の絹を下げたもの。五尺ほどの杭の上に底のない枡を取り付けたものなど。みな清泰様が独自に考案された月や星の観察道具だった。壮大な宇宙への夢を見せてくれたお方だった。そんな宇宙世界から見下ろすような俯瞰的な目で、人間社会のありようを教えてくれたのもあのお方だった。あの方の遺された観察記録は海の藻屑にしてしまった。でも、御直筆は、信康から安倍泰明に託された。泰明殿ならしっかり活用し後の世にも伝えてくれるだろう。もうじき清泰様のお側に行けるかもしれない。その時、清泰様は私の生き様を認めて下さるだろうか。

「殿、全員集合いたしました」

という弁慶の声に過去から引き戻された。そして、深呼吸をするとゆっくりと大広間に向かった。そして、大広間に集まった家臣たちに対面する形で、あげ畳に着座した。家臣といっても今はわずかなものであった。従来からの家臣は弁慶・亀井六郎・飯坂三郎・鷲尾三郎、そして喜三太のみになっていた。それに最近鈴木三郎重家が熊野からやって来て家臣団に加わった。義経と縁を結んだ重家は、熊野に居づらくなって義経の許に逃げ込んできたのだった。奥州に来てから家臣になった沼倉小次郎高次・杉目小太郎。二人は、佐藤元治道場の同門で栗原郡の武士だ。九郎の二度目の奥州入りに、早速馳せ参じて主従の契りを交わした。また、八戸での家臣など奥州に来てから主従の契りをした者が五、六名。彼らの家の子、郎党を含めても百騎足らずの所帯である。

「義経一党は、今日只今解散する」

九郎の口から開口一番に発せられた言葉だった。会場に一瞬沈黙が走り、そして、ざわめきが起こった。九郎はさらに続けた。

「わしの身は、泰衡殿に預けようと思う。この難局を平和裏に治めるもっともよい方法だからだ」

「殿、お待ち下され！」

「なんで、殿だけが我慢しなければならないのです」

「殿こそが天下を治めるべきです。それが一番庶民の為です」

会場は騒然となった。

「鎮まれ！」

九郎の一喝に人々は思わず口を閉じた。

「まずは、黙ってわしの話を聞け」

鞍馬時代読経で鍛えた九郎の声は朗朗とよく通る。

「壇ノ浦以後、わしとそちらの考えはずっと違っていた。にもかかわらず、ずっとわしに付いて来てくれたことに感謝している。心から感謝している」

誰かがぐすりと鼻をすすった。

「だが、わしは、やはり初志の通り、天下泰平の為、この身を泰衡殿に預けようと思う。出来るだけ犠牲者を少なくしたい。そちたちの命だけではない。泰衡殿に駆り出された民百姓の命も惜しい。そちらが逃げ去れば泰衡殿も戦にはできぬ。わが首を取って退散するだろう。どうか、そちらも今日以後の命を存分に生きてくれ。さあ、解散だ！　早く散れ！」

九郎は、何時になく強い調子で叱咤すると、さっと立ち上がり踵をひるがえして持仏堂へと立ち去った。

人々は、一瞬呆気にとられていたが、われ先にと後を追おうとした。

「まあ、待て！」

弁慶が大手を広げて皆を遮った。

「殿の御決意は固い。わしにはそんな殿が崇高に見える。こんなお人が、現実に居るんだ」

弁慶は、ここでちょっと言葉を切って、一呼吸するとまた、言葉を続けた。

「わしが、殿の家中に加えていただいた時、殿は熱く理想を語られた。『貧しいものをなくすためには世の中の仕組みを変えねばならぬ』、『例えば、百姓が生産して、その一部を年貢として納めるが、朝廷に納まるまでに多くの中間搾取がある。この辺りを改める』とか、『灌漑設備の充実を公が積極的に行うこと』など様々な理想を語られた。わしは、そんな殿に希望を抱いた。『そのために自分たちが力を付ける。そのために立ちはだかる壁をひとつずつ打ち破って行く』、若かった殿は、希望に満ちておられた。一番外側の壁だった平家という旧勢力を打ち破った後、朝廷に切り込もうとする矢先に殿の前に立ちはだかったのは、意外にも同じ目的のために立ち上がった者同士の内部抗争だった。その時殿は、目的が同じなら、兄頼朝が目的を達する方が効率が良い。もう、鎌倉の組織はほぼ出来上がっているのだから。その上、兄は有能だ。として、自ら身を引く道を選ばれた。その流れからすれば、今また、殿が身を引こうとなさるのは自然な考えかもしれない。わしは、そう思って殿を理解したつもりでいた。

だが、今、身をひるがえして、持仏堂に向かわれた御姿を拝したら、もう、いかん。やっぱりおかしい。殿のように考えることのできるお方が世の中に何人いるだろう。こういうお方こそ天下を統べられるべきだ。そうだろう。違うか？　殿でなければ正義は実行されない」

「おうー。弁慶の言う通りだ。俺たちはこのまま解散など出来ない！」

「皆もそう思うか。ならば、たとえ破れるにしても、精一杯抵抗しようぞ」

「弁慶の言う通りだ。急ぎ戦闘配置に付け！」

亀井六郎が早速指揮を執り始めた。喜三太が、嬉々として胴巻きを付け、打ち物をとって、

「わしは、持仏堂の辺りで、殿をお守りします」

と、叫んですっ飛んで行った。彼は彼なりに今こそ恩返しの時と思ったのだろう。

その時だった。

麓の方でワーッという鬨の声が上がった。太陽が東稲山にゆっくりと落ちていき、夏の長い幽明の時が訪れていた。桜川の悠然たる流れのほんの一点で、人間共の熱い戦いが起こった。弓の突進する轟音が、館めがけて無数に飛ぶ。カチカチという神経質な小札の鳴る音、刀と刀がぶつかり合う金属音、馬の悲痛な嘶き、血の川が流れ、絶叫が炸裂する。

九郎が持仏堂に入ると、清子は既に御仏の前で静かに念仏を唱えていた。母の膝に不安げに抱かれていた姫が、いち早く父の姿を見つけて「ととま、ととま」と抱き付いて来た。幼い子は館の異様をいち早く感じ取っていた。九郎は姫を優しく抱き上げて、

「どうした。ととさまも、かかさまも一緒だ。怖いことはない」

「おそとで、ドン、ドンって」

「姫、ととさまと、かかさまと、姫と三人一緒ですよ」

と言って、清子は九郎の方を見て、静かに頷いて見せた。清子に誘われるように横に座ると、

「さあ、これで戦とは永遠の別れだ」

と、清子の手を握りしめた。清子は今までになく幸せそうに頷いて見せた。そして、二人はどちらからともなく念仏を唱えた。九郎の膝で体をそらして両親の顔を不安そうに見上げる姫の小さな手を「さあ、ナムナムするんだ」とあわせてやった。そして、九郎は姫をクシャクシャになるほど頬ずりをした。

「ととま、イタイ！」

姫が、きゃっきゃと言いながら父の頬を押しのけようとする。なんと柔らかく小さな手だろう。そっと、短刀を引きぬいたが、手が震えるのを抑えられなかった。すると、清子が自らの短刀を抜いて九郎に抱かれた姫の背を突き刺した。幼子は声もあげずに小さな体を崩していった。

「あ！」

九郎は、小さく声を発して清子を見た。清子の表情に動揺はなかった。ふっと母常磐の顔が浮かんだ。

九郎は、母の面影を振り払うと、清子を刃に懸け、さらに自らの命を絶った。

主の自害を見届けた弁慶が持仏堂に火を掛けた。

丘の上の館のはずれから、ぽっと炎が上がった。炎は川風を受けて、あっという間に館を飲み

込んでしまった。

「殿が御生害あそばされたぞ！」

誰かが叫んだ。戦っていた家臣たちも、泰衡軍も一瞬丘の上を見上げた。家臣たちは大きく深呼吸すると、狂ったように敵に向かって行った。五倍以上の敵を相手に怒りをぶつけていった。弁慶と喜三太は、持仏堂の前に立ちはだかって、主を守って奮戦した。あんなに愛しまれた姫様をどんな思いで道連れになされただろうかと、弁慶は無性に腹が立った。正義の人を天に召し上げ、貪欲なる者をこの世に遺される。御仏は何をお考えなのだ！　御仏はこの世を地獄になされたいのか！

その時、喜三太の胸にブスリと敵の矢が突き刺さった。

「喜三太！」

弁慶は喜三太を抱き起した。喜三太のほほが微かに微笑んで、すーっと息絶えた。

「喜三太、わしももうひと働きして間もなく行くぞ」

弁慶はそっと喜三太を大地に下すと、大長刀を振り回して敵中に走り込んで行った。麓の方では、亀井・鈴木の兄弟が、飯坂三郎・鷲尾三郎が、杉目小太郎・沼倉小次郎ほか八戸勢が今日を限りと奮戦していた。


高舘山の炎が勢いを減じはじめたころ、武者達の咆哮も次第に散発的になり、夕闇と共に鎮まりかえった。それは僅か半時（一時間）ほどの戦闘だった。

た。


「判官の首は確保したか」

降りて来た闇の中に、泰衡の声が響いた。

焼け落ちた山上から、二、三人の武士が駆け下りて来て、源九郎義経の焼け爛れた首を恭しく差し出した。そして、泰衡軍は、義経の首を高々と掲げ陸奥大道《むつのおおどう》を伽羅御所へと引き上げて行った。


源九郎判官義経の首は、黒漆の櫃に納め、美酒に浸けられて真夏の街道を鎌倉へと旅立った。

「仁義の感報已に空し。遺恨に似たりと雖も、天下の為大慶なり」と、九条兼実は、その日記「玉葉」に書き記した。

義経の死を知った都の人々の偽らざる気持ちであった。義経の死によって、平和がもたらされたのである。しかし、義経の強い意志によって、死が選び取られたことを知る者は、どれほどいただろうか。


あれから半年、いつ初雪が舞っても不思議のない九月、小京都平泉を築いた藤原氏は、四代目泰衡が家臣に殺害されて自滅した。鎌倉は、まったく自身の手を汚さずに陸奥国に凱旋した。そして、武士の世が幕を開けた。義経が「大地は耕す者の手に」と夢見た荘園の解体は実現しなかった。平家から没収した荘園は、関東御領として頼朝の元に集められ、頼朝は日本一の荘園領主となって君臨した。義経の頼朝への信頼は裏切られた。

それから半年程経った春たけなわの頃、吉次は宋の商いから平泉に戻って来た。合戦が無かったので、桜吹雪の中に伽羅御所も柳御所も中尊寺も毛越寺も元通りに佇んでいた。

「あいつは、藤原家が築いた平泉を無傷で遺しやがった。俺の故郷を命と引き換えに遺したのか。バカな奴だ」

と、つぶやきながら、供もつれずに独り歩き回った。建物は元通りだったがどこかが違っていた。通りを飛び交う言葉が違う。きつい坂東訛りが闊歩していた。

「フン、俺の帰って来るところではないわ」

吉次は独りつぶやいて、高館の方に目を移した。頂の館が消えて、少し空が広く見えた。

「おまえの理想は稔ったのか？　おまえが命を張った『大地は耕す者の手に』とやらは」

「だが、高館のてっぺんが少々変化したように世の中は日々変化している。いつかきっと、おまえの理想は、実現するだろうよ」

独りつぶやくと、くるりと踵を返して何処かへ立ち去った。

完

下巻のおわりに

おかげさまで四十余年の歳月をかけて、生涯ただ一作となるであろう長編小説を書きあげることが出来ました。顧みれば、四十余年の歳月を義経と共に歩んだことになります。

義経は、私の理想像ですが、私自身の四十年は、社会正義とは程遠いいい加減な人生を歩いて来たような気がします。正義を押し通すべき時に、それが出来ず気弱に妥協してきました。一歩前へ出るべき時にも、人の後ろに隠れて安全な道を選んでいました。そのせいか、穏やかで幸せな日々でした。そんな自分への物足りなさというか、反省というか、そんな気持ちが、義経を理想の人物に仕立て上げたのかもしれません。

義経は、頼朝に追われて仕方なく都落ちしたのではなく、確固たる信念のもと、意志的に都落ちしたと私は確信しています。頼朝は所領の剥奪、都の守護の剥奪、また刺客を差し向けるなど挑発行為を続けますが、義経は頼朝の挑発に一向に乗ろうとはしません。そして、無抵抗のまま九州に身を引くことを決めます。その都落ちの様が見事だったことに感動した九条兼実によって、大将としての側面とは別の義経の人柄が今に伝えられました。

都になんの煩いもなさずに立ち退いたその行為に、義経の考えのすべてが凝縮されているように思います。身を引いて世の安定を保とうとした若者に、私は崇高なものを感じたのです。

上巻上梓には四十年かかりましたが、その後約二年で下巻をお届けすることが出来ましたのは、感想を寄せて下さったり、宣伝して下さったり、販売して下さったりして、激励して下さった多くの友人の御協力の賜物です。

日本石仏協会でＰＲに努めて下さった坂口和子先生、茨城民俗学会代表理事の今瀬文也先生。高校の同窓会岩間支部で、『零落す』について語る場をつくって下さった会長の出久根治子様、出版祝賀会の世話役川崎史子様ほか、出席して下さった方々などの友情に励まされて下巻は完成しました。心よりお礼申し上げます。

上巻上梓後、読み直して誤字脱字・文章の不整合などの多さに愕然としました。一日本にしてしまえば、修正がきかないことを嫌というほど痛感しました。下巻は堀江優子さんと娘の亜紀に校正を手伝ってもらいました。根気のいる作業をありがとうございました。

カバーに使用した絵は上巻同様、今回も父の遺作の漆絵です。漆は工芸作品に使われることが多いのですが、父は、棗やシガレットケースなどの工芸作品の他に漆で絵も描いていました。父は美術学校時代は洋画科に所属していたと聞いていますが、学生時代に父親を亡くし中退を余儀なくされました。父の父、すなわち私の祖父は美術学校で教鞭をとる漆芸家でしたので、親の跡を継いで漆芸家として身を立てることになったのです。でも、父は絵を捨てきれなかったようで、次第に漆で絵を描きはじめ、晩年は絵画作品が主になっていました。

今回使用した「早春」は、真冬の風景の中に、菜の花畑かと思える明るい一角が描かれていますす。真冬に春を夢見ている心象風景かなと思えます。過酷な人生の中で、新しい世への希望を追い続けた義経の生涯にふさわしく思えたので、この絵を使いました。上巻の「白木蓮」は義経の凛とした生き様を表現しました。

無理やり読み聞かされては、感想を強要されて困惑していた父母には、完成を見てもらうことは叶いませんでした。

そして、スポンサーである夫に感謝したいと思います。

夫は平成二十年頃より多系統萎縮症という難病を発症し、ここ二、三年は言葉を発することも食べることも出来ず寝たきりになっていました。夫は元気な時でも読んでくれようとはしませんでしたが、それが逆に私に意地を張らせてくれました。ただ、パソコンの操作などはよく協力してくれたものです。

上巻出版の際、一小節だけ朗読して聞いてもらいました。

「お父さん、これを出版したいんだけど、出版費用出してくれるかな。もし、オーケーなら目をパチパチして」と。

あまり盛大とは言えませんでしたが、夫は目を瞬いてくれました。

費用の後ろ盾を得て、原稿は出版社へと渡されましたが、夫は、完成を待たずに校正中の平成二十八年二月十八日、音もなく逝ってしまいました。寂しくなりました。とっても寂しくなりました。

こうして、優しい友人と家族に恵まれて、無益で贅沢な道楽が許されたことを心から感謝します。私はいつも神様にえこひいきをしていただいて本当に幸せ者です。

最後に、誤字脱字の多い拙い原稿で、ご苦労をかけた青娥書房の関根文範氏にお礼申し上げます。

光野志のぶ

平成二十八年春

光野志のぶ（こうの　しのぶ）
一九四二年　東京都に生まれ、その後太平洋戦争の激化により茨城県岩間町に疎開。
一九六〇年　茨城県立水戸第二高等学校卒業、日本電信電話公社入社（一九七〇退社）。
一九六六年　光野正規と結婚、東海村に住む。二男一女を設ける。
一九七四年　転勤ごとに移住してきたが岩間町に家を建て定住。
一九七七～九一年　岩間町教育委員会社会教育指導員として町史編纂に携わる。
二〇〇二～〇七年　岩間町文化財保護審議会委員
二〇〇八～一〇年　笠間市文化財保護審議会委員

日本石仏協会・茨城民俗学会・岩間歴史懇話会会員。

著書に『岩間町の石仏・石塔』他。

『図説岩間の歴史』『内原町史・民俗編』『岩間町史』『八郷町史』『岩間の信仰』『いわまの伝え話2』『新笠間市の歴史』『ふるさと住まい探訪』等に執筆員として参加。

零落す—源義経の決断　下巻

発行日　二〇一六年六月一日

著　者　光野志のぶ
発行者　関根文範
発行所　青娥書房
東京都千代田区神田神保町二—一〇—二七　〒101-0051
電　話〇三（三二六四）二〇二三
FAX〇三（三二六四）二〇二四
印刷製本　モリモト印刷

ISBN978-4-7906-0337-5　C0093
＊定価はカバーに表示してあります。